Princesa Sultana

JEAN P. SASSON

Princesa Sultana
SUA VIDA, SUA LUTA

Da mesma autora de *Princesa* e
As filhas da princesa

Tradução
Therezinha Monteiro Deutsch
Sylvio Deutsch

7ª edição

RIO DE JANEIRO | 2025

CIP-BRASIL. CATALOGAÇÃO-NA-FONTE
SINDICATO NACIONAL DOS EDITORES DE LIVROS, RJ

S264p
7ª ed.
    Sasson, Jean P., 1947-
    Princesa Sultana: sua vida, sua luta / Jean P. Sasson; Tradução: Therezinha Monteiro Deutsch, Sylvio Deutsch. – 7ª ed..
- Rio de Janeiro: BestSeller, 2025.

    Tradução de: Princess Sultana's Circle
    ISBN 978-85-7684-425-9

    1. Sultana, 1956-. 2. Mulheres – Arábia Saudita – Condições sociais. 3. Arábia Saudita – Príncipes e princesas – Biografia. I. Título.

05-0046
                        CDD: 305.4209538
                        CDU: 316.342.2-055.2(532)

Texto revisado segundo o novo Acordo Ortográfico da Língua Portuguesa.

Título original
PRINCESS SULTANA'S CIRCLE
IN SAUDI ARABIA
Copyright © 2002 by Jean P. Sasson
Copyright da tradução © 2010 by Editora Best Seller Ltda.

Publicado mediante acordo com Harper Collins Publishers, Inc.

Capa: Folio Design
Editoração eletrônica: Abreu's System

Todos os direitos reservados. Proibida a reprodução,
no todo ou em parte, sem autorização prévia por escrito da editora,
sejam quais forem os meios empregados.

Direitos exclusivos de publicação em língua portuguesa para o Brasil
adquiridos pela
EDITORA BEST SELLER LTDA.
Rua Argentina, 171, parte, São Cristóvão
Rio de Janeiro, RJ – 20921-380
que se reserva a propriedade literária desta tradução

Impresso no Brasil

ISBN 978-85-7684-425-9

Seja um leitor preferencial Record.
Cadastre-se e receba informações sobre nossos lançamentos e nossas promoções.

Atendimento e venda direta ao leitor:
sac@record.com.br

Ao nosso precioso Kayleigh

Princesa Sultana — sua vida, sua luta é uma história real. Para segurança das pessoas citadas neste livro, os nomes foram trocados e vários acontecimentos foram ligeiramente alterados.

Ao revelar os fatos aqui contidos, nem a princesa nem a autora tiveram intenção de aviltar a rica e significativa religião islâmica.

Agradecimentos

Meu agradecimento especial às pessoas maravilhosas que não serão citadas, apesar da importante assessoria que me deram para que eu pudesse continuar contando a importante e fantástica história de uma princesa verdadeira e única.

Sumário

Prefácio 11
Meu sonho 15
O destino de Munira 19
O casamento de Munira.................................... 36
Meu segredo... 51
Acorrentando o demônio.................................. 66
Palácio Paraíso 79
Os pássaros do Paraíso..................................... 98
Harém celestial 111
A história de um eunuco 134
A difamação do profeta Maomé 147
Anjos roubados 160
Decapitada 181
Meu segredo revelado 195
Ameaça ao trono... 205
A profecia de Karim 219
Wadi al Jafi... 230

Turbilhão de areia 252
Enterrada viva 263
A luta de Sultana 274

Epílogo 291

Dados sobre a Arábia Saudita 297

Prefácio

◆ ◆

No dia 7 de setembro de 1978 viajei para a Arábia Saudita com a ideia de morar e trabalhar naquele país por apenas poucos anos, mas fiquei em Riad, a capital desse reinado deserto, até 1991.

Em 1983 conheci Sultana Al Saud, uma princesa real. Essa mulher encantadora exerceu em mim um fascínio que até então eu não conhecia.

Trabalhei para o Hospital Especialista e Centro de Pesquisa Rei Faiçal por quatro anos. Durante esse tempo conheci vários membros da grande família real saudita e fiz a triste descoberta de que, em geral, os nobres são mimados e egocêntricos. A maioria deles respeita apenas a monarquia e sua pompa.

Sultana foi a única nobre diferente que conheci.

Era jovem e linda. Os cabelos negros desciam-lhe pelos ombros, e os olhos brilhavam de curiosidade. Quase sempre seus lábios se entreabriam em espontâneas risadas. Com roupas caras e joias que atraíam olhares, Sultana chamava a atenção de todos que se aproximavam dela.

Esperei que por trás de todo aquele encanto e beleza houvesse uma princesa igual a todas as outras que eu conhecera, mas fiquei surpresa e feliz ao ver que Sultana era uma mulher com espírito independente e que vivia ansiosa por modificar a vida das mulheres da Arábia Saudita. Embora tivesse sido criada com os privilégios das mais ricas famílias do reinado, ela não fazia o menor esforço para esconder que onde encontrasse saída para a situação que envolvia as mulheres, estava pronta para se rebelar contra as tradições e os costumes da sua pátria.

À medida que nossa amizade foi lentamente se aprofundando, fui descobrindo também que ela era uma mulher com grande força de vontade e caráter íntegro. Apesar de seu julgamento e suas atitudes serem frequentemente obliterados pela paixão, o que muitas vezes cria situações emocionais inesperadas nas pessoas, é fácil desculpar esse comportamento porque Sultana é abnegada, generosa e sensível quando se trata de outras mulheres. Sempre que descobre injustiças contra uma mulher, ela entra em ação sem sequer pensar que pode estar correndo perigo.

Quando me contou que havia traçado vários planos para fazer com que o mundo ficasse sabendo da vida trágica das mulheres sauditas mas que nunca se atrevera a divulgá-los por causa do perigo que isso significaria para seus parentes e para si mesma, concordei em ajudá-la a revelar a verdade. Juntas iríamos chamar a atenção do mundo com horríveis e incríveis histórias verdadeiras.

E assim, mantendo-a protegida pelo anonimato, tornei-me a voz da princesa.

No livro *Princesa* o mundo ficou sabendo da vida de Sultana, a filha não querida de um homem cruel, em uma implacável sociedade que dá pouco valor às mulheres. A mais querida irmã de Sultana, Sara, casou-se contra a vontade com um homem muito mais velho a quem não conhecia e não amava.

Durante o tempo que seu casamento durou, essa moça foi submetida a ataques sexuais terríveis por parte do marido. Só depois que ela tentou o suicídio é que o pai permitiu que se divorciasse e voltasse para casa.

As próprias e infelizes experiências de Sultana durante a infância a tornaram uma adolescente rebelde. No entanto, do pior modo possível, ela acabou aprendendo que se rebelar frontalmente contra o severo sistema de seu país só poderia acabar em desastre. Uma de suas melhores amigas foi *executada* pelo próprio pai devido ao "crime" de má conduta sexual.

Aos 16 anos o pai de Sultana avisou-a de que tratara seu casamento com um primo, Karim. O noivado de Karim e Sultana foi diferente de todos os demais noivados sauditas, porque ele exigiu conhecer a noiva antes do dia do casamento e foi atendido. Desde o primeiro encontro Karim e Sultana sentiram-se fortemente atraídos. Logo se apaixonaram e tiveram uma união de amor mútuo, ao contrário da maioria dos casamentos sauditas.

Os primeiros anos de casada deram a Sultana a tranquilidade que sempre desejara. Karim e ela foram abençoados primeiro com um filho, Abdulah, depois com duas filhas, Maha e Amani.

Sultana e sua família moravam em Riad durante a Guerra do Golfo, em 1991. A princesa ficou triste porque essa guerra em vez de ajudar a melhorar a situação das mulheres da Arábia Saudita, como esperava, tornou a vida delas ainda mais difícil. Quando a guerra terminou, vestiu luto porque "os véus leves voltaram a se tornar espessos e pesados, os tornozelos voltaram a ser ocultos e os grilhões soltos voltaram a se fechar".

No livro *As Filhas da Princesa* Sultana e eu contamos ao mundo que seus parentes mais próximos a haviam descoberto por trás do livro *Princesa*, que veio a se tornar best-seller em muitos países, mas esse segredo tinha sido mantido perante o resto da família real.

Os leitores também ficaram sabendo que, apesar da constante batalha de Sultana contra o status quo e de seu casamento relativamente mais civilizado, suas duas filhas não escaparam das pressões dos preconceitos feudais contra as mulheres na Arábia Saudita.

As filhas de Sultana reagiram cada qual a seu modo à herança saudita. A mais velha, Maha, odiava a vida das mulheres no seu país e seguiu o caminho da mãe, rebelando-se contra as injustiças que eram infligidas a suas conterrâneas. A jovem se tornou tão instável que precisou se submeter a tratamento psiquiátrico em Londres para conseguir continuar vivendo em seu país.

Amani, a filha mais nova de Sultana, reagiu de uma maneira que sempre perturbou a mãe. Abraçou a fé islâmica com um grau de aflitivo fanatismo e lutava *a favor* dos véus com o mesmo fervor que Sultana lutava *contra* eles.

Sultana me pediu que, mais uma vez, divulgasse seu terceiro livro. Embora ela continue desafiando o modo pelo qual as mulheres são tratadas na Arábia Saudita, fazendo o mundo ficar sabendo que o contínuo abuso da mulher em seu país é tão alarmante quanto rotineiro, descobriu que esse é o modo de ajudar também as mulheres do mundo inteiro, e persiste em sua nobre cruzada pela reforma.

A despeito de os leitores poderem descobrir neste livro que Sultana está longe de ser perfeita e que suas imperfeições são humanas, continuarão conscientes de que a sinceridade dela é absoluta na batalha pelos direitos das mulheres.

Como escritora e amiga, tenho orgulho de contar a história dessa extraordinária princesa.

Meu sonho

◆ ◆

Alguns meses atrás, quando eu estava dormindo, minha adorada mãe me apareceu em um sonho. Estava envolta por um manto vermelho e bordado; nas tranças de seus longos cabelos negros entremeavam-se fios de ouro. Seu rosto era liso e radiante, os olhos luminosos refletiam a tranquilidade de quem sabe tudo.

Essa visão de minha mãe sob uma árvore de um verde brilhante, que ficava junto a uma fonte de água azul, me perturbou. Flores de cores vivas a rodeavam.

No sonho meu coração batia loucamente, e chamei "Mamãe!". Ansiosa, corri para ela com os braços estendidos, mas uma barreira invisível e torturante nos mantinha separadas.

Mamãe olhava para sua filha mais nova com profundo amor misturado a triste resignação.

E então ela falou. Embora sua voz fosse suave e doce, a revelação foi dura.

— Sultana, minha jornada na terra foi frustrada pelos seus sofrimentos, tristezas, decepções e infelicidade.

Calou-se e ficou me olhando.

— Filha, quando você era uma criança geniosa, muitas vezes consegui induzi-la a um comportamento razoável. — As sobrancelhas dela se arquearam. — Vejo que minha presença de novo se faz necessária, Sultana.

Saber que causava preocupações a minha mãe mesmo depois de ela ter ido para o paraíso me fez explodir em lágrimas.

Eu havia nascido princesa em um rico reino do deserto onde crescia a perseguição às mulheres e não podia negar que levava uma vida livre das convenções.

— Mamãe — gritei —, um vendaval me arrastou pela vida! Como eu poderia ter levado uma vida diferente?

Minha mãe balançou a cabeça com lentidão.

— Mesmo no meio da mais violenta batalha, Sultana, um bom coração luta limpo.

Estremeci.

O olhar de minha mãe suavizou-se, e ela prosseguiu:

— Mas não é disso que vim lhe falar, filha.

— Então, do quê? — perguntei.

— Sultana, sua vida é como a interminável sequência de lenços de seda que um mágico tira da cartola. Você parece ter tudo na vida, no entanto não tem nada. Sua existência não a faz feliz, minha filha.

Desesperada para que mamãe me consolasse como fazia antigamente, o significado de suas palavras me escapou.

Então, as frágeis pétalas de flores que a rodeavam começaram a murchar e a perder a cor, e a imagem de minha mãe foi se desvanecendo.

Gritei:

— Mamãe, por favor, espere!

A forma incandescente dela se tornara apenas perceptível, no entanto a ouvi dizer claramente:

— Sultana, no meio de um banquete você está faminta. Está sendo aniquilada por algo maior do que você, minha filha.

Emergi desse sonho em um êxtase de alegria, mas a lembrança da misteriosa mensagem de minha mãe passou a me assombrar. Triste, eu tinha de admitir que suas palavras refletiam a verdade. Eu deixara minha vida se estagnar. Antes me entregava à nobre e estimulante missão de melhorar a vida das mulheres na minha terra. Mas de tanto lutar sozinha contra o poder implacável dos homens da Arábia Saudita, acabara por perder a coragem. No entanto, como eu pudera deixar de lutar enquanto as mulheres do meu país tinham de se casar contra a vontade, eram fisicamente abusadas e violentadas sob o beneplácito da lei, eram legalmente assassinadas por capricho de seus pais, maridos e irmãos?

Depois da visita de minha mãe encontrei coragem ao descobrir que ainda havia em mim o propósito de prosseguir naquela luta e que deveria assumir um novo papel. No entanto, naquele momento, não percebi aonde isso poderia me levar.

O destino de Munira

◆ ◆

Acredita-se que uma das mais importantes tradições do Islã se tenha originado de um encontro entre Maomé e seus discípulos, quando o profeta pegou um bastão, apontou-o para o chão e disse:

— Não há nenhum dentre vocês que estão aí sentados que já não esteja determinado por Deus, seja ao fogo eterno, seja ao paraíso.

A partir dessa tradição a fé islâmica ensina que todas as coisas na vida são predestinadas e que o destino de cada pessoa é determinado por Alá. Enquanto seu fatalismo cria uma profunda resignação às duras provações da vida das muçulmanas, durante toda a minha existência lutei contra essa inércia pessimista e não posso aceitar que a vida trágica de tantas mulheres sauditas tenha sido predestinada pela vontade de Alá.

Então, quando fiquei sabendo que um pavoroso acontecimento ocorrido na nossa família estava prestes a se repetir, entendi que jamais conseguiria aceitar com fatalismo que uma de minhas sobrinhas tivesse esse terrível e vergonhoso destino.

Havíamos acabado de chegar ao nosso palácio em Riad depois de uma viagem ao Egito. Meu marido, Karim, e nosso filho mais velho, Abdulah, estavam no escritório do palácio. Amani, nossa filha mais nova, achava-se no jardim com seus bichinhos de estimação, e eu estava na sala de estar com nossa filha mais velha, Maha.

Sem nenhum aviso prévio, minha irmã Sara e três das suas quatro filhas, Fadila, Nashua e Sahar, entraram na sala.

Levantei-me, sorrindo, para cumprimentar minha amada irmã, mas parei ao ver o medo refletido em seu olhar. Os olhos negros de Sara buscavam desesperadamente os meus, e ela segurou minhas mãos com força. Pediu que eu me sentasse, pois trazia uma péssima notícia.

— O que aconteceu, Sara?

A voz melodiosa de minha irmã soou repassada de grande amargura:

— Sultana, enquanto você estava viajando Ali contratou casamento para Munira. O casamento está marcado para daqui a onze dias.

Maha arrebatou uma de minhas mãos das de Sara e cravou as unhas na palma.

— Oh, mamãe, não!

Recuei. Minhas mãos tremiam quando passei os dedos pelo rosto. Um pensamento doloroso tomou conta de minha mente: mais uma jovem, do meu sangue e da minha carne, ia ser obrigada a se casar contra a vontade.

Munira era a filha mais velha de meu desprezível irmão, Ali. Era bonita, se bem que muito frágil, e parecia muito mais nova do que de fato era. Sempre havia sido obediente, e sua timidez despertava simpatia e afeição.

A mãe de Munira, Tamam, era a primeira esposa de Ali, a prima nobre que meu irmão desposara muitos anos atrás. Naquela época, Ali demonstrou claramente que seu casamento tinha apenas a finalidade de satisfação sexual durante as férias da faculdade. Amor e ternura eram palavras que não existiam no dicionário dele. Qualquer pessoa poderia predizer com facilidade o miserável futuro de sua jovem esposa.

Quando se casou ela ainda era uma criança, e jamais teve oportunidade de se desenvolver emocionalmente. Mesmo depois de se tornar uma mulher madura, Tamam raramente participava de uma conversa, e quando falava era em voz tão baixa que era preciso inclinar-se para junto dela a fim de ouvi-la.

Três anos depois de se casar, Ali tomou a segunda esposa. Uma vez que Tamam era uma esposa dedicada, Nura, nossa irmã mais velha, perguntou a Ali por que precisava de uma segunda. Mais tarde ela nos contou que Ali respondera que ficara farto de ver Tamam sempre com cara de infeliz. Estava zangado e frustrado por sua jovem noiva ter se tornado uma esposa melancólica. Perplexo e dizendo que não entendia o porquê, disse que sua esposa *não sorrira* uma única vez desde que ele se tornara seu marido!

A união de Tamam com Ali gerou duas filhas e um filho. As meninas eram tristes como a mãe, mas o menino era uma duplicata perfeita do pai arrogante. Depois a família cresceu com mais 12 filhos, perfazendo o total de 6 mulheres, sem contar a mãe.

Munira levava uma vida problemática e infeliz. Com um pai que não se importava com as filhas, ela passou a infância tentando conquistar o amor de Ali, sem compreender que ele não tinha amor para dar. A vida de Munira se parecia com a minha no aspecto de lutar pelo amor do pai na infância. No entanto, a semelhança terminava aí. Eu consegui sobreviver à falta de amor de meu pai com a capacidade de amar intata. O amor não correspondido de Munira pelo pai acabou por se transformar gradualmente em aberta aversão para se tornar por fim uma combinação de medo e ódio. E esse sentimento foi crescendo até incluir todos os homens, mesmo os que eram bons. Cinco anos atrás, quando estava com 16 anos, Munira disse à mãe que queria permanecer solteira.

E assim, ao contrário da maioria das meninas sauditas, que passavam grande parte da juventude aperfeiçoando métodos para contentar seus futuros maridos, Munira escolheu uma vida diferente para si. Estudou para ser assistente social com a intenção de se dedicar a ajudar as pessoas deficientes e incapacitadas que são tão menosprezadas em nosso país. Entretanto, deixou claro que atenderia somente mulheres.

Por algum tempo parecia que Ali simplesmente havia esquecido que sua filha mais velha ainda não se casara. Porém, lamentavelmente, ele foi lembrado do fato durante um evento familiar social recente. Agora Ali estava negando à filha a única possibilidade de ser feliz, que era poder permanecer solteira.

No momento em que uma menina nasce em terras árabes, os pais imediatamente começam a pensar em um casamento apropriado. Com ideia de futuras alianças, estudam com atenção as várias famílias disponíveis. Enquanto a moça saudita permanece solteira, tem de se manter virgem. Por outro lado, a virgindade prolongada traz desgraça para a família. Então, como Munira chegara aos 21 anos solteira, seu pai sentia um penoso desconforto com a situação.

Maha interrompeu meus pensamentos. Adorava a prima e sabia o que Munira pensava do casamento.

— Mamãe, tio Ali pode obrigar Munira a se casar?

— A quem Munira foi destinada? — perguntei, em vez de responder à minha filha.

Sara demorou tanto a responder que pensei que ela não soubesse a resposta. Por fim, depois de longo suspiro, ela disse:

— Sultana, Munira está noiva de Hadi.

Minha memória não conseguiu associar um rosto àquele nome.

— Hadi? Quem é?

— O Hadi, Sultana. Não se lembra dele? Aquele amigo de Ali que viajou conosco para o Cairo.

Custou-me conseguir falar.

— *Aquele* Hadi!

Sara assentiu, aflita.

— *Sim, aquele Hadi!*

A lembrança de nossa traumática experiência tornou-se viva diante de nós. Não podendo acreditar, fixei os olhos nos de minha irmã.

— Não, não... — Foi tudo que pude articular.

— Quem é *esse* Hadi? — perguntou Maha.

Sim, quem era ele? Por onde eu poderia começar a explicar?

— Um amigo de Ali desde a infância, filha — murmurei. —Você não o conhece.

Sara se aproximou mais e pegou minhas mãos. Continuamos a nos olhar. Nosso pensamento era o mesmo. Sara revivia o momento mais aterrador de sua vida.

Mais de vinte anos antes Sara fora obrigada a se casar com um homem muito mais velho, que abusara sexualmente dela desde o primeiro instante do casamento. Só depois de Sara tentar se matar é que nossa mãe conseguiu convencer nosso pai a consentir que ela se divorciasse. Apesar de voltar para a casa de nossa família, minha querida irmã foi incapaz de se livrar de uma depressão crônica e debilitante.

Durante essa mesma época, nossa irmã mais velha, Nura, e o marido, Ahmed, estavam construindo um novo palácio. Nura planejava ir à Itália para comprar móveis para a nova casa e, de passagem, visitar o Cairo.

Para nossa surpresa e alegria, Sara e eu fomos convidadas para viajar com eles e os filhos. Como toda moeda tem duas faces, minha felicidade diminuiu quando meu pai decidiu que meu irmão Ali e o amigo dele, Hadi, nos acompanhariam. Essa notícia foi decepcionante, mas assim mesmo viajamos.

Quando estávamos no Cairo, Sara e eu ficamos perplexas ao descobrir que o amigo de nosso irmão era ainda mais odioso do que ele! Nem mesmo nós poderíamos imaginar que tal coisa fosse possível! Logo aprendemos que, em comparação com o mimado e insuportável Ali, Hadi era a crueldade personificada.

Apesar de ter estudado no Instituto Religioso, que era uma escola de meninos em Riad para treinamento de mutawas, ou seja, de religiosos, Hadi não absorvera nada da bondade incentivada pelo nosso Sagrado Corão. Sua alma podre permaneceu intocada pela educação religiosa.

Ele odiava as mulheres com um ardor vingativo e vivia apregoando que as jovens deveriam se casar assim que surgisse a primeira menstruação. Na cabeça dele, as mulheres estão no mundo apenas para três coisas: dar prazer sexual aos homens, servir aos homens e dar filhos aos homens.

Claro, um homem como ele só podia achar que nós duas éramos mulheres incontroláveis, e muitas vezes disse isso. Se ele fosse o senhor de nossos destinos, com certeza seríamos apedrejadas até a morte, e a primeira pedra seria atirada por Hadi!

Apesar do ódio que tinha pelo gênero feminino, Hadi se empenhava em fazer sexo com o maior número possível de mulheres diferentes. E naquela viagem ao Cairo e à Itália demonstrou isso. O mais perturbador de tudo é que Ali se juntou ao amigo nesse hábito perverso! Quando estávamos no Cairo, Sara e eu, sem querer, surpreendemos Hadi estuprando uma menina de 8 anos! Foi uma cena de tanto horror e violência que nenhuma de nós duas nunca mais conseguiu apagar da memória as terríveis imagens daquele dia.

Na certeza de que um jovem cruel se tornaria um homem cruel, ficamos em pânico só de pensar que aquele indivíduo logo teria controle absoluto sobre uma moça despreparada para se defender.

Chorando, me atirei nos braços de Sara. As lágrimas que não podíamos conter contagiaram nossas filhas, que se puseram a chorar conosco.

O som de nosso choro angustiado chegou ao escritório de Karim, pois ele e Abdulah logo irromperam na sala.

Preocupado, meu marido me separou da minha irmã.

— Sultana! Sara! O que aconteceu?

E Abdulah perguntou a sua irmã Maha:

— Quem morreu?

Respondi entre soluços:

— Seria melhor morrer, mesmo!

Karim se alarmava cada vez mais:

— O que foi? O quê?

Maha respondeu:

— É a prima Munira, pai. O tio Ali contratou casamento para ela.

Até mesmo meu marido se surpreendeu com a notícia. Todos os membros de nossa grande família sabiam da repulsa de Munira pelos homens e pelo casamento.

Ao contrário dos sauditas, Karim não acreditava em casamentos forçados. Muito tempo atrás, nós dois havíamos combinado que nossas filhas estudariam antes de se casar e que, quando chegasse o momento, escolheriam seus maridos. Jamais Maha e Amani se encontrariam na triste situação de Munira. Claro, nossa religião proíbe que se obriguem as mulheres a um casamento que não queiram. Mas, como tantas outras, muitas das coisas boas de nossa fé islâmica são mal interpretadas ou simplesmente ignoradas.

— De quem ela está noiva? — perguntou Karim em voz bastante alta para se fazer ouvir acima do choro das mulheres.

—Você não vai acreditar — solucei.

— É um enorme desastre — acrescentou Sara, com as lágrimas descendo-lhe pelo rosto.

— Digam, quem é ele?

Olhei angustiada para meu marido.

— Ali vai dar sua filha em casamento a um velho amigo.

—Velho em *anos*? — indagou ele, com uma careta.

— *Velho* de ambos os modos — disse eu. — Um velho amigo que é velho.

Exasperado, Karim reclamou:

— Por favor, não vai querer que eu adivinhe, Sultana!

Sara não pôde mais ficar calada. Levantou-se, ainda chorando.

— É *Hadi*... O amigo de Ali há muitos anos. *O detestado Hadi!*

O rosto de meu marido empalideceu. Seus olhos se tornaram ferozes, e sua voz era a de quem não acreditava.

— *Hadi, aquele da viagem ao Egito?*

— *Esse mesmo!*

— Não, não pode ser! — Karim olhou para o filho. — Abdulah, preciso ir falar com Ali agora mesmo. Vamos adiar o que combinamos para amanhã.

Nosso filho assentiu com ar solene.

Ali era amigo de Hadi, porém nenhum de seus cunhados havia feito amizade com esse homem. Era tão detestável que todo mundo o mantinha a distância, a não ser Ali. Só ele conseguia ver qualidades admiráveis no amigo, que, assim, jamais chegou a fazer parte do nosso fechado grupo de parentes e amigos.

Apesar de ter sido educado como religioso, Hadi trabalhava para o governo saudita. Como amigo de um príncipe de alta estirpe, ele manobrara para conseguir uma boa posição e se tornar fabulosamente rico.

Devido a suas excelentes perspectivas financeiras, os que não sabiam de suas inclinações doentias podiam considerá-lo um bom candidato a marido. Mas duas de minhas cunhadas conheciam três esposas de Hadi e haviam sido informadas de que sua natureza cruel se tornara pior em vez de se suavizar. Para ter uma ideia, basta saber que as mulheres com quem ele se casou o chamam, pelas costas, de "filho predileto de Satã".

Ao ouvir as palavras de Karim, tive esperança. Eu sabia que nenhuma das irmãs de Ali teria a menor influência sobre ele, mas se os homens da família interferissem talvez Munira fosse salva de um destino que ela consideraria pior do que a morte.

— Quando você vai falar com Ali?
— Amanhã.
— Asad irá com você — prometeu Sara. — Vou telefonar para Nura. Quem sabe Ahmed também queira ir. *Esse casamento tem de ser impedido!*

Com todos aqueles planos, eu me senti menos tensa.

Logo cedo, na manhã seguinte, fiquei na cama enquanto Karim tomava banho. Tentei imaginar o que aquele dia nos traria. Como tinha medo de que meu marido se esquecesse de me contar algum detalhe importante da conversa que ia ter com meu irmão, procurava um meio de ouvir a conversa deles.

Quando Karim foi para a sala de estar a fim de telefonar a Ali, ergui com cuidado o telefone que ficava junto à cama e ouvi o que diziam. Ouvi-os marcar encontro no palácio de

Tamam, onde Ali atendera ao telefonema. Era evidente que ele passara a noite com a primeira esposa.

Corri ao quarto de Maha e disse:

— Vista-se, depressa! Vamos visitar sua tia Tamam e Munira. Elas precisam de nós.

Quando eu disse a meu marido que Maha e eu iríamos visitar Tamam, vi a preocupação expressa nas rugas que lhe marcaram a testa.

— Sultana, se vocês querem visitá-las, não posso impedir. Mas tome cuidado e prometa-me que não vai interferir na minha conversa com seu irmão.

Com o ar mais inocente do mundo dei minha palavra de que não interromperia os dois. Mas Karim não me pediu que não ouvisse a conversa deles.

Minha cunhada não nos esperava, mas ficou contente com a visita e foi muito atenciosa. Depois de cumprimentar a tia, Maha foi diretamente para o quarto da prima.

Antes que Karim chegasse, convenci Tamam de que era do nosso maior interesse ficarmos bem quietas no salão de banquetes ao lado da sala de estar de Ali.

— Pode ser que eles nos chamem — disse-lhe eu.

Assim que entramos no amplo aposento, comecei a remexer na minha bolsa.

Muitos anos atrás eu aprendera que pedir permissão para tomar qualquer atitude não convencional era provocar uma resposta negativa. Por isso, simplesmente passei a agir e fazer com que os outros reagissem.

Tamam abriu a boca, mas era tímida demais para protestar, mesmo quando me viu tirar um dispositivo eletrônico da bolsa e inserir a extremidade do pequeno aparelho de escuta no ouvido. Sorri diante do espanto dela e me justifiquei:

— Sabe-se lá o que os homens estão tramando contra nós, boas mulheres...

Eu havia comprado aquele dispositivo vários anos atrás, em Nova York, em uma loja especializada que oferecia uma quantidade impressionante de artigos para espionagem, depois de ter visto o anúncio da loja no guia de turismo do hotel em que eu me hospedava. Naquela época da minha vida era muito importante para mim acompanhar as atividades secretas de Amani. Temendo que minha filha mais nova fizesse mal a si mesma devido ao seu extremado fervor religioso, era obrigada a vigiá-la. Mas logo me cansei das intermináveis conversas que ela travava a respeito de vários aspectos da fé religiosa e não usei mais o aparelho de escuta. No entanto naquela manhã, mais cedo, antes de ir para a casa de Ali, lembrei-me dele e me preparei para escutar o que iriam dizer os homens todo-poderosos que dirigiam nossa vida.

Acionei os botões do aparelho por alguns momentos. Experiências anteriores me haviam demonstrado que, mesmo não funcionando perfeitamente, o aparelho amplificava as vozes de um aposento para outro. Dei um sorriso tranquilizador para Tamam, mas percebi que ela estava morta de medo. Minha cunhada sentou-se, rígida, e cobriu a boca com as mãos.

Sem querer eu colocara o volume do aparelho no máximo, e quando, no aposento ao lado, Karim, Asad e Ahmed cumprimentaram Ali em voz alta, dei um salto e fui bater contra a parede.

Tamam emitiu um gritinho alarmado.

Depois de recuperar o equilíbrio, coloquei o indicador sobre os lábios pedindo-lhe silêncio.

Felizmente os cumprimentos trocados pelos homens eram em um volume tão alto que eles não tinham como ouvir nada mais.

Sorri enquanto escutava. Eu sempre sentira um prazer secreto em ouvir conversas proibidas.

Os quatro levaram longos e silenciosos momentos preparando o chá que iriam tomar. Por fim, quando começaram a falar, a conversa não era sobre nada importante. Depois de perguntarem sobre a saúde um do outro, passaram a conversar sobre vários negócios. Comentaram durante algum tempo o declínio da saúde do rei. Meu tio Fahd era o líder imediato da escolha, e nossa família temia o momento em que o rei não pudesse mais governar.

Minha paciência já se estava esgotando quando, por fim, Ahmed tocou no assunto que motivara aquela reunião.

— Ali, ouvimos dizer que Munira vai se casar.

Houve um breve silêncio. Então Ali tocou a campainha e, quando o criado atendeu, pediu docinhos frescos para acompanhar o chá.

Imaginei que meu irmão estivesse ganhando tempo para arquitetar a resposta a essa inesperada pergunta. No entanto, a verdade era que ele andava comendo demais. Para meu divertimento, ele se tornava mais gordo a cada ano que passava.

O aparelhinho de escuta funcionava tão bem que eu chegava a ouvir os estalos dos lábios de Ali ao devorar um ninho de mel e nozes atrás do outro.

Por fim, com o apetite saciado, ele ficou pronto para responder à pergunta do cunhado.

— Sim. Você ouviu certo, Ahmed. Munira chegou à idade de se casar e arranjei-lhe um bom casamento. — Ele hesitou, antes de acrescentar: — Claro, Tamam avisou minhas irmãs da data do casamento.

Karim clareou a garganta, então começou a falar com cuidado:

— Ali, considere-se nosso irmão. E como irmãos estamos aqui para apoiá-lo em qualquer decisão que você tome... seja ela qual for.

— Isso é verdade — confirmou Asad prontamente.

Meu marido prosseguiu, com muito tato:

— Ali, os meandros da vida humana são tão surpreendentes! Eu me pergunto se você pensou na personalidade especial de Munira ou na idade do homem com quem ela vai se casar.

Ahmed foi quem se dirigiu direto ao ponto.

— Munira não é mais jovem do que algumas das filhas de Hadi?

Fez-se um perfeito silêncio, então Asad acrescentou, rápido:

— Se Munira tem de se casar, não há ninguém mais próximo da idade dela e que seja do seu agrado?

Sem dúvida Ali não estava contente com a inesperada interferência em suas decisões particulares. Todavia deve ter se sentido preso em uma armadilha porque fez uma concessão surpreendente:

— Deixarei que Munira decida!

Levei as mãos aos lábios para conter a crescente emoção. Quando me controlei, fiz sinal para Tamam, ergui os braços acima da cabeça e depois os desci para o chão, indicando que eu rezava e agradecia a Alá.

Ainda travada, minha cunhada me olhou com admiração. Parecia pensar que eu lhe dizia que estava na hora da prece do meio-dia, pois olhou seu relógio e fez que não com a cabeça.

Num lento e mínimo sussurro eu lhe disse, quase apenas com movimentos da boca:

— Ali vai deixar que Munira decida!

Tamam sorriu timidamente.

Essa foi a única vez na vida que, por um átimo, tive simpatia por Ali. A primeira esposa dele era uma criatura tão apática! Se eu fosse a mãe de Munira, teria enorme dificuldade para ocultar minha alegria ao receber tal notícia. Caridosa, concluí que as emoções dela haviam sido eliminadas para sempre por anos de maus tratos.

—Vou chamar Munira agora — decidiu Ali.

Ouvi o som de suas pantufas sobre o soalho, depois uma porta se abriu e em seguida se fechou.

Enquanto Ali se ausentou, os três homens esperaram conversando sobre nossa recente viagem ao Egito. Fiquei desapontada, pois esperava que falassem sobre algum fato confidencial da família que eu não conhecesse, mas não tão confidencial que não pudesse repeti-lo.

Logo ouvi Ali entrar na sala. Sua voz trovejante parecia mais firme.

— Munira, seus tios a amam e a estimam profundamente. Roubaram precioso tempo dos seus negócios para vir cumprimentá-la pessoalmente pelo noivado e pelo casamento em breve.

Karim, Asad e Ahmed murmuraram algo, mas Munira não respondeu.

Sabendo do temor que ela sentia pelos homens, desconfiei que estivesse tão apavorada com as atenções masculinas que nem sequer conseguia falar.

O pai dela prosseguiu:

— Munira, minha filha, o respeitável Hadi pediu-me que você se torne sua adorada esposa. Você sabe da antiga amizade dele com nossa família e de suas possibilidades de prover seu sustento e o dos filhos que porventura venham a ter. Pedi permissão a Deus Todo-Poderoso para dá-la como esposa a Hadi. Diga-me, Munira, se você concorda.

Esperei que Munira falasse. Esperei... esperei.

— Munira!

Silêncio.

Exuberante de tanta alegria, Ali exclamou:

— *Deus é grande!* O silêncio de Munira quer dizer que ela concorda. — Ele riu, feliz. — Pode voltar para seu quarto, filha, e saiba que seu decoro nesta questão deixa seu pai muito feliz.

Meu rosto tornou-se insensível, e a insensibilidade foi me descendo pelo corpo. Compreendi que Ali usara de uma artimanha para calar a boca dos cunhados. Repetira quase palavra por palavra a pergunta que o profeta Maomé fez a sua filha Fátima quando contratara o casamento dela com um primo, o imã Ali. Como Fátima não respondesse, todos os bons muçulmanos sabem que o profeta interpretara a recusa da moça em responder como sinal de profundo decoro.

A porta bateu.

Diante daquela circunstância meu marido e meus cunhados não puderam dizer mais nada. Se o fizessem, seria o mesmo que discutir com o Sagrado Profeta!

Ali lhes agradeceu profusamente.

— A preocupação que vocês demonstraram ter pela minha família aqueceu meu coração. Sou o homem mais afortunado do mundo! Por favor, voltem logo a me ver.

Quando os homens saíram, a porta bateu mais uma vez e ouvi meu irmão rir, todo satisfeito.

Com um gemido de dor, apoiei-me na parede. O que teria acontecido? Será que Ali ameaçara Munira durante o curto trajeto que haviam feito juntos até a sala? Ou aterrorizara a filha a tal ponto que ela ficara muda?

Com as lágrimas escorrendo pelo rosto, olhei para minha cunhada e sacudi lentamente a cabeça. Tudo estava perdido!

Como uma mulher que jamais conhecera o poder da esperança, Tamam não pareceu surpresa ou transtornada. Ergueu-se e veio sentar-se a meu lado. Chorei, e ela me confortou.

Dali a pouco a porta se escancarou. Havíamos sido descobertas por Ali! Meu irmão entrou, e se pudesse nos teria fuzilado com os olhos.

Sustentei seu olhar. A repulsa me dominou. Meu irmão se tornara fisicamente muito mais feio do que era. Seu rosto se mostrava redondo, mesmo sob o thobe★. Usava óculos com armação de chifre e lentes grossas que faziam com que seus olhos parecessem escandalosamente grandes.

A antipatia que tínhamos um pelo outro era mútua. Nossas experiências infantis haviam cavado entre nós um abismo tão profundo que jamais poderia ser transposto. Naquele momento o ódio entre mim e meu irmão era tão denso que eu tinha impressão de que a sala se tornara escura.

Em desafio, falei com o veneno pingando de minha língua:

— Ah, meu perverso irmão! Tenho certeza de que o Dia do Julgamento Final não irá agradá-lo.

O rosto de Tamam se contraiu de medo, e ela recuou, horrorizada com meu atrevimento. Era evidente que jamais erguera a cabeça diante do marido. A pobre mulher tentou desculpar o que eu havia dito, alegando que eram apenas palavras de uma mulher inferior, mas Ali interrompeu as justificativas com um simples aceno de mão que a expulsava da sala.

Não era de admirar que ele não a amasse, pensei cruelmente. Homem nenhum poderia respeitar uma mulher tão covarde.

Quando olhei para o rosto de Ali, percebi que ele procurava algo ofensivo para me dizer. Meu irmão jamais conseguira me atingir com palavras, e agora parecia mais perdido do que nunca.

Eu ri, inclinei-me para trás e relaxei. Em uma batalha de inteligência eu podia derrotar Ali com facilidade. Mas, de repente, seu rosto crispado se suavizou e meu desprezo começou a enfraquecer. Será que ele percebera, como eu, que quando se vence não é preciso palavras?

★ Thobe — Tipo de túnica usada no mundo árabe. (*N. do E.*)

Ele começou a rir, descontraído. A alegria do meu obeso irmão, de pé diante de mim, triunfante, sabendo que era apoiado pelas instituições legais de meu país, me fizeram mergulhar no desespero.

O destino de Munira estava selado, e eu temia que nada mais pudesse dizer ou fazer para evitar o horror que a esperava.

Mesmo depois de Ali ter fechado a porta e começado a se afastar com seu passo pesado pelo corredor que levava para a porta principal do palácio, ainda pude ouvir sua risada maldosa.

O casamento de Munira

◆ ◆

O choque de meu fracasso no confronto com Ali fez com que eu voltasse depressa para casa e me refugiasse em minha cama. Uma fortíssima dor de cabeça me atormentava, e não me juntei à família nem mesmo para o jantar.

Mais tarde, nessa mesma noite, quando meu marido, desanimado, contou-me como fora o encontro com Ali, não confessei que já sabia de tudo. Comecei a chorar, e Karim me confortou como pôde.

Na manhã seguinte eu ainda estava tão deprimida que fiquei na cama até ele ir para o escritório, na cidade. Meus pensamentos giravam em torno de Munira e da vida terrível, sombria, que logo estaria levando. Minha sensação de impotência diante do triste destino de minha sobrinha fez surgir uma pergunta perturbadora: quando a vida de cada mulher árabe tiver melhorado, até que ponto Sultana Al Saud poderá considerar esse fato como uma realização sua?

Muito pouco, eu tinha de admitir àquela altura. Pela primeira vez na vida via-me forçada a reconhecer que minhas elevadas aspirações de ajudar mulheres indefesas se haviam transformado em nada. Fiquei com o astral tão baixo diante dessa triste conclusão que senti vontade de beber. Estava querendo uma bebida alcoólica antes de tomar o café da manhã! Afastei a ideia de comer e fui direto pegar a garrafa de uísque que ficava guardada em um armário do quarto. Depois de servir uma dose generosa, tomei um grande gole e aguardei que o esperado calor se espalhasse pelo meu corpo.

De súbito outra preocupação me assaltou. Durante os últimos meses eu vinha sentindo cada vez mais vontade de beber. Será que o alívio que encontrava no álcool não acabaria por me levar a uma desagradável situação? Será que estava me tornando uma alcoólatra? Essa ideia me fez atirar o copo no chão. Gemi e cobri os olhos com as mãos.

Desde pequenina me haviam ensinado que bebidas alcoólicas eram perigosas e totalmente proibidas aos muçulmanos. Lembro-me ainda de minha mãe dizendo-me que o profeta Maomé amaldiçoara muitos homens por causa da bebida. Ela me dizia também que nosso grande profeta amaldiçoara o homem que produzia a bebida, o homem que a transportava, o homem que a servia e o homem que a bebia, o homem que negociava com ela e lucrava com isso, o homem que a comprava e o homem que a vendia. Ninguém era poupado!

No entanto, apesar dos constantes avisos de minha mãe, não sei como me vi envolvida pela promessa da fugaz felicidade que se encontra com tanta facilidade em uma garrafa de bebida.

Na família Al Saud não sou a única que tem essa sina. O álcool exerce um domínio chocante sobre muitos dos meus primos reais. Para dizer a verdade, devo confessar que esses primos não compram nem vendem álcool: apenas o bebem. E o fazem apesar do tabu religioso e da proibição da lei. O que nossa mãe iria pensar disso?

As pessoas que vivem no Reino da Arábia Saudita estão cansadas de saber desse consumo ilegal de álcool. É do conhecimento geral que todo ano um grande número de sauditas, bem como de estrangeiros, são presos pela ofensa de possuir ou consumir álcool. Sabe-se perfeitamente também que tais leis não se aplicam aos membros da família Al Saud. Mas, enquanto os homens da família real permanecem impunes, seja lá qual for o crime que cometam, a coisa muda quando as mulheres da família cometem algum deslize. Sim, somos poupadas da condenação pública por nossos erros porque a admissão deles poderia causar embaraços às regras ditadas pelos nobres, mas somos forçadas a pagar muito caro seja qual for o vício que nos domine.

Voltei para a cama e tentei contar nos dedos quantas de minhas primas reais se haviam viciado em bebida ou drogas. Contudo, não havia dedos suficientes. Durante os últimos anos o problema se havia tornado tão inquietante que foram abertas no país várias clínicas para dependentes. Assim, os homens da família Al Saud não precisam mais mandar para outro país as esposas viciadas em álcool ou drogas para se reabilitarem.

Há poucos meses fui visitar uma prima internada em uma dessas clínicas. A atmosfera lá era de riqueza e privilégios. Passos suaves e vozes baixas fazem o visitante notar que se encontra em uma instituição médica diferente de todas as outras. Os médicos e as enfermeiras são estrangeiros, assim como o restante da equipe. Para assegurar que as internadas jamais fiquem sozinhas, cada paciente conta com cinco enfermeiras pessoais, e todas elas cresceram aprendendo a lidar com princesas reais altamente mimadas.

Fui encontrar minha prima em uma ampla suíte com três cômodos onde se repetia o luxo a que ela se acostumara em casa. Chefs de cozinha especiais preparavam os mais refinados pratos, que eram servidos em porcelana chinesa. Minha prima continuava vestindo caros modelos de grife e recebendo a visita de amigas íntimas e de parentes. As duas únicas coisas que não estavam ao seu alcance eram bebidas alcoólicas e drogas.

Como o tratamento dela consistia em várias sessões com médicos especializados, não era submetida à humilhação — ou aos benefícios — da terapia em grupo, como os pacientes dos países ocidentais.

O custo desse tratamento especial na luxuosa clínica ultrapassava 100 mil riais sauditas (26 mil dólares) por semana. Minha prima ficou internada dezesseis semanas até ser declarada livre da dependência. Infelizmente, alguns meses depois de ter recebido alta ela estava de novo viciada em álcool. Ouvi dizer que essa prima esteve pelo menos cinco vezes internada naquela clínica.

O fato é que uma vez submetida a esse tratamento, ficando ou não curada, tudo muda na vida da infeliz esposa saudita. Os criados fazem comentários entre si, e a verdade sempre escapa ao controle. A princesa viciada é olhada com piedade por suas primas, o marido a rejeita, possivelmente tomando outra esposa ou mesmo pedindo o divórcio. E, como todas as sauditas estão cansadas de saber, o divórcio significa a perda de tudo: a posição social e os filhos. A mulher divorciada não tarda a ser isolada socialmente e lançada no ostracismo.

Há pouco tempo o marido de Hazrat Al Saud, uma outra prima dominada pelo alcoolismo, pediu o divórcio. Os cinco filhos pequenos, que passaram a viver com o pai e suas duas outras esposas, foram proibidos de ter qualquer contato com a mãe. A família também a repudiou, e hoje em dia ela vive sob a guarda de uma velha tia cega e dois criados filipinos. Assim mesmo a atração do álcool é tão grande que Hazrat não perde a menor oportunidade de comprar bebida, apesar de ter causado sua ruína.

Poucas semanas atrás minha irmã mais velha, Nura, ficou sabendo que essa nossa prima provocou uma explosão ao tentar fabricar vinho caseiro com suco de uva, açúcar e fermento. Nura diz que a velha tia cega de Hazrat jura que a explosão foi tão forte que chegou a pensar que o Iraque estivesse bombardeando Riad. A velha senhora se enfiou embaixo da cama e ficou lá até ouvir a sobrinha chorando e lamentando a perda da bebida. Impossível não ver que a destruição da vida de Hazrat foi provocada pela mesma compulsão de beber que estava tomando conta de mim.

Estremeci. Com medo de como seria meu futuro se descobrissem meu segredo, prometi a mim mesma que Karim jamais ficaria sabendo que eu bebia pela manhã. Fazia muito tempo que eu sabia que minha coragem e minha audácia eram flechas que atravessavam o coração do meu marido e o atraíam para mim. Com certeza as bases de nosso amor seriam destruídas se ele descobrisse minha fraqueza.

Horrorizada com o rumo que minha vida tomava, jurei que dominaria aquela perigosa e progressiva necessidade de álcool. Comecei a pronunciar os noventa e nove nomes de Alá em voz alta esperando que, reparando em minha devoção, o Deus dos muçulmanos tivesse piedade de mim e me desse a força necessária para me livrar do vício. Meus lábios mal se moviam enquanto eu pronunciava as palavras: "O Compassivo, O Piedoso, O Soberano, O Santo, O Provedor da Paz, O Protetor, O Imensamente Poderoso, O Criador, O Majestoso, O Que Perdoa"...

Minha devoção sincera foi interrompida por Maha, que quase histérica entrou no quarto. Minha filha disse que Munira acabara de telefonar, chorando. A pobre moça confirmara o que eu já esperava: houvera uma boa razão para ela se manter em silêncio quando fora levada à presença dos tios. Ali prometera surrar a ela e a mãe caso se atrevesse a abrir a boca para dizer que não queria se casar com Hadi.

A pobre Munira contou também que suas preces diárias consistiam em rogar a Deus que lhe desse a morte antes do dia do casamento.

Foi a lembrança da tentativa de suicídio de Sara que me fez levantar da cama. Maha e eu descartamos um a um os planos mirabolantes que nos vieram à mente para salvar minha sobrinha. Por fim, chegamos à conclusão de que um plano simples seria o melhor. Decidimos esconder Munira na nossa casa em Jidá até que Hadi ficasse tão mortificado com a relutância da jovem noiva que desfizesse o noivado.

Imediatamente telefonei para Sara e lhe pedi que viesse depressa a minha casa. Esperava induzir aquela irmã mais inteligente a se juntar a nós e melhorar a estratégia.

Quando Sara chegou, ficou aturdida com nossa trama e avisou-me de que se via na obrigação de alertar Karim sobre o que eu ia fazer.

— Sara — argumentei —, você já trilhou o triste caminho que Munira está trilhando. Será que nem mesmo a lembrança dos abusos que sofreu consegue convencê-la a nos ajudar a salvar essa moça?

Sara pareceu congelar.

— Sara?

O rosto tenso de minha irmã desmentia a calma de sua voz.

— Sultana — confessou ela —, cada dia da minha vida é anuviado pelo que me aconteceu. Mesmo nos momentos em que sou intensamente feliz com Asad, um toque de dor permanece no fundo de minha alma. — Ela fez uma breve pausa. — Se eu pudesse, salvaria Munira dessa triste sorte. Mas apenas Deus pode salvá-la. Apenas Deus.

— Deus deu às mulheres inteligência para pensar — disse eu. — Se não, como poderíamos derrotar a natureza má dos homens?

Ela me tocou o ombro com sua leve mão.

—Você tem a idade de uma mulher, irmãzinha, mas ainda é uma criança.

Voltei-lhe as costas, tão decepcionada que nem sequer conseguia falar.

—Vamos, Sultana. Tente pensar com clareza por um instante e verá que qualquer coisa que faça por Munira só irá tornar nosso irmão e Hadi ainda mais determinados. Se você esconder Munira, eles a encontrarão. Aí, Hadi irá se casar com ela do mesmo jeito, só que terá o coração repleto de ódio e amargura. Suas atitudes apenas irão piorar a vida dela.

Do mesmo modo que o pássaro engaiolado acaba por aceitar o cativeiro, a luz da esperança me abandonou. Deixei-me cair no sofá e abracei meu próprio corpo. Era verdade o que Sara acabava de dizer. Acabei por desistir da intenção de libertar minha sobrinha. Eu sabia que, a não ser por um milagre, Munira jamais escaparia de se tornar esposa de Hadi. Não havia nada que qualquer uma de nós pudesse fazer.

Depois que Sara voltou para casa, tornei a me deitar e passei o dia na cama, em letárgica desesperança.

Nove dias passaram como se fossem um mero momento. A noite do casamento de Munira chegou depressa.

Apesar de Ali não ter o menor amor pela filha mais velha, sua alta posição de príncipe garantiu que o casamento se tornasse uma grande ocasião. A cerimônia nupcial aconteceria na Mansão Rei Faiçal, um imponente edifício em Riad onde se realizavam os casamentos mais importantes da família real saudita.

Na noite do casamento um desfile de limusines passou pela entrada da mansão e delas saíam grupos de mulheres veladas. Nosso motorista parou junto dos largos degraus que levavam à entrada principal. Dois porteiros abriram as portas da limusine; minhas filhas e eu saímos para a noite repleta de música. Dava para ouvir o ritmo de dança árabe que vinha da mansão enquanto nos dirigíamos para a escada.

Embora estivéssemos veladas, eu sabia que a maioria das demais convidadas pertencia à família real. As outras eram de famílias de alta classe amigas da nossa.

Além do noivo, do seu pai ou irmão, do pai da noiva e talvez do mutawa, o celebrante, não haveria a presença de mais nenhum homem. Os homens e mulheres do meu país festejam os casamentos em lugares separados. Os maridos de todas as mulheres que estariam presentes na festa na Mansão Rei Faiçal estariam reunidos no palácio de Ali, em Riad.

Quando minhas filhas e eu chegamos à entrada do imenso salão, um grupo enorme de criadas, todas vestidas exatamente da mesma maneira, em veludo vermelho, e usando toucas aproximou-se para pegar nossos mantos e véus. Nós três usávamos caros modelos de grife que havíamos comprado no ano anterior, durante as férias em Paris. Eu estava com um vestido preto recoberto por renda vermelha italiana.

Alguns dias antes, em uma tentativa de me distrair da preocupação com Munira, Karim mandara uma confiável criada libanesa a Paris para comprar um presente para mim. O colar com dez diamantes estava ao redor do meu pescoço naquela noite.

Maha vestia um adorável modelo de seda cor de vinho com um suave drapeado nos ombros. Um colar de diamantes e pérolas em forma de gotas enfeitava-lhe o colo. Ao escolher a joia que usaria, Maha comentara que aquele colar era o mais apropriado, pois até as pedras preciosas pareciam chorar por sua querida prima.

Amani usava um vestido azul-marinho, simples, com *spencer*. De acordo com sua crença religiosa, escolhera o mais discreto colar como joia.

Uma vez que nossa religião considera adequado e natural o gosto das mulheres por joias e outros enfeites, desde que não sejam utilizados para atrair os homens e despertar seu desejo sexual, Amani não pudera recusar meu pedido para que usasse uma joia naquela noite. Fiz minha piedosa filha lembrar-se do que já sabia, ou seja, de que além de Hadi, de seu tio Ali e do celebrante, não haveria homens presentes à cerimônia. Depois de concordar que sua fé permitia o uso de pedras preciosas sem nenhuma culpa, Amani escolhera um lindo colar de rubis que lembrava uma fieira de flores delicadas.

Minhas duas filhas estavam adoráveis, e se a ocasião fosse outra eu teria sentido orgulho de levá-las.

Quando Maha e Amani se reuniram às primas da sua idade, deixei que circulassem pelo salão sem minha companhia.

Entre a música que soava alto demais e a voz potente e vibrante do cantor, eu ouvia gritos de terror. Ou seria minha imaginação?

Um arrepio percorreu-me o corpo. Holofotes se acenderam por todo lado. A iluminação excessiva criou um efeito cegante. Contratados por Ali, os decoradores especiais que tinham vindo do Egito haviam cravejado o teto com lâmpadas coloridas. Fiquei surpresa com tanta ostentação nos enfeites. A luz ofuscava a vista, e de vasos extravagantes transbordavam balas e confeitos embrulhados em papel dourado. Cortinas de veludo desciam do teto sem nenhum propósito. Enormes cascatas de arranjos florais pendiam de colunas douradas, espalhavam-se em mesas e até mesmo eram vistas penduradas nas paredes. Mas as flores haviam sido escolhidas ao acaso, sem nenhuma combinação de aparência ou cor. Rosas vermelhas se achavam junto com margaridas amarelas, orquídeas lilases estavam misturadas com cravos azuis. A plataforma decorada com espalhafato, onde Hadi e Munira iam se encontrar e que era alta o bastante para que todos os convidados os vissem, era recoberta por luzes verdes e vermelhas que piscavam!

Eu estava tão absorta na contemplação do ambiente de tremendo mau gosto que não vi Sara se aproximar. Um braço delicado me envolveu a cintura.

— Sultana.

— Sara... — Eu sorri. — Graças a Deus você me encontrou.

Com olhar reprovador, Sara indicou com a cabeça o cenário que nos rodeava.

— Nesta noite me sinto mal por ser irmã do nosso irmão.

— E eu sinto vergonha por motivo bem mais sério do que esta decoração — declarei.

— Eu queria ter ajudado você a esconder Munira — admitiu Sara.

—Verdade?

— Sim. Nossos corações estão unidos nessa dor.

Abracei minha irmã e tentei confortá-la como ela me confortava.

— Teve razão em me desencorajar, Sara. Ali revolveria toda a areia do deserto para encontrar a filha e entregá-la a Hadi. — Suspirei com triste resignação. — Não há salvação para a filha de um homem assim.

De mãos dadas, Sara e eu saímos andando pelo salão, cumprimentando tias e primas e procurando nossas irmãs.

Antes da hora em que Munira deveria aparecer, todas as dez filhas de nossa amada mãe, Fadila, estavam reunidas e formavam um círculo.

Porém não havia alegria entre nós. Cada uma das irmãs estava triste por causa do motivo que nos reunia ali. Depois da morte de mamãe, Nura, a filha mais velha, teve nosso consentimento para se tornar nossa líder. Ela era uma pessoa firme e muitas vezes guiara os passos das irmãs mais novas fazendo-nos encarar a realidade de nossa vida. Estoica e forte, era evidente que minha irmã mais velha, dentre todas nós, era a única que dominava as próprias emoções. Mas naquela noite até mesmo ela estava abatida pela tristeza. Nura estava conosco no Egito quando o verdadeiro caráter de Hadi se tornou conhecido por nossa família. Ao contrário de muita gente que estava na festa, ela sabia como era corrompida a alma do homem que logo iria se tornar marido de Munira.

— Esta é uma noite muito triste — murmurou Nura, olhando para a plataforma nupcial.

Sara estremeceu ao pensar na noite que aguardava Munira.

— Se pelo menos a querida menina não tivesse tanto horror a homens... — suspirou.

— Quer ela tenha medo dos homens, quer não, esta vai ser uma noite cruel para Munira.

Olhei por cima do ombro de Tahani e vi Rima, a quinta filha da nossa querida mãe, apalpando discretamente o dispositivo médico que recolhia os resíduos de seu corpo. A bolsa ficava escondida pelas roupas, mas a ansiedade de Rima formara o hábito de verificá-la e tornar a verificá-la de modo compulsivo. Depois do ataque brutal de seu marido Salim, ela precisara submeter-se a uma colostomia e nunca mais recuperara o domínio sobre as funções corporais.

Enfurecida pela ideia de que mais uma de nossas mulheres iria sofrer nas mãos de um homem, perguntei sem nenhum cuidado:

— *Como é que somos capazes de aceitar tudo isso?*

— *Psiiiuuu* — fizeram minhas irmãs, para me impedir de chamar a atenção das mulheres que estavam de pé ao nosso lado.

— Acho que deveríamos estar atirando pedras no palácio em vez de presenciar este acontecimento vergonhoso.

— Sultana — repreendeu-me Nura —, *não* faça uma cena.

Até mesmo eu me surpreendi com minha impertinência ao responder:

— É *você* que está fazendo uma cena comigo, querida irmã.

Nura não retrucou, mas me dirigiu um olhar de advertência.

— Todas as mulheres da Arábia Saudita deveriam pegar o máximo de pedras que pudessem — insisti — e atirá-las nos homens.

Oito das minhas nove irmãs, Nura, Rima, Tahani, Baher, Dúnia, Naiam, Haifa e Soha, emitiram uma exclamação apavorada. Apenas Sara se manteve impassível. Observei-as enquanto se entreolhavam, aflitas. Vendo a decepção estampada no meu rosto e sabendo que eu ansiava por um único gesto de coragem de todas elas, Sara deu um passo adiante e pegou minha mão.

Sonoros trinados soaram de repente por trás da porta fechada. O casamento começava. Minhas irmãs se livraram de ficar ainda mais traumatizadas com meu procedimento.

Tremendo de raiva e desespero, vi seis lindas dançarinas entrarem teatralmente quando a porta se abriu. Eram dançarinas vindas do Egito e usavam roupas que valorizavam e exibiam seus corpos voluptuosos. Quando passaram por nós, elas nos dirigiram piscadelas convidativas com os olhos pesados de tanta maquilagem.

Fiquei aturdida com aquilo e olhei para Sara com ar indagativo; ela sacudiu os ombros. Eu tinha ouvido dizer que uma de nossas primas se havia tornado amante de uma dançarina egípcia e imaginei se o que aquela mulher ganhara explorando minha prima não pusera ideias semelhantes na cabeça de suas colegas.

As dançarinas foram seguidas por cantoras que também tocavam tambores e usavam vestidos bordados coloridos. Vi que eram sauditas de uma tribo leal a nossa família.

Doze meninas esguias, com idade entre 3 e 6 anos, vinham atrás das cantoras. Eram as meninas das flores, vestidas de cetim cor-de-rosa, com laços no cabelo e sapatos combinando. Elas jogavam para o ar pétalas de orquídeas cor de lilás. Pela fragrância que me chegou às narinas pude perceber que essas pétalas haviam sido perfumadas com incenso de aroma adocicado. As meninas pertenciam a nossa família real, e seus encantadores gestos infantis provocaram muitos sorrisos na multidão que as admirava.

Depois que as dançarinas deram a volta na plataforma, iniciaram uma dança frenética que acompanhava a música cada vez mais rápida. Era sinal de que a noiva vinha se aproximando da porta. Como sou baixinha, coloquei-me na ponta dos pés para enxergar melhor.

Munira entrou e caminhou lentamente pelo salão. Seu rosto triste estava coberto por um véu cor de pêssego, ornado com uma infinidade de pedrinhas brilhantes que refletiam as luzes e produziam um efeito cintilante que não havia em seus olhos. A pesada cauda do vestido era carregada por primas adolescentes, de 13 a 19 anos. Essas jovens exibiam horrendos vestidos de cetim cor de laranja que certamente não fora escolha delas.

Oprimida pelo turbilhão de cores contrastantes das flores e dos vestidos, pensei que aquele seria o casamento de mais mau gosto a que eu já assistira. Nada ali combinava, nem os noivos.

Sara e eu nos entreolhamos, incrédulas. Eu sabia que ela pensava o mesmo que eu.

Quando Munira passou por nós pude ver seu rosto pálido. Os grandes olhos estavam sem expressão, fixos em frente, naquele instante de tempo que parecia perdido para sempre.

Eu fiquei arrasada!

Depois que a noiva sentou-se em um dos dois tronos que se achavam sobre a plataforma, chegou o momento que eu temia: a hora da entrada do noivo.

As vozes altas que ecoavam no salão se transformaram em um pesado murmúrio.

Hadi, acompanhado por um de seus irmãos, caminhava na direção da infeliz noiva. Ali e um barbudo mutawa os seguiam de perto.

Munira olhava sombriamente para Hadi. Uma terrível expressão de dor passou-lhe pelo rosto, mais foi apenas por um segundo. Sabendo que se achava encurralada como um animal e que não havia esperança de escapar, ela parecia ter decidido manter a dignidade.

Hadi não correspondia ao olhar da noiva, como qualquer noivo faria no momento de se casar. Em vez disso, fitava com ar faminto os rostos sem véu das convidadas! Era mais do que evidente que a passagem dos anos não o modificara. Ele não queria perder a oportunidade de olhar com luxúria as mulheres oficialmente dispensadas do véu naquela ocasião. Será que sua natureza depravada se reforçara com a idade adulta?

Chocadas com os olhares libidinosos de Hadi, as mulheres não puderam conter um murmúrio escandalizado.

Sara apertou meu braço com tanta força que seus dedos ficaram brancos. Eu sabia que ela temia que eu escapasse e agredisse Hadi com todas as minhas forças.

Era difícil imaginar que a situação pudesse piorar, mas eu já decidira que se aquele homem me dirigisse um olhar obsceno eu cuspiria na cara dele e ali mesmo contaria a todos o que sabia dele.

As pessoas presentes foram poupadas dessa cena sensacional porque quando Hadi vinha chegando ao local em que estávamos seu olhar se desviou das convidadas e fixou-se na negligenciada noiva. Um sorriso deliciado iluminou-lhe o rosto. Ele era, de fato, um homem de sorte.

Nada me surpreendeu mais do que verificar que Hadi pouco envelhecera desde nossa viagem ao Egito, ocorrida havia tantos anos! Esperava que uma pessoa tão ruim tivesse se transformado em um homem encarquilhado e asqueroso. Imaginara-o com aparência decadente, mas não era o caso. Apesar de ter engordado um pouco, ele ainda era bonito. Quem imaginaria que por debaixo daquela aparência suave havia a alma de um bruto?

Um amargo pensamento me passou pela cabeça. Nossas moças são obrigadas a sacrificar a juventude a homens como Hadi, que se nutrem da beleza delas! É devorando esposas quase meninas que esses homens se mantêm fortes! Fui obrigada a engolir minhas lágrimas.

Hadi juntou-se a Munira na plataforma nupcial, muito orgulhoso de si mesmo.

Fiquei olhando para Ali, que foi se colocar ao lado dos noivos. Mas desviei os olhos e me dissociei mentalmente de meu irmão.

A cerimônia oficial de casamento havia sido realizada no começo da semana, com a presença apenas dos pais dos noivos. Nem mesmo nessa ocasião Munira e Hadi estiveram um diante do outro. A festa dessa noite era apenas a celebração, uma espécie de divulgação do matrimônio.

Nura tentou fazer com que eu e Sara nos juntássemos às demais irmãs para ir desejar felicidade aos noivos, porém nós nos recusamos. Como poderíamos fingir alegria quando o homem mais imoral que conhecíamos era proclamado senhor de uma meiga e inocente jovem de nossa carne e de nosso sangue?

Sorri amargamente ao ouvir minhas primas elogiarem, admiradas, a beleza e a riqueza do recém-casado. Uma prece silenciosa emergiu da minha alma. Oh, meu Deus, tenha piedade das mulheres sauditas. *E depressa!*

Meu segredo

◆ ◆

No dia seguinte à "escravidão santificada" de Munira, Karim precisou viajar a negócios para o Japão, onde ficaria por três semanas. Abdulah acompanhou o pai. Havia chegado o momento infeliz de meu adorado filho voltar à universidade, nos Estados Unidos. A ideia era ele voar para a Califórnia depois de ficar alguns dias no Japão com o pai. Meus olhos se enchiam de lágrimas cada vez que eu pensava que não veria seu rosto bonito durante três longos meses.

Ficamos no palácio em Riad, além das criadas, apenas eu e minhas filhas. Mas estas eram de pouco consolo para mim, uma vez que também estavam se preparando para a temporada escolar e prefeririam ficar com as amigas a maior parte do tempo que lhes restava.

Sempre fui inquieta, entediava-me com facilidade, e devo confessar que vivia me imiscuindo nas atividades de minhas filhas. Por isso passava horas vazias andando pelos corredores desertos do segundo piso de nossa casa e parava uma porção de vezes à porta dos quartos das meninas. Quando elas eram menores, moravam na mesma ala. Mas depois, pelo fato de

Amani ter criado o hábito de destruir as coloridas revistas de moda e os CDs de Maha, Karim e eu decidimos mudá-la para a ala sul do palácio, enquanto Maha permanecia na ala norte. Por isso eu tinha de subir e descer muitas escadas.

Raramente se alterava a situação que eu costumava encontrar nessas rondas de vigilância: o som persistente de cânticos e de preces continuava a vir da suíte de Amani, e risadas vibrantes, assim como o som ainda mais vibrante de rock, escapavam por baixo da porta da suíte de Maha.

Desconcertada por estar espionando minhas filhas, das quais não tinha a menor queixa, voltei para meus aposentos particulares. Com a trágica situação de Munira girando sem parar em minha mente, eu não tinha ânimo para comparecer às reuniões de mulheres que aconteciam todas as tardes na casa de amigas ou parentes.

Hadi levara a jovem esposa ao Marrocos para um mês de lua de mel. Embora eu mal suportasse pensar na agonia pela qual Munira devia estar passando, queria ter certeza de que a pobre menina estava bem. Por isso telefonei para Tamam e perguntei se tinha notícias do casal. Não acreditei quando minha cunhada me confessou que não tivera coragem de pedir ao genro o telefone do hotel onde iriam ficar. Bati o telefone para não explodir em impropérios contra a loucura passiva que era o comportamento inerte de Tamam.

Não havia nada a fazer, a não ser esperar. Para minha vergonha, comecei a sentir um poderoso desejo de beber, mas lutei contra ele.

Poucas horas depois, aniquilada, Tamam me ligou dizendo que Munira lhe telefonara às escondidas, em um momento em que Hadi saíra do quarto do hotel, e dissera que detestava e temia o marido muito mais do que julgara possível.

Depois de desligar, doente de tanto desespero, fiquei largada na cama. Meu corpo parecia todo entorpecido. Como me sentia desamparada! Não havia modo algum de eu, ou qualquer outra pessoa, ajudar Munira. Agora ela estava legalmente casada com Hadi.

Anos atrás eu me informara de que nenhuma das autoridades de nosso país podia interferir em problemas particulares entre um homem e uma mulher. Milhares de anos passariam mas o corpo das mulheres sauditas continuaria a pertencer aos homens sauditas. Como eu odiava nossa impotência!

Lágrimas desceram-me pelo rosto. Meu coração batia perigosamente descontrolado. Procurei ocupar a mente com outros pensamentos. Sim, era melhor que me preocupasse em fazer alguma coisa. Havia muito tempo que negligenciara o controle do estoque de bebidas alcoólicas de nossa casa. Iria fazer uma inspeção de surpresa. Não que estivesse com intenção de beber, garanti a mim mesma, enquanto me vestia — simplesmente queria ter certeza de que ninguém andava furtando essa mercadoria tão cara e tão difícil de se obter. Como as bebidas alcoólicas haviam sido banidas da Arábia Saudita, ficara caríssimo conseguir um suprimento no mercado negro. Uma garrafa de bebida custava entre 200 e 350 riais sauditas (de 55 a 95 dólares).

Percorri nosso palácio mas não fui capaz de ver a magnificência dos aposentos recentemente reformados e redecorados, riquíssimos em quadros e tapeçarias, guarnecidos com móveis europeus antigos. No ano passado, Karim e eu havíamos contratado um decorador milanês que por sua vez, entusiasmado, contratara grande número de pedreiros, pintores e marceneiros para derrubar paredes, substituir tetos e janelas, construir salas com abóbadas e galerias, grandiosas colunas e câmaras ocultas. Ele coordenara as cores e as texturas, os tapetes persas, cortinas de seda, pisos de mármore e acrescentara algumas peças de móveis antigos franceses e italianos. A combinação dos arabescos e arcos tradicionais do Oriente Médio com o fulgor do estilo italiano moderno resultara em romântica informalidade que despertava muita inveja e atenção de meus primos reais.

Passei da ampla área de estar para o salão de fumar e tomar vinhos, depois dela para a sala de armazenamento, apenas para encontrar uma criada filipina que limpava o interior dos armários de bebidas. Mandei que fosse fazer outro serviço. Quando tive certeza de que ela saíra da sala, comecei a contar as garrafas. Fiquei feliz ao constatar que Karim havia aumentado muito nosso estoque. Havia mais de duzentas garrafas de bebidas alcoólicas e pelo menos sessenta de licores variados.

Com a alma leve, entrei na adega de vinhos, uma espaçosa estrutura de carvalho construída especialmente para manter a temperatura e a umidade adequadas para conservá-los em boas condições. Quando cheguei ao número duzentos, parei de contar.

Tínhamos mesmo um bom estoque, concluí. Meu pensamento se direcionou para um terreno perigoso. Com certeza Karim não notaria a falta de uma garrafa aqui, outra ali. Com toda aquela bebida ao meu alcance fui sendo dominada pela ansiedade já bastante conhecida por mim. Minha promessa de abstinência foi facilmente esquecida. Escondi duas garrafas de uísque escocês embaixo do vestido largo e, dizendo a mim mesma que só tomaria uma dose, subi a escada de mármore que levava aos aposentos particulares que partilhava com meu marido.

Uma vez lá, tranquei a porta e acariciei amorosamente as garrafas que furtara. Comecei a beber com a falsa esperança de que o álcool apagasse de minha cabeça a imagem do interminável tormento de Munira.

Vinte e quatro horas mais tarde fui despertada por vozes histéricas. Abri os olhos quando alguém começou a me esbofetear. Ouvi que gritavam meu nome:

— Sultana!

O rosto preocupado de Sara estava bem perto do meu.

— Sultana, está me ouvindo?

Uma pontada de ansiedade machucou-me o peito. Pelo desconforto físico que sentia, temi ter sofrido um acidente e estar saindo do estado de coma.

Ouvi Maha soluçar:

— *Mamãe, acorde!*

Sara confortou minha filha.

— Agradeça a Deus, Maha! Ela está viva.

Tentando me livrar da confusão que me atordoava, pisquei repetidamente. Queria falar, porém não conseguia articular as palavras. Escutava uma mistura de idiomas: filipino, tai e árabe gritados por vozes femininas excitadas. Ainda aturdida, tentei imaginar por que meu quarto estava cheio de mulheres que gritavam.

Com voz fraca, perguntei a minha irmã:

— O que aconteceu?

Com rugas de pura aflição marcando-lhe a testa, Sara pareceu procurar as palavras adequadas.

— Sultana — perguntou-me por fim —, como se sente?

— Mal... — respondi, antes de perguntar de novo: — O que aconteceu?

A voz irada de Amani, que subia de volume a cada palavra, sobressaiu-se entre as demais.

—Você cometeu um pecado muito grave, mãe!

Engolindo os soluços, Maha gritou:

— *Cale a boca! Estou avisando!*

Mas as palavras de Amani voltaram a ecoar no quarto:

— Agora eu tenho a evidência!

Voltei a cabeça para ver minha filha mais nova, com ar vitorioso, sacudindo uma garrafa de uísque vazia em cada mão.

— Mamãe esteve *bebendo!* — gritou ela. — É claro que o Sagrado Profeta vai amaldiçoá-la por esse pecado!

Sara olhou severamente para a sobrinha.

— Amani, me dê essas garrafas e, por favor, saia daqui.
— Mas...

Com delicadeza, Sara tirou as garrafas das mãos de Amani.
— Agora, criança, faça o que eu disse. Saia deste quarto.

Depois do pai, a única pessoa que Amani adorava era Sara. Ela obedeceu, mas ameaçou:
— Vou contar tudo ao papai, assim que ele chegar em casa!

Mesmo aérea como eu estava, senti meu estômago se retorcer quando ouvi aquilo.

Sara colocou as garrafas vazias ao pé da minha cama e ordenou:
— Vamos, saiam todas daqui.
— Eu não! — choramingou Maha.
— Sim, você também, Maha.

Quando Maha se inclinou para me beijar, murmurou:
— Não se preocupe com Amani, mamãe. Eu sei como calar a língua maldosa dela.

A expressão de meus olhos deve ter traído a curiosidade que senti, pois Maha esclareceu:
— Vou ameaçá-la de contar aos amigos religiosos dela que usa roupas reveladoras e flerta com os rapazes!

Apesar de aquilo não ser verdade, eu sabia que tal ameaça poderia angustiar Amani porque sua reputação era a de uma verdadeira crente, que jamais cometeria um pequeno pecado sequer. Claro que se tratava de uma atitude errada, mas eu também sabia que a gravidade do que tinha feito poderia alertar Karim para minha fraqueza. Assim, não repreendi Maha; ao contrário, dei-lhe um frágil sorriso que poderia significar uma relutante aprovação.

Ao sair do quarto, minha filha fechou cuidadosamente a porta dupla, que só então vi que havia ficado escancarada.

Sara respondeu à pergunta que não fiz:

—Você não respondia aos nossos chamados, então mandei um dos motoristas arrombar a porta.

Lágrimas de humilhação surgiram em meus olhos.

—Você parecia morta, Sultana — acrescentou Sara, pegando um pano para secar o suor em minha testa. — Temi o pior...

Com profundo suspiro, ela pegou um copo com suco de tomate e encorajou-me a tomar alguns goles, através de um canudinho.

— Fiquei quase louca ao ver que você não reagia — continuou minha irmã, ajeitando os travesseiros sob minha cabeça antes de sentar-se na beira da cama.

Embora Sara não demonstrasse, eu sabia que estava decepcionada comigo, porque isso estava refletido em seus olhos escuros. Achando que a morte seria bem-vinda para um trapo de mulher como eu, meus ombros foram sacudidos pelos soluços quando comecei a chorar perdidamente.

Sara acariciou-me o rosto, os braços, e sua voz soou gentil quando me disse a amarga verdade:

— Sultana, suas filhas e suas criadas me contaram que você anda bebendo muito.

Abri os olhos. Então minhas sessões de beber não eram secretas como eu pensava!

Sara esperava por uma explicação, e naquele momento percebi que ela não poderia compreender o verdadeiro motivo do meu sofrimento. Com a voz descontrolada, agressivamente eu disse:

—Você ainda tem filhos pequenos, que precisam da sua presença!

Pelo ar de surpresa que o rosto de minha irmã espelhou, achei que ela temia pela minha sanidade mental e física. Frustrada, acrescentei:

— E tem seus livros!

Era verdade. Sara adorava colecionar livros de variados temas que a interessavam. As horas que dedicava a ler lhe proporcionavam alegria e satisfação. Sua ampla biblioteca consistia em livros escritos em turco, árabe, inglês, francês e italiano. Os livros de arte, muito bem arrumados em estantes especiais, eram indescritivelmente lindos e valiosos. Tinha também uma coleção sem preço de antigos manuscritos que narravam a idade de ouro dos árabes. Eu sabia que se um cataclismo imenso e trágico um dia deixasse minha irmã sozinha no mundo ela procuraria e encontraria consolo em suas pilhas de livros.

— Sultana, do que está falando?

— E seu marido nunca faz longas viagens!

De fato, Asad raramente se afastava de casa, ao contrário de Karim.

— E Asad a ama mais do que Karim me ama — acrescentei.

Sara se casara com o irmão de Karim, Asad. Eu sabia, fazia muito tempo, que Karim jamais me amaria com a mesma intensidade que Asad amava minha irmã. Ele a adorava. Embora jamais tivesse invejado sequer por um momento o grande amor dos dois, eu queria muito que meu marido tivesse a mesma devoção por mim.

— Sultana!

Entre os soluços de um choro repassado de autopiedade, expliquei:

— Meus filhos cresceram e não querem mais interferência da mãe em sua vida.

O que eu dizia era verdade. Poucos dias antes Abdulah fizera 22 anos. Maha estava com 19, e Amani com 17 anos. Três dos seis filhos de Sara ainda eram pequenos o bastante para exigir a atenção diária da mãe.

— Sultana, por favor, o que está dizendo não tem sentido.

— Nada aconteceu como eu queria, Sara! Nenhum dos meus três filhos depende de mim... Karim está mais viajando do que em casa... e na nossa terra existem incontáveis mulheres maltratadas, como Munira, que choram pedindo ajuda e *eu não posso* ajudá-las! —Voltei a soluçar histericamente. — E agora estou com um medo terrível de me tornar uma alcoólatra! — Encarando pela primeira vez o vazio e a inutilidade de minha existência, desabafei: — *Minha vida é um fracasso!*

Sara me abraçou com profunda ternura.

— Querida, você é a pessoa mais corajosa que conheço. Vamos, irmãzinha, acalme-se...

De repente a imagem de minha mãe surgiu diante de meus olhos e eu quis ser criança de novo, estar nos lugares de minha infância, esquecer todas as decepções de adulta. Queria voltar no tempo. Gritei o mais alto que pude:

— *Eu quero a mamãe!*

— Psiiiuuu, Sultana... Por favor, pare de chorar. Não vê que a mamãe está sempre ao nosso lado?

Meus soluços diminuíram enquanto meus olhos percorriam o quarto inteiro. Queria ver minha mãe de novo, mesmo que ela se fizesse presente por uma aparição ou nos meus sonhos, como antes. Mas nada vi, e então reclamei:

— Mamãe não está aqui.

Chorando de novo, contei meu sonho a Sara. Para mim, jamais cessaria a dor de ter perdido mamãe.

—Veja — argumentou minha irmã —, seu sonho prova o que eu disse. A mamãe está sempre conosco em espírito, Sultana. Eu também sinto sua presença muitas vezes. Ela me aparece nos mais estranhos momentos. Ontem, quando me olhava no espelho, vi mamãe claramente atrás de mim. Foi uma visão de poucos segundos, mas durou bastante para eu saber que, um dia, estaremos todas juntas de novo.

Uma sensação de paz me envolveu. Como Sara também conseguia ver mamãe, então era verdade que ela ainda existia.

A integridade de minha irmã jamais foi questionada por quem a conhecia.

Sara e eu ficamos ali sentadas, caladas, lembrando-nos dos dias em que éramos crianças inocentes, e mamãe um inesgotável repositório de sabedoria, compreensão e amor que nos protegia dos perigos da vida.

Quando me ajeitei embaixo das cobertas, as duas garrafas de uísque vazias caíram da cama para o chão. O olhar assombrado de Sara fixou-se nelas e depois em mim. Lembrando-me do motivo que a trouxera a minha casa, uma profunda depressão tornou a tomar conta de mim.

— Você está indo por um caminho perigoso, Sultana — murmurou ela.

Sentei-me e fiquei enrolando uma mecha de cabelos em um dedo. Depois de um momento explodi:

— *Odeio* esta minha vida sem objetivo!

— Você pode fazer muito em sua vida, Sultana. Pode assumir a responsabilidade pela própria felicidade. Uma atividade ou uma ocupação que exigisse sua atenção poderia lhe fazer bem.

— Mas o quê? O véu interfere em tudo que eu faço! — resmunguei. — Há momentos em que não posso acreditar que tivemos a desventura de nascer em um país que obriga as mulheres a viver envoltas em mortalhas negras!

— Pensei que fosse a solidão que a estivesse fazendo beber — disse Sara, secamente. Depois, com os olhos estreitados pela angústia, acrescentou: — Sultana, como é que você pode discutir com o próprio Alá?

Com emoções contrastantes se atropelando em meu íntimo, incerta sobre a verdadeira causa de minha ansiedade, fitei minha irmã e sacudi os ombros.

— Acho que Amani está certa, sabe? Fui amaldiçoada pelo Profeta. E acho que ele deve ter me amaldiçoado em outras ocasiões também. Se não, por que tantas coisas ruins e tristes acontecem na minha vida?

— Está dizendo bobagens, Sultana! — reagiu minha irmã. — Não acredito que nosso Santo Profeta amaldiçoasse uma mulher perturbada. O que você quer, uma vida sem problemas?
— *Inshallah!* (Tomara Deus!)
— Quer uma vida que não existe, irmãzinha. Todos que vivem têm problemas. — Ela fez uma pausa antes de acrescentar: — Até mesmo os reis têm problemas que não podem ser resolvidos.

Eu sabia que ela se referia à fraca saúde do tio Fahd, o homem que foi rei da Arábia Saudita. À medida que os anos passavam ele ia se tornando cada vez mais frágil. Agora era um homem que tinha tudo na vida, menos uma boa saúde. Recentemente, quando titio sofreu um sério distúrbio, cada membro de nossa família lembrou-se da própria condição de mortal e do fato de que nem todo o dinheiro do mundo nem os avanços da medicina eram capazes de manter a morte a distância para sempre.

A voz de Sara suavizou-se:
— Sultana, você precisa aprender a suportar o sofrimento sem sair em busca de soluções impróprias. — Empurrou com o pé uma das garrafas de uísque que estavam no chão. —Você se tornou escrava de uma outra força, uma força que ameaça criar problemas cada vez mais sérios se continuar bebendo!

Então confessei meu maior medo:
— Amani pode contar a Karim.
— Você deve contar a ele antes que ela o faça — respondeu Sara com frieza. — É melhor não ocultar segredos ao seu marido, Sultana.

Olhei atentamente para minha irmã. Sem um pingo de rancor, compreendi que eu sempre fora fascinada por sua beleza e virtude.

Apesar de ter sido chamada com urgência e de, por isso, ter saído de casa de imediato, Sara estava impecavelmente arrumada, com um vestido de seda bem passado e sapatos de cor combinando. Um simples mas lindo colar de pérolas ornava-lhe o delicado pescoço. Os cabelos fartos e negros achavam-se elegantemente penteados; a pele era fresca e suave; os cílios eram tão longos e cheios que não precisavam de rímel.

A vida pessoal de Sara combinava com sua aparência perfeita. O casamento com Asad era o mais feliz que eu conhecia. Jamais alguém a ouvira erguer a voz para o marido ou se queixar dele. Muitas vezes tentei fazer Sara me confidenciar algum ponto negativo do marido, mas nada consegui. Enquanto eu me culpava por gritar com meus filhos, por dar-lhes de vez em quando um beliscão ou um tapa, jamais a vi perder o controle com alguma de suas crianças. Minha irmã era a mãe realizada dos seis filhos que muitos anos antes a escrava de nossa família, Huda, prenunciara.

Apesar de ocasionalmente Nashua, sua segunda filha, ter problemas, Sara permanecia firme e serena. Ela também conseguira estabelecer um relacionamento amigável com a mãe de Asad e Karim, a temida e difícil Noorah. Além disso tudo, minha irmã era uma das poucas mulheres da família Al Saud que jamais bebera álcool ou fumara um cigarro. Com certeza Sara não tinha segredos a esconder do marido. Como uma mulher sem nenhum defeito poderia compreender que meus maus hábitos aumentavam em vez de diminuir à medida que eu envelhecia?

A impressão que se tinha era de que minha vida sempre fora atrelada a alguma profunda intriga. A bebida era apenas um dos muitos segredos que eu escondia de Karim. Durante os anos de nosso casamento eu me havia apresentado a meu marido sob um agradável aspecto que não era verdadeiro. Mentia a ele até mesmo a respeito dos quilos que ganhara ultimamente!

Não querendo desapontar mais ainda minha irmã, revelando-lhe outros pontos fracos do meu caráter, refreei meus pensamentos. Em vez de ser sincera, apressei-me a afirmar:

— Prefiro nunca mais beber a ter de confessar isso a Karim. Ele jamais me perdoaria, e eu não suportaria isso.
— É? O que acha que Karim iria fazer?
Faltei mais uma vez com a verdade:
— Bem, ele poderia me bater.
Os olhos negros de Sara refletiram completa descrença.
—Você sabe — insisti, então — que Karim não gosta de gente que não consegue controlar seus hábitos. Se ele descobrir o que andei fazendo, o amor que tem por mim pode se acabar.
Sara abriu os braços num gesto de desalento.
— Então, o que poderemos fazer para destruir esse hábito? As criadas me disseram que você bebe até cair quando Karim viaja.
Indignada, perguntei:
— Quem disse isso?
— Sultana, domine a raiva. Quem me deu essa informação se preocupa muito com seu bem-estar.
— Mas...
Ela prosseguiu, e sua voz era firme e determinada.
— Não. Não vou lhe dizer.
Tentei imaginar qual das criadas poderia ter andado me espiando, mas com tantas mulheres no palácio não havia como achar um alvo direto para minha cólera.
Sara apertou os lábios e ficou pensativa por instantes.
— Tenho uma ideia, Sultana. Logo será o ramadã. Enquanto ele durar você não poderá beber nem comer durante o dia de maneira alguma. E quando Karim não estiver aqui, daremos um jeito para Maha ou eu estarmos sempre a seu lado. Creio que será o tempo suficiente para você se livrar desse hábito depravado. — Ela se inclinou para mim, sorrindo. — Passaremos muitos bons momentos juntas. — Notei afeto em sua voz. —Vai ser como nos dias em que éramos crianças!

Comecei a roer as unhas, lembrando-me de que o maior problema permanecia.

— Mas como evitar que Amani conte a Karim?

Minha irmã pegou a mão que eu tinha na boca e segurou-a entre as dela.

—Vou falar com Amani. Não se preocupe.

Eu me tornara uma prisioneira temporária! Sabia que a ameaça de Maha não assustaria Amani a ponto de silenciá-la, portanto Sara precisava mesmo convencer minha filha mais nova a não contar ao pai o que acontecera. Sorri, feliz, sabendo que sob os olhos atentos de Sara tudo iria correr bem. Aos poucos minha angústia foi decrescendo. Por fim consegui relaxar.

— Estou começando a ficar com fome. Você vai almoçar aqui?

Sara assentiu, animada.

—Vou telefonar para casa e avisar que chegarei mais tarde.

Falei com a cozinha pelo intercomunicador do palácio e perguntei à cozinheira-chefe o que estava preparando para o almoço. Satisfeita com o que ouvi, manifestei-lhe minha aprovação. Em seguida avisei-a de que minha irmã e eu queríamos almoçar no jardim interno, uma vez que o céu nublado tornara o tempo mais frio do que de costume.

Depois que lavei o rosto e as mãos e troquei de vestido, minha irmã e eu descemos, atravessamos o palácio, saímos para o jardim interno e, de braços dados, caminhamos por uma alameda ladeada de árvores que a sombreavam. Paramos para apreciar arbustos carregados de flores vermelhas e outros de amarelas.

Graças à ilimitada riqueza dos Al Saud, conseguíamos ter coisas maravilhosas, como, por exemplo, a possibilidade de fazer surgir um jardim florido em pleno deserto!

O almoço ainda não fora servido, mas nos acomodamos em duas das confortáveis cadeiras que rodeavam a mesa com tampo de vidro. Uma tenda vermelha cobria a mesa.

Não demorou, três criadas filipinas surgiram carregando bandejas de prata repletas de comida. Enquanto esperávamos que nos servissem, Sara e eu tomávamos chá quente e açucarado, conversando sobre os planos de estudo de nossos filhos. Depois que as criadas serviram nossos pratos, continuamos conversando, rindo, e comemos saladas, bolinhos de carne cozidos em creme de leite azedo, frango assado recheado com ovos cozidos e arroz.

Lembrei-me das palavras de Sara sobre o ramadã que se aproximava. Com isso em mente, servi-me pela segunda vez, sabendo que durante o ramadã teria de me abster de alimentos durante o dia, desde o nascer do sol até o fim do crepúsculo.

Enquanto saboreava a comida, meu pensamento vagueava pelos detalhes desse sacrifício. Todos os muçulmanos do mundo, desde pequenos, começam a procurar no céu os indícios da chegada da lua nova. Quando ela chega, traz consigo o período do jejum.

Meu mais ardente desejo era de que, pela primeira vez na vida, eu conseguisse cumprir meu juramento de muçulmana.

Acorrentando o demônio

◆ ◆

O ramadã é um dos cinco pilares do Islã, e é obrigatório que todo muçulmano adulto obedeça às suas leis. O Corão diz: "Oh, tu que crês! O jejum é prescrito para ti assim como o foi para aqueles antes de ti a fim de que possas (aprender a) te conter e permanecer consciente de Deus..." (2:183).

Embora eu respirasse com alívio por saber que durante aquele mês especial as portas do paraíso estariam abertas e as do inferno fechadas, com o diabo acorrentado e incapaz de fazer maldades, a dedicação estrita ao ramadã jamais combinou com minha personalidade.

Eu sempre tive o desejo intenso de ser fervorosa como minha mãe e minhas irmãs, mas devo admitir que nunca fui perfeita na minha devoção. Ainda pequenina, quando me ensinaram os rituais do ramadã, compreendi que era inevitável meu fracasso diante do conformismo. Por exemplo, disseram-me que eu deveria impor silêncio à minha língua e não mentir, não usar linguagem obscena, não rir e não participar de maledicências. Meus ouvidos deveriam manter-se fechados a qualquer palavra ofensiva. Minhas mãos não deveriam se estender para o mal, assim como meus pés deveriam me levar para longe da maldade. Se inadvertidamente eu permitisse que a poeira ou a fumaça espessa me entrassem pela garganta, meu jejum deveria ser considerado inválido! Eu deveria não apenas deixar de comer e beber durante as horas entre a madrugada e o pôr do sol mas também, como me ensinaram, teria de evitar engolir uma gota sequer de água ao lavar minha boca, mesmo que sem querer! E o mais importante de tudo: era preciso que eu jejuasse também com o coração, livrando-me de todos os conceitos mundanos. Pela minha mente só poderiam passar pensamentos a respeito de Alá. E, por fim, eu tinha de me punir se algum pensamento ou ação me distraísse e me fizesse parar de pensar em Alá.

Na adolescência, quando comecei a jejuar, muitas vezes tive de me punir por não conseguir cumprir as obrigações à risca. O Corão diz que "Alá não considera obrigação o que não é intencional em teus juramentos, mas irá considerar obrigação tudo que jurares com sincera determinação. O castigo será alimentar dez necessitados, do mesmo jeito que te alimentas, ou vesti-los ou, ainda, libertar um escravo..." (5:89).

Desde que me casei com Karim, perdi a conta de quantos necessitados alimentei e vesti por ter faltado a juramentos que fiz no ramadã.

Prometi silenciosamente, enquanto saboreava pela segunda vez o doce com mel da sobremesa, que naquele ano iria surpreender minha família com a fé que demonstraria durante o ramadã.

Depois que Sara voltou para seu palácio, ocupei-me em estudar devotadamente o Corão, em um reforço para o mês espiritual que se aproximava.

Dez noites depois um entusiasmado aviso ressoou, vindo de uma mesquita nas imediações de onde morávamos, informando aos crentes que o mês de ramadã chegara. A lua nova fora anunciada por um grupo de muçulmanos dignos de confiança que moravam em uma pequena aldeia egípcia. Eu sabia que a mesma mensagem estava sendo ouvida, com júbilo, em cada canto do mundo onde residissem muçulmanos. Chegara o tempo de todos nós tentarmos, seriamente, alcançar o estado da perfeição.

Já estávamos no sexto dia do ramadã quando Karim voltou a Riad para se unir à família nos importantes rituais.

Quando Amani prometeu a tia Sara que não contaria ao pai que eu me embebedava, fiz o voto de nunca mais dar a minha filha temente a Deus motivos para me ameaçar como havia feito.

Tive um vislumbre de esperança de que daí por diante tudo iria correr bem.

Durante o mês do ramadã a rotina de nossa vida se altera. Passamos a nos levantar pelo menos uma hora antes do amanhecer. Depois de fazer as abluções, recitamos versículos do Corão e entoamos preces. Depois temos um desjejum pré-alvorecer, denominado Sahoor, que em geral consiste em queijo, ovos, iogurte ou leite, frutas frescas e pão. Precisamos tomar o cuidado de terminar o desjejum antes que surja no horizonte a primeira faixa de claridade precursora do dia, separando-o do negror da noite. Depois de comer, e ainda antes que o sol se levante, entoamos mais preces.

No decorrer do dia temos de nos abster de comida, bebidas, cigarros e relações sexuais. Oramos outra vez ao meio-dia e mais outra ao anoitecer.

Assim que o sol desaparece do céu nosso jejum é quebrado com uma pequena quantidade de água, suco de fruta ou leite. Nessa oportunidade dizemos a seguinte oração: "Oh, Deus! Jejuamos em vossa homenagem. Oh, Deus! Aceitai meu jejum e recompensai-me". Só então podemos nos alimentar. O alimento usual para a quebra do jejum é a tâmara. Depois desse pequeno lanche, rapidamente chega o momento da prece do crepúsculo e do jantar.

Todos os dias, no decorrer do mês do ramadã, os membros de nossa numerosa família costumam se encontrar no palácio de Sara e Asad para uma reunião social e para participar do banquete da noite. Um clima de comemoração sempre paira no ar, uma vez que nosso estado de espírito geralmente se eleva por causa do êxito obtido em manter o autocontrole.

Essa atmosfera festiva é acentuada à medida que o mês do ramadã vai se aproximando do fim. Os muçulmanos começam a preparar o *Eid ul-Fitr*, ou seja, os três dias de jejum que encerram o ramadã. Enquanto muitos devotos muçulmanos preferem o austero período pela busca da perfeição, eu acho a celebração do *Eid* o momento mais agradável.

Como jamais tenho compromissos particulares durante o mês do ramadã, em geral transformo as noites em dias e os dias em noites, dormindo de dia e ficando acordada à noite. Assisto a vídeos de filmes americanos, leio o Corão ou jogo Solitário. Como Karim sai cedo para o escritório, durmo até tarde durante o dia, para que o sono me distraia da fome e da sede; assim não sou tentada a quebrar o jejum. Nunca deixo de me levantar para a prece do meio-dia, e ainda faço uma prece no meio da tarde, em geral com súplicas especiais nesse momento.

Durante esse ramadã em particular, Sara passou comigo as horas difíceis, como prometera. Quando não dava para ela deixar a família, Maha ficava resolutamente a meu lado. Apesar disso, eu permanecia desatenta e faminta durante a tarde, mas me ajudava a resistir o fato de saber que logo viria o momento do crepúsculo, quando Karim chegaria para nos levar ao palácio de Sara.

No décimo nono dia do jejum de ramadã eu não quebrara sequer um juramento! Sentia-me cada vez mais orgulhosa por não ter sido tentada nenhuma vez a comer um bocado mínimo de comida que fosse, nem a beber um gole de água ou a fumar um cigarro! E o mais importante: eu dominara com sucesso a necessidade de álcool.

Karim e Maha me sorriam e me elogiavam várias vezes, encorajadoramente. Sara me cumprimentava pelo feito em todas as oportunidades. Até mesmo Amani se mostrava mais atenciosa comigo. Eu jamais passara um ramadã sem escorregar pela ladeira abaixo dos desejos incontroláveis.

Pela primeira vez acreditava que teria obedecido ao ramadã com a total perfeição que procurava se não fosse pelo meu odiado irmão Ali. Apesar de ele saber o que eu sentia em relação ao casamento de Munira, insistiu em que Hadi e a jovem esposa se juntassem à família na quebra do jejum no início da noite do décimo nono dia. O casal voltara para Riad na noite anterior, depois da lua de mel em Marrocos.

Mas como Hadi não era bem-vindo ao nosso círculo familiar, achamos que ele, as quatro esposas e os filhos iriam quebrar o jejum daquele dia na sua própria casa. Por isso, quando Sara me contou que Munira e o marido estariam entre os convidados, desconfiei que seríamos forçados a testemunhar a primeira humilhação pública de minha sobrinha. Furiosa com esse pensamento, me rebelei:

— Como poderemos alcançar o estado de graça com uma pessoa como Hadi na nossa mesa?

— Vai ser uma noite difícil — comentou Sara, afagando-me as costas. — Mas nós a suportaremos com boa vontade.

Os músculos dos meus maxilares estavam tão tensos que minha voz soou dura:

— Hadi se casou com Munira apenas por um motivo! Ele sempre procurou a chance de se insinuar na vida da família real.

Desanimada, Sara ergueu as mãos.

— Nada podemos fazer, Sultana. Ele é o marido da filha de nosso irmão. Qualquer coisa que fizermos e que venha a encolerizar Hadi recairá sobre a cabeça de Munira.

— Isso é uma verdadeira chantagem! — constatei, amarga.
Maha murmurou algo ao ouvido de Nashua e as duas mocinhas riram.
Sara e eu olhamos para nossas filhas.
Minha voz subiu de tom, por causa da irritação:
— Do que estão rindo?
O rosto de Maha ficou vermelho, e antes que ela começasse a falar pude perceber que ia dizer uma pequena mentira.
— Falamos de uma colega da escola, mamãe. Nada demais.
— Filha! Não deveria quebrar seu jejum com mentiras! Esqueceu-se de que estamos no ramadã?
— Nashua? — indagou Sara, com suavidade.
Nashua se parecia com Maha em vários aspectos, porém tinha mais dificuldade do que minha filha para mentir à mãe.
— Foi só uma brincadeira, mãe.
— Sim? Deixe-nos participar dela, então.
A prima trocou um olhar preocupado com Maha, depois falou:
— Bem, Maha teve a ideia de lançarmos um feitiço em Hadi para que seu órgão sexual adormeça para sempre.
— Minha filha! — agastou-se Sara. — Como pode pensar numa coisa dessas? Apenas Alá tem esse poder.
Eu estava aborrecida por minha filha mentir com tanta facilidade, ao passo que sua prima não era assim. Olhei desconfiada para Maha. Será que ela andava lidando com magia negra?
Maha começou a se inquietar sob meu olhar atento. Quatro ou cinco anos atrás fora apanhada planejando jogar um feitiço ruim em seu irmão. Mas achei que Karim e eu a houvéssemos assustado a ponto de que nunca mais pensasse em magia negra. Pelo jeito, não tinha sido assim, pensei naquele momento. Eu sabia que muitos dos meus parentes reais acreditavam nessa arte oculta.

Não confiei meus temores a Sara, mas secretamente concordei em que a vida de Munira se tornaria muito melhor se Hadi ficasse impotente. Aliás, ela poderia conseguir com facilidade o divórcio caso tal coisa acontecesse.

Na Arábia Saudita um homem pode se divorciar da esposa quando quiser sem alegar a causa; já as mulheres sauditas não têm tanta sorte. Contudo, se o marido se tornar impotente ou não puder prover as necessidades da família, é possível que a esposa obtenha o divórcio, apesar de ser muito difícil.

Mais tarde, quando Hadi e Munira chegaram, a primeira coisa que notei foi a profunda infelicidade refletida no rosto de minha sobrinha. Fiquei tão chocada com a decadência física que ela apresentava que senti impulsos de avançar no seu marido e bater nele. Em apenas um mês Munira emagrecera tanto que era possível perceber a ossatura sob a pele.

Sara e eu trocamos um olhar horrorizado.

Minha irmã ergueu-se:

— Munira, você não me parece bem, querida. Venha sentar-se.

Minha sobrinha olhou para Hadi, esperando sua aprovação. Até mesmo a centelha da vida parecia ter-lhe abandonado o corpo!

Hadi moveu a cabeça com lentidão e emitiu um estalo com a língua, que significava não.

Obediente, Munira permaneceu ao lado do marido. Hadi estalou os dedos e apontou para ela.

— Café.

Embora no palácio houvesse criadas em número suficiente para atender a todos, ele queria nos mostrar que alguém que nos pertencia se tornara sua escrava!

Compreendendo que as mulheres da família estavam chocadas com a humildade dela, o rosto de Munira se tornou vermelho e ela abaixou os olhos.

— Munira! — chamou Hadi em voz bem alta, com um sorriso retorcido que lhe enfeiou o rosto.

A jovem esposa correu para a cozinha, a fim de buscar café.

A expressão de Hadi foi de completo regozijo. Fitou os parentes de Munira, um a um. Era insuportável ver a satisfação que brilhava em seu rosto!

Sara ergueu-se, olhou para Nura, para Hadi e para nossa irmã mais velha de novo. Não sabia que atitude tomar diante da intencional rudeza dele para com sua sobrinha. Com exceção da pobre Rima, as demais filhas de Fadila tinham um marido que as respeitava, e nem mesmo Salim se atrevia a humilhar Rima diante da família dela.

Quando Munira voltava da cozinha, trazendo o café para o marido, Ali chegou.

Meu irmão sempre tivera o dom de me provocar. E naquele momento, mau-caráter como era, Ali deslocou o imenso corpo até perto do genro e teve a audácia de lhe perguntar se as atividades da lua de mel o haviam mantido completamente ocupado ou se dera para ele saborear a beleza das mulheres marroquinas.

O rosto de minha sobrinha ficou quase roxo diante das palavras intencionalmente obscenas do pai.

Comecei a tremer de raiva. Será que Ali não se lembrava de que sua filha era uma moça tímida e que a única coisa que pedia à vida era ser deixada em paz?

De súbito, não aguentei mais. Meu irmão não passava de um amontoado de carne humana sem sentimentos que não merecia viver! Saltei de pé com a mesma violência dos meus pensamentos.

Karim estava vigilante, e ao reconhecer a ira indomável que se apoderava de mim correu para o meu lado. Segurou-me por um braço e me obrigou a ir para a extremidade oposta do salão. Logo Sara e Nura se juntaram a nós.

Ali pareceu surpreso ao deparar com meu olhar assassino. Ele não era apenas um homem sem compaixão, concluí. Era também um débil mental! Na verdade, não percebia que cada uma daquelas palavras havia machucado profundamente sua inocente filha. Para ele, as mulheres eram propriedade dos homens: seus sentimentos e anseios não mereciam a menor atenção da parte deles.

Minhas irmãs e Karim me convenceram a ir para os aposentos de Sara e descansar um pouco. Haviam testemunhado muitas altercações entre mim e Ali, o que os levava a fazer o possível para impedir uma cena violenta que certamente arruinaria o banquete daquela noite.

Eu disse que Sara e Asad deveriam pôr Ali e Hadi para fora de sua casa. Nura engoliu em seco duas vezes, olhou para Sara e murmurou:

— Estamos em sua casa, Sara. Faça o que achar certo.

— Precisamos pensar em Munira — lembrou-nos ela com sua voz meiga. — Se despertarmos a raiva de Hadi, ela é quem irá pagar caro.

— O que poderia ser pior do que ela já está passando? — retruquei, revoltada. — É escrava de um homem que tem como maior divertimento torturar mulheres! Se reagirmos, pelo menos ele ficará sabendo que seu comportamento não tem a aprovação da família de sua esposa.

Ninguém me respondeu. Sara e Karim continuaram me levando para o quarto dela, enquanto Nura voltou para junto da família. Quando havíamos saído do salão, ouvi Hadi e Ali rindo e soltando piadas.

Depois de me convencerem de que um pouco de sono me faria pensar com calma, Karim e Sara me deixaram sozinha. No entanto a imagem de Munira, fraca e humilhada, não me deixava dormir. Eu me virava de um lado para outro remoendo o interminável tormento das mulheres do meu país. Nós, as sauditas, nada tínhamos de nosso a não ser a alma, e isso porque nenhum homem ainda descobrira como tirá-la de nós!

Quando eu estava quase fechando os olhos, vi uma garrafa de vinho sobre uma mesinha em um canto do quarto. Sara não bebia, porém seu marido, Asad, era *connaisseur* dos vinhos franceses finos.

Raciocinei e cheguei à conclusão de que precisava de uma bebida em vez de dormir. Nada poderia me acalmar mais do que um copo cheio de aromático vinho francês. Eu não provava uma só gota de bebida desde que Sara me arrancara daquele torpor alcoólico. Vinha contando mentalmente os dias e as noites, e achava que estava me controlando muito melhor do que pensara ser possível.

Então, esquecendo-me completamente do ramadã e das promessas feitas a minha irmã, joguei as cobertas de lado e me aproximei da garrafa como se estivesse enfeitiçada. O vinho estava pelo meio, e segurei a garrafa com firmeza, toda contente. Procurei cigarros. Eu era uma fumante inveterada, mas desde uma hora antes do amanhecer nem sequer tocara em cigarro. Olhei para o relógio de cabeceira de Sara. Faltava uma hora para o jejum ser quebrado, porém eu sabia que não iria conseguir esperar tanto tempo. Como não encontrei ali o que meu corpo pedia, saí do quarto de Sara e percorri o corredor, até chegar ao do meu cunhado. Era evidente que lá eu encontraria cigarros.

Vários maços de Rothmans, cigarros estrangeiros que eu conhecia, estavam espalhados pelo quarto. Havia um isqueiro de ouro em uma das mesinhas de cabeceira. Agora que conseguira tudo que queria, o melhor seria procurar um canto para beber e fumar. No quarto de Sara, não; Karim ou minha irmã poderiam ir lá para ver se eu estava mesmo descansando. Em um instante, resolvi me esconder no banheiro de Asad.

Eu nunca havia entrado no banheiro de meu cunhado, mas seu tamanho enorme não me surpreendeu. Peguei um copo no armário sobre a pia antes de me sentar no macio banco estofado de veludo.

Com as mãos trêmulas, acendi meu primeiro cigarro do dia. Depois de aspirar a fumaça até os pulmões, várias vezes e com prazer, retirei a tampa de prata da garrafa e enchi o copo. Alternadamente, tomei vinho e saboreei os cigarros de Asad. Por um fugaz momento a vida me pareceu boa de novo.

Saboreava encantada os meus tesouros secretos, mas fui perturbada pelo rumor de passos que se aproximavam. O terror de ser descoberta sacudiu meu corpo como um choque elétrico. Rápida, entrei no boxe do chuveiro e fechei a porta de vidro.

Tarde demais me lembrei de que deixara a garrafa de vinho aberta no chão, ao lado do banco. O cigarro que tinha na mão ainda estava aceso, então esmaguei-o contra um ladrilho do boxe e tentei fazer com que a fumaça se dispersasse.

A porta deu um suave estalido quando se abriu, e em seguida o vulto grande de um homem desenhou-se contra o vidro da porta do boxe.

Felizmente o vidro tinha grandes cisnes negros pintados. Espiei entre eles. Era meu irmão!

Eu deveria ter percebido.

Embora não pudesse perceber detalhes, fechei os olhos quando Ali ergueu seu thobe, o traje longo usado pelos sauditas, abaixou a cueca e começou a urinar. Enojada com o barulho que ele produzia, cobri as orelhas com as mãos. Demorou muito tempo, e compreendi ser impossível uma pessoa ter tanta urina para verter depois de não tomar uma gota de líquido o dia inteiro. Eu sabia que Ali levava as obrigações do ramadã muito menos a sério do que queria que todo mundo pensasse. Essa ideia me agradou muito, e mal pude conter o riso quando imaginei a reação dele se eu saísse do boxe de repente.

Depois de apertar a descarga e recompor as roupas, meu irmão parou por alguns momentos diante do espelho que tomava quase a parede inteira. Deu pancadinhas nas faces, alisou bigode e sobrancelhas com os dedos, estalou os lábios enormes em beijos várias vezes e admirou seu reflexo.

Eu mal conseguia dominar o divertimento que sentia. Tive de apertar a boca com as duas mãos para não explodir em uma gargalhada.

Quando ele se voltou para sair, viu a garrafa de vinho. Olhou-a com ar pensativo por um breve momento, depois aproximou-se dela e bebeu todo o conteúdo.

Examinou o rótulo.

— Ah, safra de um ano muito bom! — comentou consigo mesmo antes de soltar a garrafa dentro da cesta de lixo.

Saiu do banheiro.

Escorreguei pela parede até me sentar no chão. Como eu queria aquele vinho! Em seguida comecei a rir do absurdo da situação toda; mas depois de secar as lágrimas de riso que haviam descido pelo meu rosto, fui assaltada por um pensamento desagradável. No que se referia à abstinência, Ali e eu éramos iguaizinhos em fracasso e hipocrisia! Eu era tão incapaz quanto meu irmão de dominar o diabo à solta na minha alma.

Voltei para junto de minha família num estado de espírito bem mais brando. Com recém-encontrada humildade, sentia por Ali uma tolerância que até aquela noite nem sequer sonhara ter.

A pobre Munira não disse uma só palavra durante o longo tempo que durou o banquete. Permaneceu sentada junto ao marido e comeu uma quantidade mínima de arroz e frango.

Minhas irmãs e eu trocamos olhares aflitos durante a noite inteira. Nossos corações se apertaram mais de uma vez, porém não tínhamos a menor possibilidade de mudar o rumo da vida de nossa sobrinha. Cada uma de nós temia que sua existência não pudesse ser mais do que uma sucessão de grandes sofrimentos. E nada podíamos fazer.

Apenas Alá podia salvar Munira.

Palácio Paraíso

◆ ◆

Desde garotinha sempre acreditei que depois de sonhados os sonhos nunca mais se perdem. Então, apesar da desencorajadora verdade de que no décimo nono dia do ramadã eu quebrara meu jejum fumando um cigarro e, o que é mais blasfemo ainda, tomando um proibido copo de vinho, eu ainda sonhava me tornar uma muçulmana santa, do mesmo nível elevado de minha mãe e de minhas irmãs. Esperava, pelo menos, me manter uma pessoa digna, apesar dos meus pecados. Resolvi que não havia necessidade de acrescentar humilhação ao desconforto confessando aquele novo fracasso a minha família. De qualquer modo, eu não tinha a menor dúvida de que Deus havia testemunhado meu comportamento pecaminoso e já estava sofrendo bastante pelo que havia feito. A única esperança que me restava era que minha mãe estivesse tão ocupada com sua vida espiritual que não tomasse conhecimento da vergonhosa conduta de sua filha na Terra.

Karim era outra história. Na véspera do dia em que o ramadã terminou, viajamos para nosso palácio à beira do mar

Vermelho, em Jidá. No dia seguinte ao que chegamos, no fim da tarde, eu estava sentada no jardim com Karim e nossas filhas à espera de que terminasse o último dia do ramadã. Percebi que meu marido me olhava com atenção. Ele parecia andar muito pensativo ultimamente e eu me sentia cada vez mais ansiosa com isso. Será que Amani não cumprira a promessa feita a Sara? Será que minha filha mais nova contara ao pai sobre minha infeliz condição de embriaguez enquanto ele estava no Japão?

Eu queria perguntar a Karim o que lhe passava pela mente, mas temia que o motivo de sua introspecção fosse alguma coisa sobre a qual eu não gostaria de conversar. Meu corpo todo se retesou quando ele começou a falar.

— Sultana — disse-me, com um sorriso —, quero que saiba que estou muito orgulhoso de você.

Como eu esperava uma crítica, aquele cumprimento me encheu de confusão. Fiquei imóvel e calada, olhando para ele.

Karim repetiu:

— Sim, estou muito orgulhoso.

Meu marido me olhava com tanto afeto que pensei que fosse me beijar. Mas como estávamos conversando à luz do dia e ainda fazíamos o jejum do ramadã, ele simplesmente apertou minhas mãos.

Admirada, só consegui perguntar:

— *Orgulhoso?*

— Sim, minha querida. — O sorriso de Karim se alargou. — Sultana, desde o nosso primeiro ano de casados testemunhei a grande dificuldade que você enfrentava a cada ramadã. Sei que, para você, conseguir guardar o jejum é mil vezes mais significativo do que para qualquer outra pessoa.

Eu me ajeitei no banco, sem saber o que fazer. Embora houvesse decidido que seria melhor não confessar a Karim que mais uma vez eu quebrara o jejum, sentia-me profundamente culpada aceitando cumprimentos por uma proeza que não realizara. O peso que tinha na consciência alastrou-se e atingiu com toda força meu coração.

Eu sabia que precisava dizer a verdade a meu marido, por mais desagradável que isso viesse a ser para nós dois.

— Karim, eu...

— Minha querida, há muito tempo descobri que Alá cria algumas pessoas com temperamento mais forte do que o de outras. E acredito que ele tenha um propósito ao fazer isso. Apesar de que algumas vezes tais pessoas podem criar confusão, em geral isso acontece para o melhor. — Ele sorriu de novo, olhando-me com ternura. — E você é uma dessas pessoas, Sultana.

— Não, Karim. Não. Preciso lhe contar que...

Ele apoiou os dedos em meus lábios.

— Muitas vezes comprovei que você tem muito mais sensibilidade do que qualquer pessoa que conheci até agora e que seus sentimentos são profundos a ponto de lhe causar sofrimento.

— Karim, escute...

Maha nos interrompeu:

— Papai tem razão, mãe. Você deve ser recompensada muitas vezes, alcançando tudo que quiser aqui na Terra. — Olhou com carinho para o pai. — Eu também me orgulho da mamãe.

Eu gritei:

— Não! Você não sabe! — Escondi o rosto com as mãos e desatei a chorar. — Vocês não sabem! Vão ficar arrasados!

Finalmente eu sentia que havia criado coragem para satisfazer minha desesperada necessidade de me corrigir e confessar que eu era menos pura do que eles pensavam.

Mas Amani escolheu esse momento para me insultar, ironizando:

—Vocês estão elogiando uma muçulmana por ter feito o mínimo que todas as muçulmanas devem fazer?

Ignorando-a, Karim afastou minhas mãos, descobrindo-me o rosto, e sua voz revelou o quanto estava perturbado.

— Vamos ficar arrasados? Por quê, Sultana?

Compreendi que não conseguiria confessar minhas faltas diante de uma criança tão irredutível quanto Amani. Respirei fundo.

— Preciso fazer muito mais para pagar meus pecados.

A culpa que me atormentava cresceu quando vi um brilho de orgulho e afeto nos olhos de meu marido. Como alguém era capaz de descer tanto? Abaixei a cabeça e acrescentei:

— Eu sempre pequei muito, como você sabe.

Agora eu estava sendo manipuladora, o que aumentava o peso da culpa! Tinha certeza de que Deus iria me castigar por continuar aquela desprezível farsa. Fiz a silenciosa porém sincera promessa de que assim que ficasse a sós com Karim iria esclarecer aquela situação constrangedora. Iria confessar-lhe tudo.

Meu pensamento voou para minha mãe. Suspirei e, sem nenhuma intenção, falei alto:

— Queria tanto que mamãe estivesse aqui conosco!

Impiedosa, Amani declarou:

— Só os fracos não conseguem aceitar a vontade de Deus!

Dei um longo olhar de resignada tristeza para minha filha. Ela abriu a boca para me insultar de novo, mas Karim a fitou com dura reprovação:

— O ramadã ainda não terminou, Amani, e você insulta sua mãe?

Isso a impediu de continuar falando.

De súbito, uma melodiosa voz vinda dos alto-falantes de uma mesquita nas proximidades soou para anunciar que a lua nova para o mês do *Shawwal*, que é o décimo mês *Hijra*, havia sido localizada e confirmada. O ramadã terminara! Podíamos iniciar a comemoração do *Eid ul-Fitr*. Expressamos nossa alegria nos abraçando e nos cumprimentando uns aos outros e às nossas criadas, todos pedindo a Deus que nos mantivesse em boa saúde até o próximo ramadã.

Meu período favorito do ramadã havia chegado, embora minha alegria estivesse perdendo boa parte de seu brilho porque eu ainda não me redimira.

O *Eid*, que é um dos feriados especiais do Islã, dura três dias e é marcado por uma variedade de eventos organizados pelo governo que incluem queima de fogos, recitais de poesia, espetáculos teatrais, competições de pintura, concertos e apresentação de cantores populares. As pessoas comemoram esse dia festivo visitando a família, amigos e levando-lhes presentes.

Comemoramos a noite inteira, até que a luz dourada do sol começou a aparecer no horizonte. Assim, naquela noite não tive oportunidade de me confessar a Karim.

Na manhã seguinte, só despertamos do nosso sono exausto ao meio-dia. Eu ainda estava na cama quando decidi contar ao meu marido que quebrara minhas promessas, mas assim que ele acabou de se vestir, lembrou-me de que iria passar boa parte desse dia no palácio de Jidá do nosso amado rei Fahd. Ele estava tão preocupado em cumprir as várias tradições do *Eid* que achei melhor deixar a confissão para depois.

Eu me encontrava em um dilema. Quer contasse tudo a Karim, quer não, teria de me submeter às penas apropriadas. E teria de fazê-lo antes de começar minhas visitas e entregas de presentes.

Quando Karim já estava na porta para sair, fui para junto do meu marido e toquei-lhe o braço.

— Querido, você se esqueceu? Eu quero alimentar muitos pobres neste ano. — Segurei-o pela manga. — Mais do que nos anos passados.

Karim sorriu.

— Tenho de alimentar mais famílias pobres do que alimento você quando resolve comer grandes bandejas de *maamool bel tamur?**

Corei e mordi os lábios.

— Sim.

Aquele humilhante incidente havia acontecido dois anos antes, durante o ramadã. Nossas cozinheiras tinham passado muitas horas lidando com especiarias, farinha de trigo e tâmaras para fazer os docinhos que nossa família gostava de comer depois do jantar. Durante a manhã inteira o delicioso aroma desses doces flutuara pelo palácio, dando-me água na boca tamanha a vontade que eu sentia de comer minha sobremesa preferida. Era tal a fome que me atormentava depois que começara o jejum que eu perdera o juízo e só pensava nos doces o dia todo.

Naquela tarde, quando tive certeza de que todos estavam descansando em seus quartos, esgueirei-me até a cozinha. Estava tão fixada em comer aqueles doces que não vi Karim. Usando a porta da geladeira para me esconder, fui comendo um doce após outro. Meu marido me observava em silêncio, enquanto eu continuava a comer vorazmente. Mais tarde ele me disse que depois de ver o primeiro doce desaparecer na minha boca decidira, em um conformismo fatalista, que eu podia muito bem continuar satisfazendo minha gula, já que o pecado de comer vários doces era o mesmo que comer um só.

O sorriso travesso de Karim se tornou mais largo quando viu que eu me remexia, aflita, diante dessa lembrança.

— Espero, Sultana, que não tenhamos de alimentar maior número de famílias do que alimentamos naquele ano em que você fumou mais de um maço de cigarros durante o ramadã. Teremos?

---

* Docinhos recheados com tâmaras. (N. do E.)

— Pare, Karim! — Desviei os olhos dos dele, zangada. — Não caçoe de mim!

Mas meu marido continuou:

— Pois é... Encontrei você encolhida em um canto de um de seus quartos de vestir, rodeada de pontas de cigarro.

Ele riu, sem maldade, ao lembrar-se da cena, misturando ternura com brincadeira.

—Vamos, diga-me, Sultana, qual o pecado que você cometeu desta vez?

Por fim, Deus me dera a chance que eu pedira, mas decidi que aquela manhã não era um bom momento para eu fazer minha confissão.

— Não fiz nada! — declarei, na defensiva. — Simplesmente quero oferecer um pouco de nossa riqueza para os menos afortunados.

O olhar de Karim demonstrou que não acreditava.

— Nossa boa sorte não nos obriga a ser generosos? — insisti.

Na pressa de ir reunir-se aos primos e tios no palácio do rei, ele resolveu aceitar aquele argumento.

— Está bem, Sultana. Vou mandar Mohamed comprar alimentos suficientes para matar a fome de trinta famílias famintas. Será que isso bastará para pagar seus pecados?

— E mande que Mohamed compre também roupa para eles — acrescentei, rápida.

Mohamed era nosso leal criado egípcio. Ele jamais comentaria com os demais criados a grande expiação que nossa família estaria cumprindo.

— Roupas também — assentiu Karim, com ar cansado.

Respirei aliviada. Quem quebra um juramento tem de se punir alimentando dez pessoas necessitadas, por isso eu achava que alimentar e vestir trinta famílias seria mais do que suficiente para redimir o pecado que eu cometera ao quebrar meu jejum tomando vinho e fumando.

Depois que Karim saiu, chamei Libby, uma de nossas criadas filipinas, para preparar meu banho. Meu coração se tornara leve, e eu me sentia tão livre por pagar meus pecados com facilidade e apaziguar minha alma com um simples ato de caridade que cantei baladas árabes de amor enquanto tomava banho.

Enfeitei-me, maquilei meu rosto e usei perfume; minha cabeleireira egípcia penteou meus longos cabelos de um modo complicado, fazendo tranças que fixou nos devidos lugares com os caros grampos que eu comprara recentemente na loja Harrods, em Londres. Examinei os muitos vestidos que tinha e resolvi usar um dos meus preferidos, que era de cetim vermelho e fora criado por Christian Dior.

Satisfeita com a imagem que vi no espelho, perguntei se Maha e Amani já se haviam aprontado, porque eu estava ansiosa por iniciar a tarde de celebração do *Eid* visitando várias parentes.

Vigiei, atenta, enquanto três criadas ajeitavam no porta-malas do nosso Mercedes novo os muitos presentes que minhas filhas e eu íamos dar para familiares e amigos. As caixas luxuosamente embrulhadas continham chocolates delicados moldados em forma de mesquitas, xales de seda bordados com fios de ouro, frascos dos mais finos perfumes franceses, colônias refinadas e colares de pérolas.

Eu já decidira que palácio visitaríamos primeiro. No ano anterior um primo excêntrico que não conhecíamos muito bem construíra um palácio que eu estava ansiosa por visitar porque amigas me haviam contado histórias fantásticas sobre suas maravilhas. Esse primo, que se chamava Fadel, gastara uma soma incrível para construir o palácio e os jardins que o rodeavam, fazendo-o parecer o próprio paraíso — o celestial paraíso descrito pelo nosso Sagrado Corão.

O Sagrado Corão descreve muitos detalhes da glória e dos prazeres que aguardam os que honram a Deus levando na

Terra uma vida de bom muçulmano. Almas pacientes e obedientes podem ter a certeza de que, vestidas com sedas e cobertas de joias, irão passar a eternidade em um vasto jardim recortado por agradáveis riachos e sombreados por verdes árvores. Também poderão ficar o tempo que quiserem reclinadas em divãs, comendo as mais finas iguarias. O vinho não será proibido, como na Terra; ao contrário, lhes será servido em taças de prata por lindas criadas.

Para o muçulmano afortunado o bastante a ponto de alcançar o paraíso há outra recompensa também. Sedutoras e lindas virgens, jamais tocadas por um homem, atenderão aos seus anseios e satisfarão todos os seus desejos sexuais. Cada homem possuirá setenta e duas dessas virgens.

Às muçulmanas fiéis que alcançarem o paraíso, está dito que irão ter a alegria máxima de recitar o Corão e que merecerão o supremo êxtase de ver o rosto de Alá. Ao redor dessas mulheres haverá crianças que jamais se tornarão adultas. Claro, uma vez que as mulheres muçulmanas não têm nenhum impulso sexual, não haverá parceiros sexuais à espera delas no paraíso.

Apesar de minha grande curiosidade, imaginando como meu primo Fadel reproduzira as maravilhas do paraíso na Terra, estava com um mau pressentimento. Não sei por quê, meu coração me dizia que não fosse àquele palácio, que voltasse para casa. Apesar do aviso, insisti em ir e levei minhas duas filhas.

Quando chegamos ao "Palácio Paraíso", como uma de minhas primas o apelidara, caçoando, nosso motorista deu com o portão de ferro da entrada principal fechado. O guarda do portão não estava à vista e nosso motorista saiu em busca dele. Em seguida voltou dizendo que vira, através de um visor do portão, dois pés nus por baixo da cadeira do guarda.

Mandei que o motorista batesse no portão. Por fim um sonolento iemenita levantou-se e abriu o portão. Assim, pelo menos pudemos entrar.

Embora a alameda fosse calçada com caras pedras polidas que refletiam a luz do sol, o automóvel sacudiu bastante ao passar por ela. Vi com grande interesse que passávamos sob enormes galhos de árvores densamente copadas. Depois de passarmos pelo túnel de árvores, deparamos com um cenário de deslumbrante beleza.

O palácio de Fadel não era enorme como eu esperava, mas sim constituído por uma sucessão de pavilhões brancos como a neve. Pelo menos quinze a vinte pavilhões idênticos, com telhados de um azul-celeste, formavam um círculo ao redor de um pavilhão muito maior. O conjunto era imponente.

A grama se estendia entre os pavilhões como um luxuoso tapete verde. Canteiros coloridos, com flores raras, espalhavam-se artisticamente pelo terreno. As cores combinadas, os pavilhões brancos, os tetos azuis, a grama verde e as tonalidades vivas das flores formavam de fato um quadro de rara inspiração.

— Olhem, meninas — disse eu —, a grama daqui é verde como as esmeraldas de meu colar novo!

Maha admirou-se:

— Há mais de dez pavilhões!

— Dezoito — disse Amani, com uma voz indiferente.

— Amani, veja! — Indiquei uma tabuleta dourada em que se lia "Garanhões", escrita em letras verdes. — Aquela alameda leva para as cocheiras.

Surpreendia-me um pouco que Fadel tivesse cocheiras. Um grande número de meus primos comprava e criava caríssimos cavalos de raça, mas eu jamais ouvira dizer que Fadel se interessasse por esses nobres animais.

Amani olhou para a tabuleta, mas nada disse.

Nosso motorista continuou conduzindo o carro pela alameda cheia de curvas; passamos sob um impressionante arco de mármore branco. Com certeza era a entrada para o pavilhão maior. Um porteiro egípcio, alto e bonito, abriu a porta do nosso Mercedes e nos cumprimentou atenciosamente, depois apressou-se em abrir a imensa porta dupla que dava para um amplo hall de recepção. O porteiro ficou ao nosso lado, esperando que o motorista pegasse os presentes que eu levara para meu primo e para a esposa dele.

Quando me certifiquei de estar com todos os pacotes nas mãos, pude entrar no hall de recepção. Minhas filhas entraram atrás de mim. Fomos cumprimentadas em um árabe perfeito por uma adorável asiática que se apresentou como Laila. Ela sorria meigamente enquanto nos cumprimentava, revelando-nos que éramos as primeiras visitas do dia. Disse-nos que sua ama, minha prima Kalidah, logo estaria conosco. Em seguida, nos conduziu para dentro da residência.

Enquanto acompanhava Laila, eu ia anotando cuidadosamente na memória tudo que meus olhos surpresos viam, porque nenhuma de minhas irmãs, nem Karim, até então havia estado no "Palácio Paraíso".

Fomos levadas através de um largo corredor. As paredes eram recobertas por seda de um amarelo muito claro com delicado desenho floral. O tapete exibia flores exóticas e pássaros coloridos, que pareciam vivos. Os pés afundavam nele.

De repente, Amani perguntou a Laila:

— Onde estão os pássaros que ouço cantar?

Laila sorriu.

— O que está ouvindo é uma gravação. — A voz dela era agradável e musical como a melodia dos pássaros. — Meu amo e senhor insiste que aqui todos os sons sejam agradáveis aos ouvidos.

Amo e senhor?, pensei, surpreendida. Meu primo Fadel? Maha começou a fazer perguntas à moça, que tinha mais ou menos a idade dela. Ficamos sabendo que Laila trabalhava na Arábia Saudita para Fadel e para a esposa, Kalidah, havia cinco anos. Com orgulho e ar feliz, a jovem acrescentou que com o que ganhava podia sustentar sua grande família, que morava em Colombo, capital do Sri Lanka.

Amani fez de maneira abrupta a pergunta que eu hesitava fazer:

— Por que você tem nome árabe, Laila?

A moça tornou a sorrir.

— Não sou indiana, sou muçulmana. Minha família descende de marinheiros árabes. — Fez uma pausa antes de prosseguir: — É claro que apenas muçulmanos podem entrar neste paraíso.

Maha me cutucou com o cotovelo, mas consegui manter o rosto impassível.

Inesperadamente o longo corredor abriu-se em um imenso salão circular. Colunas ornamentais, móveis luxuosos, lustres de cristal, tapeçarias sem preço, vastos espelhos e elegantes painéis de cerâmica uniam-se para produzir um efeito atordoante.

Vários divãs baixos, cobertos com sedas de cores suaves, alinhavam-se sob janelas em arcos cujos vitrais eram compostos por intrincados triângulos de vidros preciosos e coloridos que formavam cenas de famosos guerreiros árabes em campo de batalha. Uma água clara e cintilante fluía de duas fontes comunicantes forradas de prata. Vasos de porcelana chinesa erguiam-se sobre os tampos polidos de mesas de mogno incrustados com desenhos de madrepérola. Um piso de ladrilhos azuis aparecia nos estreitos espaços que havia entre os espessos tapetes persas.

Olhei para cima e vi uma abóbada magnificente que parecia arquear-se para o céu. O teto era pintado de maneira que desse a impressão de suaves e macias nuvens contra o azul do céu. O efeito geral era de tirar o fôlego.

Não havia como negar que meu primo realizara a construção mais inspirada que eu já vira. Na verdade, aquele palácio era ainda mais impressionante do que o construído pelo nosso rei. Pensei, então, que pelo visto Fadel alcançara o que queria. Era impossível o Paraíso ser mais bonito do que a casa dele.

Laila tocou um sininho, avisou-nos de que o lanche logo seria servido e retirou-se para ir anunciar nossa chegada a sua ama.

Acomodei-me em um dos divãs forrados de seda e bati com a mão no assento a meu lado.

—Venham sentar-se comigo no paraíso — brinquei.

Maha riu e sentou-se.

Amani nos olhou com ar de censura e disse:

— Não se brinca com o Paraíso. — Sua testa franziu-se em uma expressão de revolta, enquanto observava o extravagante aposento. — Brilho demais produz um deserto.

Tornei a examinar o salão, dessa vez com espírito mais crítico. Amani tinha razão! O palácio de Fadel era tão perfeito! *Tão* bonito! Quando os olhos da gente enxergam apenas perfeição, perdemos a capacidade de admirar.

Naquele momento quatro criadas entraram no salão.

Uma trazia pratinhos de cristal e guardanapos branquíssimos, muito bem dobrados; as outras carregavam bandejas de cobre pesadas de tanta comida. Deliciada, servi-me de algumas amêndoas açucaradas, enquanto Maha colocava no seu prato um pequeno sanduíche, queijos delicados, figos e cerejas.

Não me surpreendi ao ver Amani recusar toda oferta de hospitalidade.

As quatro criadas eram filipinas, muito bonitas e delicadas. Enquanto eu observava aquelas mulheres de um encanto quase incrível, ocorreu-me a ideia de que Fadel deveria ser obcecado pela beleza. Parecia determinado a se rodear de objetos, paisagens e pessoas bonitas. Tinha-se a impressão de que ele havia chegado à conclusão de que pessoas que não fossem fisicamente atraentes não eram bem-vindas ao paraíso. Foi difícil conter o riso quando pensei que se a beleza fosse o critério para ganhar o paraíso, Fadel com certeza seria excluído. Deus não abençoara meu primo com uma aparência bonita.

Amani me surpreendeu ao correr para a janela e gritar:
— Vejam, há uma família de gazelas pastando no jardim!
De fato, lá estavam quatro gazelas. Será que Fadel tinha um zoológico?
— Vamos pedir a Kalidah para darmos uma volta nos jardins, mais tarde — prometi a ela. — Talvez haja outros animais.
— Quero ver os cavalos! — exigiu Amani.
— Iremos vê-los, filha.

Ouvi o farfalhar característico da seda, ergui os olhos e vi Kalidah entrando no salão, acompanhada por Laila. Eu não a via fazia muitos anos, mas sua beleza continuava intata. Diante da evidente preocupação de meu primo com a perfeição, fiquei feliz por sua esposa ainda ser um deleite para os olhos. Se assim não fosse, provavelmente ele já teria se divorciado dela.

Minha prima usava um vestido em tom de verde, recoberto por pérolas minúsculas, que valorizava os cabelos castanhos com reflexos dourados. Seu rosto, de pele perfeita e luminosa, estava com maquilagem pesada demais para meu gosto, mas nada conseguia diminuir o impacto produzido por seus traços adoráveis.

Ergui-me e fui abraçá-la.
— Sultana!
— Kalidah!
Depois de terminados os cumprimentos mútuos, os desejos de paz e os agradecimentos a Alá por nossa boa sorte,

Maha entregou nossos presentes a Kalidah. Minha prima agradeceu profusamente e, com extremo cuidado, colocou-os em uma mesa. Aproximou-se de uma outra mesa, sobrecarregada com pacotes de presentes, pegou três e instruiu Laila para que os entregasse ao nosso motorista. Poderíamos abrir nossos presentes depois, quando voltássemos para casa, observou ela.

Em seguida Kalidah pediu desculpas por estar sozinha; explicou que o marido e seus seis filhos tinham ido ao palácio de um amigo, para visitá-lo, mas que voltariam logo. Por milagre, ela dera à luz apenas meninos, e só por esse fato já era bastante admirada e invejada.

Minha prima estava ansiosa por nos mostrar sua casa, assim minhas filhas e eu ficamos felizes em acompanhá-la pelo vasto complexo de pavilhões. Cada um deles consistia em um pequeno apartamento decorado com tesouros de inimaginável beleza. Não tardei em ficar aturdida com os detalhes que Kalidah nos indicava, fazendo-nos admirar os pisos de mosaicos, os murais nas paredes e os tetos pintados.

Pouco depois eu estava desesperada para escapar daquela profusão de banheiras de alabastro, vasos com pedras preciosas, divãs com estofamentos de seda. Precisava de ar e de espaço, por isso sugeri que saíssemos.

— Ouvi falar muito dos seus maravilhosos jardins.

— Oh, sim. É claro — concordou Kalidah, amigável. — Vamos nos sentar no jardim.

Amani tratou de me lembrar:

— E os garanhões, mãe?

Kalidah reagiu de imediato ao desejo de Amani. Apesar da maquilagem espessa, deu para ver que ficou pálida. Sua voz tremia quando falou:

— Bem, esse é um dos domínios dos homens, Amani.

— Gosto de cavalos e não sou homem — indignou-se minha filha mais nova.

— Amani! — Tratei de adverti-la e olhei para minha prima com expressão de quem pede desculpas. — Temos outras coisas a conhecer. Por hoje vamos ficar apenas nos jardins.

Eu não tinha amizade íntima com essa prima, porém sabia que poucas pessoas estavam acostumadas com crianças agressivas como Amani.

— Venham, vamos ver os jardins — convidou-nos Kalidah gentilmente, sem dar atenção ao comportamento rude de minha filha.

Maha disse que estava precisando ir ao toalete e que se reuniria a nós depois. Laila já havia retornado de sua incumbência e acompanhou Maha.

Os lábios de Amani estavam tão contraídos pela raiva que a expressão de minha filha não era nada atraente. Como ela caminhasse a meu lado, belisquei-lhe o braço em um aviso para que contivesse seu mau gênio e sua língua.

Kalidah nos levou por um caminho forrado com pedregulhos e ladeado por espessa cerca viva. Pudemos ver o jardim antes de chegarmos a ele, e, como eu esperava, era de uma beleza deslumbrante. Árvores delineavam seu perímetro, e grupos de arbustos floridos e de canteiros punham cores vivas por todo lado. Quando entramos no jardim, sentimos de imediato o perfume das flores.

Nos intervalos regulares entre os canteiros havia pequenos lagos com peixes exóticos; vários riachos artificiais faziam pairar no ambiente o calmante murmúrio de água corrente. Eu estava completamente fascinada.

Um caramanchão de formas artísticas chamou-me a atenção.

— Podemos nos sentar ali?

— Sim, podemos fazer tudo que a agrade.

Quando eu ia me sentar, Amani soltou um gritinho. Ela acabara de ver gaiolas com passarinhos perto do caraman-

chão. Acompanhando seu olhar vi que inúmeras gaiolas pendiam dos galhos das árvores e estavam cheias de pássaros.
Amani correu para junto delas.
— Você tem muitos passarinhos, Kalidah — eu disse a minha prima.
Sentia-me pouco à vontade enquanto Amani corria, nervosa, de uma gaiola para outra.
Kalidah estava perplexa com o comportamento estranho de minha filha. Falou com ar distante, como se estivesse em transe:
— Sim. Fadel acredita que o paraíso esteja repleto de pássaros e de seus cantos.
Mesmo a distância dava para eu ver a fúria no rosto de Amani. Chamei-a.
— Amani! Venha para junto de nós, querida.
Com os punhos cerrados de ódio, Amani parou diante de Kalidah e gritou:
— Essas gaiolas são muito pequenas! Os passarinhos não têm comida e água suficientes!
O jeito agressivo de Amani fez minha prima ficar tão espantada que ela não conseguiu falar.
— Amani — repreendi-a. — Você tem de pedir desculpas agora mesmo!
O rosto de minha filha estava molhado de lágrimas.
— Alguns pássaros estão mortos!
Eu me voltei para Kalidah e fiz uma tentativa de diluir o mal-estar daquela situação.
— Não ligue para Amani. Todas as criaturas exercem profundo fascínio sobre essa menina...
Amani fitou-me com desprezo, como se eu fosse uma traidora.
— As gaiolas são muito pequenas! Não há comida suficiente!
— Amani! Mandei que se desculpasse, *agora*!

Num esforço para acalmar a priminha, Kalidah gaguejou:
— Mas... meu bem, há pássaros no paraíso!
Minha filha gritou com voz tão alta e com tanta força que as veias de sua fronte e do pescoço se tornaram salientes.
— *No paraíso os pássaros estão livres!*
Kalidah levou as mãos ao pescoço, enquanto Amani se tornava histérica.
— Lá eles voam livres, estou lhe dizendo! No paraíso os passarinhos voam em liberdade! Você é muito cruel mantendo-os presos!
— *Amani, chega!*
Aproximei-me de minha filha determinada a sacudi-la. Estava na hora de levá-la para casa.
Kalidah continuou com as mãos no pescoço e, desamparada, disse:
— Eu lhe asseguro, Amani, há passarinhos no paraíso. Eu tenho certeza que sim.
Os olhos de Amani fuzilaram a prima com um ódio profundo. Sua voz soou cheia de desprezo.
— *Você nunca irá ter certeza disso! Seus olhos maldosos jamais verão o verdadeiro paraíso!*
Esmagada pela inesperada agressão, Kalidah desmaiou.
Horrorizada, vi que Amani, aproveitando aquela chance, corria de uma gaiola para outra. Com espanto, me conscientizei de que ela retirava as gaiolas das árvores! Ajoelhei-me ao lado de Kalidah e logo depois Maha apareceu, correndo e nervosa, no caminho de pedregulhos. Quando chegou a meu lado, mal podia falar, tal sua indignação.
— Mamãe, você sabia que o primo Fadel mantém preso um grupo de jovens? Sabia que ele tem um harém de mocinhas? Elas estão aprisionadas em um dos pavilhões!
Alarmada e chocada, eu não conseguia encarar minha filha mais velha. Só então ela percebeu que Kalidah estava caída no chão.
— O que aconteceu com a prima Kalidah?

O modo calmo como respondi espantou até a mim mesma.
— Amani a insultou e minha prima desmaiou. — Fiz um gesto indicando o palácio. — Corra, vá buscar ajuda.
— Mas e as pobres moças?
— Cale-se, Maha! Depois lidaremos com esse problema.
— Olhei para Kalidah e, aliviada, vi que estava respirando. Ordenei a Maha: — Vamos, vá pedir ajuda. *Agora!*
Maha voltou correndo para o palácio, chamando por Laila.
Aflita e confusa, vi Amani saindo do jardim carregando uma estranha carga. Levei alguns instantes para perceber que ela estava se apropriando das gaiolas de Fadel!
— Oh, Alá! — gritei. E, em seguida: — Amani! Amani! Volte aqui!
Carregando o maior número de gaiolas possível, minha filha mais nova desapareceu de vista.

Os pássaros do Paraíso

◆ ◆

Certa vez ouvi alguém dizer que não nos lembramos de *dias* da nossa vida, mas sim de *momentos*. Sei que é verdade porque eu também vivi esses momentos que se podem denominar "momentos de pico".

O desespero se apoderou de mim de uma forma brutal enquanto eu mantinha a cabeça de Kalidah no meu colo. Ansiava por ver Maha, estava impaciente pelo retorno dela. Sem poder fazer qualquer coisa, eu tinha de ficar olhando e vendo o corpo frágil e esguio de Amani indo e vindo pelo jardim, com uma rapidez incrível, recolhendo gaiolas repletas de passarinhos que se agitavam, pipilando assustados. Aquele seria um dos meus muitos momentos inesquecíveis.

Por fim Maha voltou ao jardim, acompanhada de Laila. Três egípcios seguiam-nas, alguns passos atrás. Imaginei que aqueles homens fossem criados de Fadel.

Laila já tinha sido avisada por minha filha de que Kalidah desmaiara, por isso correu para me ajudar nos inúteis esforços para fazer sua ama voltar a si. Os três homens se mantinham de pé, silenciosos e pouco à vontade, perto da figura caída da patroa.

Enquanto isso, Amani continuava sua urgente tarefa de retirar do jardim do paraíso de Fadel todas as criaturinhas que cantavam. Felizmente os empregados de Kalidah estavam tão preocupados com as condições precárias da senhora que não repararam na frenética ação de minha filha.

Por fim, Kalidah abriu os olhos e, quando viu meu rosto inclinado sobre o dela, gemeu e perdeu os sentidos de novo. Depois que ajudei minha prima a voltar a si por três vezes e de ela ter desmaiado mais três vezes, resolvi que ela deveria ser levada para sua cama. Levantei-me do chão e instruí os criados:

— Rápido, ergam sua senhora e levem-na para o palácio.

Os três homens trocaram olhares preocupados, depois deram um passo atrás. Seus olhares diziam claramente o que pensavam: consideravam-me uma louca. Um deles, o mais baixo, resolveu falar, afinal:

— Minha senhora, isso é proibido.

De pé ali, com a inerte Kalidah a meus pés, compreendi que aqueles homens repeliam até mesmo o simples pensamento de tocar na patroa; se fosse uma das amantes deles, tudo bem, mas qualquer outra mulher, nunca.

Muitos muçulmanos fundamentalistas acreditam que todas as mulheres são impuras e que se tocarem apenas a palma da mão de uma mulher que não lhes pertença legalmente serão castigados com ferros em brasa aplicados na palma das mãos no Dia do Julgamento Final.

Como está escrito que o profeta Maomé se recusava a tocar qualquer mulher que não lhe pertencesse, há muitas *hadiths*, ou interpretações, das palavras e das ações do profeta a esse respeito. Uma *hadith* popular sobre esse assunto é: "Um homem que está orando pode interromper sua oração se uma destas três coisas passar diante dele: um cão negro, uma mulher ou um jumento". Em mais de uma ocasião ouvi meu pai dizer que preferia ser atropelado por um porco a esbarrar no cotovelo de uma mulher que ele não conhecesse.

Sem pensar, avancei para os dois homens que estavam mais perto de mim, segurei-os pelos braços e gritei:

— Levem sua ama para o palácio! *Agora!*

Os dois, com os olhos arregalados de terror, tentaram soltar-se de minhas mãos crispadas. Como os homens têm muito mais força do que as mulheres, não tardaram a se livrar e a distanciar-se de mim com uma rapidez nunca vista. Com olhar que espelhava repulsa e choque, os dois pararam, inclinaram-se para o chão e esfregaram areia no lugar de seus braços que eu havia tocado.

Essa reação me enfureceu. Fiquei ofendida com aquela cena, mesmo sabendo que o Corão avisa que se um homem tocar uma mulher estranha e não tiver ao seu alcance água para se lavar, poderá procurar terra limpa e esfregar-se com ela, livrando-se assim da impureza transmitida.

A inteligente e alerta Laila interferiu:

— Espere, tenho uma ideia.

Foi correndo para o palácio.

Voltei minha atenção para Kalidah. Bati em suas faces e chamei-a várias vezes. Não havia meio de ela reagir e responder, mas quando me voltei para falar com Maha, percebi que minha prima me observava por entre as pálpebras. Era evidente que fingia estar passando mal a fim de não ser obrigada a revidar a crueldade de Amani, e assim fazendo atrairia simpatias.

Laila voltou com uma manta, que estendeu ao lado do corpo largado da patroa. Já que os aterrorizados criados se recusavam a tocá-la, a criada asiática, Maha e eu rolamos Kalidah para cima da manta. Então mandei que os homens pegassem a manta pelas pontas, mas eles tornaram a se recusar. Gritei que mandaria prendê-los. Sabendo que eu era de sangue real, um homem pegou as pontas da manta do lado da cabeça da patroa e outro pegou as dos pés. Com o rosto pálido de medo, carregaram Kalidah para o palácio.

Ordenei a Maha que fosse procurar sua irmã, que fazia algum tempo desaparecera do jardim, e disse-lhe que a levasse a minha presença, no palácio.

Quando minha prima se recuperou a ponto de tomar um pouco de chá, pedi-lhe muitas desculpas pelo incidente. Ela bebeu o chá em silêncio, recusando-se a me encarar. Mas quando lembrei-a de que muitos jovens modernos eram incontroláveis, fez um leve sinal de assentimento. Eu ouvira falatórios a respeito dos filhos de Kalidah. Comentava-se que criavam muitos problemas, e ela pareceu demonstrar alguma compreensão diante de uma criança desafiadora como Amani.

Depois de sombrias despedidas, saí do palácio sem contar a minha prima que os pássaros de Fadel não moravam mais naquele paraíso terreno. A desculpa que eu tinha para tal atitude eram meus planos otimistas de devolver os passarinhos antes que viessem a sentir a falta deles.

Enquanto atravessava o imenso hall de entrada do palácio, Maha me alcançou. Demo-nos as mãos e, falando com dificuldade por estar ofegante por causa da corrida que dera até ali, ela sussurrou:

— Amani e nosso motorista desapareceram!

Respirei fundo e quase cheguei a sorrir ao me lembrar de um antigo provérbio muitas vezes repetido pela minha mãe. Murmurei de volta:

— Lembre-se, Maha, "Não importa quão alto um pássaro voe, ele está destinado a voltar ao chão em algum lugar". Vamos encontrar Amani e, com ela, os passarinhos.

Depois de perguntar a Mustafá, o porteiro, fiquei sabendo que nosso motorista ajudara Amani a recolher as gaiolas com os passarinhos de Fadel e depois levara minha filha e sua carga ilícita para fora do palácio. Ele acrescentou que ficara surpreso ao saber que sua patroa dera tantos passarinhos a minha filha como um presente *Eid*. Segredou com a boca protegida pela mão:

— Meu amo e sua senhora são muito apegados aos seus bens terrenos.

Olhei pensativamente para o pobre homem. Claro, nem tudo era perfeito no paraíso de Fadel.

Na religião islâmica há um grande respeito pela caridade, tanto a obrigatória quanto a voluntária. Durante muitos anos ouvi rumores de que Fadel, que era um dos Al Saud mais ricos, sempre dava grandes espetáculos ao pagar o *zakat* (que é uma pequena porcentagem dos lucros, como um dízimo, que a lei requer de todos os muçulmanos) obrigatório, mas recusava-se a contribuir com um único rial saudita a um ato de caridade. No mundo árabe espera-se a generosidade, principalmente por parte dos ricos, mas todos os pobres árabes são generosos para com os necessitados, pois acreditam que receber mais do que se dá é uma grande humilhação.

No entanto, era evidente que Fadel se importava muito mais em satisfazer seus desejos do que em pensar na miséria dos outros. Eu desconfiava que meu primo pagava magros salários a seus empregados e que seria capaz de esfregar o rosto dos pobres nas areias do deserto tranquilamente e sem remorsos. Com certeza um homem assim iria exigir a devolução dos pássaros que havia pago com seu dinheiro.

Fiquei pensando nessas coisas enquanto Mustafá procurava um dos motoristas de Kalidah que me levasse com Maha de volta ao nosso palácio. Enquanto a limusine rodava pelas ruas de Jidá, minha filha não aguentou e começou a falar nas jovens do harém de Fadel, tentando chamar minha atenção para o fato.

Preocupada com o motorista, eu a fiz calar-se com um olhar e um gesto, depois segredei-lhe:

— Querida, prometo que vou ouvi-la mais tarde e que iremos ajudar essas moças, mas primeiro precisamos devolver os pássaros.

No instante em que meus pés tocaram o chão diante da porta de entrada de meu palácio, comecei a chamar minha filha mais nova:

— Amani!

Três dos jardineiros filipinos, Tony, Frank e Jerry, ergueram os olhos do podão que manejavam.

— Ela foi por ali, senhora — disse Tony, apontando na direção do jardim das mulheres.

— Nós a ajudamos a carregar as gaiolas, senhora — acrescentou Jerry.

Resolvi que teria uma boa conversa com Amani enquanto meus jardineiros fossem buscar as gaiolas para eu devolvê-las ao dono.

Naquele instante vi o automóvel de Karim aproximar-se lentamente pela alameda. Preparei-me para o que desse e viesse ao vê-lo sair do assento traseiro do carro e vir na minha direção. Ele parecia estar de bom humor depois de passar o dia inteiro com o rei e outros primos reais. Sorria, alegre.

Meu coração apertou-se de tristeza por saber que logo a alegria dele se iria dissipar.

Ergui as sobrancelhas em um cumprimento, mas não sorri nem falei quando meu marido apertou-me a mão. Karim me conhecia bem.

— Qual é o problema, Sultana?

Quando lhe contei as atribulações da tarde no palácio de Fadel, o rosto dele passou por várias gradações de vermelho à medida que ia ficando zangado.

— E agora Amani está no nosso jardim, com os pássaros — completei.

Ele se manteve calado e pensando nas consequências do furto que sua filha realizara no jardim de nosso primo real.

O insistente toque do telefone celular de Karim interrompeu os sombrios pensamentos que passavam por nossa cabeça, e para minha irritação ele atendeu. Não tardei a perceber que meu marido não estava gostando do que ouvia, já que se tornava cada vez mais vermelho.

— Sim — disse Karim com voz calma. — O que lhe contaram é verdade. Sim. Vou tratar disso agora mesmo.

Ele me dirigiu um olhar significativo.

— O que foi?

— Fadel quer seus malditos passarinhos de volta, imediatamente.

Gemi. Não se passara nem uma hora e nosso primo já sabia da conduta reprovável de Amani! Meu plano de devolver os pássaros o mais depressa possível não servia para mais nada.

Foi aí que vi Maha sair correndo do jardim das mulheres.

— Mamãe, Amani disse que vai se matar se você levar os passarinhos de volta!

Nervosa, uni as mãos.

— E acho que ela vai mesmo fazer isso — acrescentou Maha, melodramática. — Disse que vai se enforcar com seu cinto de couro vermelho!

Soltei um grito.

Com o semblante revelando preocupação, Karim dirigiu-se ao jardim das mulheres. Maha e eu o seguimos sem dizer uma só palavra. Tony, Frank e Jerry fizeram o mesmo, a uma discreta distância.

Amani estava montando guarda diante de uma fileira de gaiolas. Seus olhos tinham uma expressão determinada e brilhavam intensamente. Aquilo não significava boa coisa.

Karim estava furioso, porém falou cautelosamente:

— Amani, acabo de receber um telefonema perturbador do primo Fadel. Ele me contou uma coisa inacreditável. Disse que você, minha filha, roubou os pássaros dele. Isso é verdade?

Os lábios de Amani se entreabriram em um sorriso, mas seus olhos mantiveram-se sérios.

— Livrei alguns pássaros de uma morte horrível, pai.

Meu marido voltou a falar, calmo:

— Você sabe que precisa devolver esses pássaros, filha. Eles não são seus.

O sorriso pálido de Amani desapareceu. Ela pensou por um momento antes de levantar a cabeça com ar desafiador. Em voz clara e firme, ela citou o versículo S. LXXVI.8 do Corão:

— "E eles alimentaram, pelo amor de Deus, os indigentes, os órfãos e os cativos". — Em seguida acrescentou suas próprias palavras: — O muçulmano fiel não mata nenhum animal de fome.

Eu sabia, como todo muçulmano sabe, que as autoridades muçulmanas concordam em que o termo "cativo" inclui animais que estejam sujeitados pelo homem e que essas criaturas devem ser adequadamente alimentadas, abrigadas e bem cuidadas pelos muçulmanos fiéis.

— Você precisa devolver os pássaros, Amani — repetiu Karim com dureza.

Um grito estrangulado escapou por entre os lábios de nossa filha.

— Não havia água nem comida em muitas gaiolas! — A voz rouca de Amani baixou de tom quando ela se voltou para olhar a gaiola mais próxima. — Quando olhei a carinha meiga dos passarinhos, soube que tinha de salvá-los! — Fez um gesto para o banco atrás dela. — Mas já era tarde demais para salvar todos; encontrei mais de vinte e quatro pequeninos mortos! — Sua voz tremia. Olhei para o banco e fiquei paralisada ao ver o grande número de avezinhas mortas, arrumadas em uma fileira perfeita. Amani colocara flores recém-apanhadas junto dos pequeninos cadáveres.

Os olhos dela encheram-se de lágrimas.

— Depois vou dar a eles um funeral digno — prometeu.
Insensível, Maha começou a rir alto, no que foi acompanhada pelos jardineiros filipinos.

— Calem-se e saiam daqui! — comandou Karim com ar zangado.

Maha sacudiu os ombros, virou as costas para o pai e obedeceu, mas continuamos a ouvir suas gargalhadas divertidas enquanto ela se distanciava pela alameda.

Os três filipinos foram se esconder entre os arbustos. Não contei a Karim, porque eles eram meus criados preferidos e não queria me arriscar a fazer com que a ira que meu marido sentia pela filha fosse descarregada neles. A vida de nossos criados solteiros era tão carente do calor familiar que eles se interessavam profundamente por nossos dramas pessoais.

O pranto de Amani redobrara.

— Não quero devolver os pássaros — disse em tom de súplica. — Se você me forçar, pai, me atiro no mar Vermelho!

Meu coração se apertou. Primeiro o enforcamento, agora o mar! Como eu poderia proteger Amani da força arrasadora de suas emoções?

Karim e eu trocamos olhares ansiosos. Nós dois sabíamos que nossa filha mais nova amava os animais com uma intensidade que ultrapassava a razão.

A voz de meu marido soou fraca e cansada:

— Amani, meu bem, eu lhe compro milhares de outros pássaros.

— *Não! Não! Eu não quero devolver estes pássaros!*

Amani cobriu com o frágil corpo as gaiolas mais próximas e chorou desconsoladamente. Arrasados pela angústia de nossa pequena, Karim e eu fomos para junto dela.

— Querida — comecei —, assim você vai ficar doente. Vamos, minha pequenina!

Os soluços dela vinham do fundo da alma. Certa vez eu ouvira uma prima chorar histericamente diante do corpo de sua falecida mãe com tanta violência que se rompeu uma artéria em seu pescoço e por pouco ela não seguiu a mãe no túmulo. Por causa disso, naquele momento eu tinha visões horríveis de algo semelhante acontecendo com minha filha. Amani estava tão atormentada!

Carinhoso, Karim pegou a filha no colo.

— Está bem, Amani, fique com esses pássaros. Vou comprar outros para Fadel.

Mas aquela ideia também não foi aprovada por ela.

— *Não! Não! Você vai dar a morte a outras vítimas inocentes!*

Karim abraçou a filha com força. Ele e eu trocamos olhares desesperados. Por fim, meu marido segurou o delicado rostinho entre as mãos e pediu:

— Amani, se você parar de chorar, prometo que farei tudo que puder. Vou pensar em um jeito de resolver isso.

Os soluços desesperados de nossa filha transformaram-se em um choro sentido. Karim carregou-a para o palácio e levou-a para o quarto dela. Enquanto o pai a confortava, revirei o quarto dela e retirei tudo que minha filha pudesse usar para se machucar. Retirei também de seu banheiro todos os objetos afiados ou pontiagudos. Ela parecia não perceber nada do que acontecia ao seu redor.

Quando voltei para dentro do quarto, mandei Maha fazer a mesma coisa, com a ajuda das criadas, no palácio inteiro. Até que aquela crise passasse, eu não queria nenhum apetrecho perigoso em minha casa.

Maha começou a resmungar, dizendo que estávamos fazendo tudo para salvar a vida dos passarinhos de Fadel mas que não ligávamos a mínima para as mocinhas que estavam sendo mantidas contra a vontade no palácio dele. Era verdade, eu havia me esquecido de que Maha me contara ter encontrado um harém de jovens aprisionadas. Então assegurei-lhe:

— Maha, dê a mim e a seu pai tempo para acalmar esta situação. Depois, eu prometo, iremos verificar o que está acontecendo com aquelas moças.

Quando Maha fez uma careta e começou de novo a caçoar da irmã, perdi a paciência.

— Pare com isso, já! Você sabe muito bem como Amani se sente em relação aos animais. E você, como iria se sentir se sua irmã cortasse a própria garganta ou se enforcasse?

— Eu prepararia um banquete e daria uma grande festa! — foi a resposta malcriada.

Esbofeteei minha filha mais velha duas vezes. Ela ficou abismada e foi fazer o que eu ordenara.

Quando voltei para o quarto de Amani, meu maravilhoso marido fazia uma lista do que nossa filha precisava para cuidar das avezinhas que ela salvara. Era evidente que Karim sentira, como eu, que Amani estava perigosamente perto de um colapso nervoso.

Ele se voltou para mim e mostrou-me a lista:

— Sultana, mande um dos motoristas comprar vinte gaiolas bem grandes, uma boa variedade de alimentos para passarinhos e tudo mais que seja preciso para cuidar deles e que haja na loja.

— Sim, claro... — murmurei.

Depois de percorrer a lista rapidamente com os olhos, fui fazer o que meu marido mandara. Depois de quase duas horas, dois de nossos motoristas voltaram da loja de animais da cidade após ter acabado com o estoque de artigos para cuidar de passarinhos.

Karim instruiu seis de nossos jardineiros para deixar suas tarefas e ajudar a transferir os passarinhos para as gaiolas maiores. Só depois de verificar como os pássaros estavam, de certificar-se de que haviam sido colocados em gaiolas confortáveis, devidamente alimentados e recebido água, é que Amani concordou em ir dormir.

Eu ainda estava apreensiva, então mandei que seis criadas se revezassem e vigiassem o sono de minha filha mais nova.

Maha, ainda zangada pelo que acontecera naquele dia, recusara-se a jantar conosco. Meu marido e eu estávamos emocionalmente exaustos demais para nos importar com isso. Então nos sentamos à mesa em silêncio e comemos nosso frango assado com arroz.

Fadel telefonou três vezes para Karim enquanto jantávamos, mas ele se recusou a atender. Só depois que terminamos é que ligou para o primo a fim de lhe dizer que iria visitá-lo no dia seguinte.

Então Karim informou à cozinheira que gostaríamos de tomar café no jardim das mulheres. Saímos do palácio e fomos nos sentar a uma mesa sob a fronde das árvores. Embora fosse quase noite, ainda se podia ouvir o chilreio dos pássaros e o barulho deles tomando banho nas fontes; eram ruídos que provocaram uma emoção difícil de ignorar. Ao mesmo tempo, ouvi com prazer o canto dos passarinhos, que pareciam alegres com sua nova vida.

Um olhar de Karim me fez mudar de minha cadeira para o colo dele. Eu sabia que seus pensamentos eram os mesmos que os meus: se insistíssemos em devolver aqueles pássaros, Amani seria bem capaz de atentar contra sua vida. Mas se comprássemos pássaros para substituir os que furtara, certamente ela iria descobrir e ficaria muito decepcionada. Por outro lado, Fadel não era do tipo de se calar. O que poderíamos fazer?

Murmurei:

—Você tem algum plano, Karim?

Ele suspirou e ficou calado por um longo momento. Afinal, disse:

— Fadel é um desgraçado ambicioso. Resolvi dar a ele uma parte de minha melhor propriedade em Riad se desistir de colocar qualquer tipo de ave naquele seu ridículo paraíso. Isso faria nossa filha feliz.

— Uma propriedade por um punhado de passarinhos baratos? Por Alá! Vamos nos tornar a piada de todos.

— Não. Fadel não vai querer falar sobre isso. Ele não é apenas ambicioso, é também covarde. Vou fazer com que compreenda que não é de seu interesse espalhar a notícia do nosso negócio.

— Ele é um homem maldoso — comentei, lembrando-me do que Maha me contara.

Fiquei tentada a perguntar a Karim se ele sabia alguma coisa sobre o harém particular de Fadel, mas decidi que meu marido já tivera aborrecimento suficiente em um só dia.

Ficamos sentados sob as árvores e, de repente, todos os pássaros do jardim começaram a cantar no mesmo instante. Meu marido e eu ficamos ouvindo imóveis, maravilhados com a beleza daqueles sons.

Mais tarde, depois de saborear nosso café, fomos para nossos aposentos. Por fim aquele longo dia terminara e eu estava muito grata por isso. Mas, como não podia esquecer a promessa feita a Maha, tive muita dificuldade para dormir. Os acontecimentos daquele dia haviam sugado toda minha energia.

O que a nova manhã iria nos trazer?

Harém celestial

◆ ◆

Quando abri os olhos na manhã seguinte, estava sozinha na cama. Chamei Karim, mas não obtive resposta. Minha mente estava tão desordenada que levei alguns minutos para me lembrar dos acontecimentos do dia anterior. Amani e os passarinhos dela! Era por isso que meu marido acordara tão cedo. Tive certeza de que tratar desse negócio dos pássaros com Fadel era a prioridade dele.

Escolhi um vestido simples, de algodão, me arrumei e saí de meus aposentos. Primeiro parei junto à porta do quarto de Maha e escutei. Não havia som algum, o que era um bom sinal. Se minha filha mais velha estivesse acordada, alguma de suas músicas ensurdecedoras poderia ser ouvida através da porta. Seria ótimo se Maha dormisse até o meio-dia. Eu precisava de algum tempo sozinha para pensar em uma resposta que a satisfizesse e que não envolvesse nossa família em outra crise com o primo Fadel, no caso das mocinhas aprisionadas.

Com um suspiro, expulsei aquele pensamento desagradável enquanto me dirigia para o quarto de Amani, que também ainda dormia. Uma das seis criadas Filipinas às quais eu ordenara que se revezassem na vigilância do sono dela achava-se sentada ao lado da cama e me assegurou:

— Senhora, sua filha dormiu tranquilamente a noite toda.

Voltei para meu quarto e pedi que me servissem um café da manhã leve, com iogurte, queijo e pão. Em contraste com os fatos extremamente desagradáveis do dia anterior, reinava uma aprazível calma ao meu redor. Tomei o café vagarosamente, sentada em nosso terraço particular e admirando a vista espetacular do mar Vermelho que nosso palácio em Jidá proporcionava. Era o dia feito para um deus. O céu azul não tinha uma nuvem sequer, e àquela hora os raios de sol eram quentes, porém não demais. Fachos da luz solar penetravam profundamente na água cristalina do mar Vermelho. Enquanto eu acompanhava com os olhos o vagaroso movimento das ondas, que se espreguiçavam na areia da praia, meu corpo acompanhava seu ritmo. Se todos os dias pudessem ser sossegados e lindos como aquele!

Karim voltou antes que eu terminasse o café. Acomodou-se na cadeira a meu lado e comeu alguns pedacinhos de pão e queijo.

Em silêncio, examinei seu rosto bonito, fazendo perdurar aqueles momentos de tranquilidade o máximo possível.

— Conte-me — pedi, por fim.

Meu marido franziu as sobrancelhas e abanou a cabeça com ar cansado.

— Aquele canalha do Fadel disse que desenvolveu um afeto profundo e especial por aqueles malditos passarinhos.

— E ele não quer trocá-los pelas terras? — perguntei, admirada.

A testa de Karim se franziu.

— Claro que quer, Sultana. Mas tornou a negociação deliberadamente difícil.

— Conte-me tudo.

— Não quero reviver cada detalhe, Sultana — disse ele, impaciente. — Tudo que você precisa saber é que agora somos donos dos passarinhos de Fadel... ou melhor, que a dona é Amani, e que eu tenho a promessa solene dele de que não haverá mais aves em seu paraíso terrestre. — A voz dele abaixou, tornando-se rouca. — Tenho certeza de que meu primo é um louco. Será que Fadel realmente acredita que é capaz de enganar a Deus e que pode se regalar com as delícias do paraíso sem passar pela morte? — O olhar de Karim se tornou ausente e sonhador. — Ele é um louco.

Agradecida, sorri para meu marido.

— Pelo menos Amani ficará sossegada. Pouquíssimos pais chegariam a esse extremo pela felicidade dos filhos.

Inclinei-me para meu marido e beijei-lhe os lábios, mas a expressão dele se tornou dura.

— Sultana, esses primos jamais foram nossos amigos, por isso não entendo por que você decidiu visitá-los em primeiro lugar. De qualquer modo, por favor, para benefício de nós todos mantenha-se longe dessa família.

Fiz o que pude para evitar que as emoções que me assaltaram transparecessem em meu rosto. Queria, desesperadamente, falar com Karim sobre a aflição de Maha por ter descoberto um harém de moças mantidas lá contra a vontade e, se aquilo fosse verdade, sobre minha vontade de ajudá-las. No entanto, não podia tocar nesse assunto, pelo menos não naquele momento. Eu sabia que meu marido iria considerar o caso das jovens prisioneiras fora de seu campo de influências. E, com certeza, iria me proibir de interferir.

Então ele me pegou pelo braço, olhou profundamente em meus olhos e disse:

— Fique longe de Fadel e de Kalidah. Você entendeu, Sultana?

Apenas assenti com a cabeça e murmurei:

— *Wala yoldaghul moumenu min juhren marratayn*, o que significa: "Quem aprende jamais leva uma segunda picada da mesma cobra".

Satisfeito por eu concordar com ele, Karim ergueu-se e, ainda sério, aconselhou-me:

— Precisamos ter cuidado quando escolhemos nossos amigos, Sultana. Qualquer tipo de ligação com uma pessoa como Fadel só pode trazer consequências desagradáveis. — Fez uma pausa, pensativo, e acrescentou: — Estou pensando em fazer uma visita a Hanan e Mohamed. Você gostaria de ir?

Eu gostava muito de Hanan, a irmã mais nova de Karim, e de seu marido, Mohamed. Aliás, com exceção de minha sogra, Noorah, eu gostava de todos da família dele e tinha grande prazer quando os visitava. À medida que os anos passavam, ia compreendendo que fora imensa a minha sorte em me casar com alguém que tinha uma família como a dele.

Karim saiu e, depois de tomar banho, fui contar a Amani as boas-novas que seu pai trouxera. A pobre menina ainda estava na cama e dormia profundamente. Os choques do dia anterior haviam sido demais para ela. Olhando para minha filha adormecida, senti uma densa onda de amor por ela, apesar de sua língua afiada. Beijei-a de leve na face e fui para o quarto de Maha.

Assim que a crise de Amani foi resolvida e deixada para trás, conscientizei-me de que precisava dar maior atenção ao que Maha me contara a fim de manter o respeito de minha filha mais velha e meu respeito por mim mesma como a campeã dos direitos da mulher que queria ser.

Maha já acordara e estava se vestindo. Para minha surpresa, ela não ouvia música. Seus olhos se encontraram com os meus no espelho de sua penteadeira. Pude perceber que ainda estava zangada pelo que havia ocorrido no dia anterior.

— O que aconteceu com aqueles passarinhos? — perguntou-me, mal-humorada.

Com cuidado, respondi:
— Seu pai resolveu o problema. Agora eles são de Amani.
A exasperação sombreou-lhe o rosto.
— E como papai conseguiu isso?
— Ele fez uma oferta generosa a Fadel — admiti.
Os lábios de minha filha se contraíram.
— Pois bem, eu me recuso a ir a um funeral de passarinhos! E não adianta, não vou mesmo, mãe!
Coloquei minha mão, de leve, em um ombro de Maha e disse à imagem dela no espelho:
— Faça isso, se quiser, filha.
Ela sacudiu o ombro para se livrar de minha mão. Suspirei, depois prossegui:
— Querida, sinto muito pelo que fiz ontem. É verdade, sinto muito. Mas fiquei louca quando ouvi você dizer aquelas coisas cruéis e sem sentimento a sua irmã. Acredite-me, se algo de mal acontecesse com Amani, você jamais pensaria em dar um banquete e uma festa. — Fiz uma pausa e então acrescentei: — Se uma verdadeira tragédia atingisse sua irmã, seu coração ficaria angustiado para sempre pelas palavras más que disse sem pensar.
Depois de refletir por alguns segundos sobre o que eu dissera, a fúria de Maha pareceu desvanecer-se e ela sorriu.
— Você tem razão, mamãe. — Girou a banqueta da penteadeira até ficar de frente para mim e fitou-me com intensidade. — Agora podemos soltar aquelas moças do palácio do primo Fadel?
Dessa vez meu suspiro foi mais profundo. Eu também tinha em meu íntimo a chama viva do desejo de socorrer todas as mulheres subjugadas. Contudo, a vida me ensinara que na maioria das vezes esses desejos estavam destinados ao fracasso. Acariciei demorada e amorosamente o rosto de minha filha antes de me sentar na cama.

— Meu bem, conte-me sobre aquelas moças. Como você ficou sabendo da existência delas?

Maha pôs de lado a esponja do pó de arroz e voltou-se para me olhar. Sua voz se elevou e as palavras se atropelaram.

— Está bem, mãe, vou lhe contar. Ontem, depois que saí do banheiro daquele palácio do mal, Laila não estava me esperando. Como eu não sabia onde era o jardim, comecei a andar pelos arredores procurando por você. Procurei por muitos lugares, até que me vi perdida entre todos aquele pavilhões. Naquele momento eu estava diante da alameda que levava às estrebarias e lembrei-me de que o jardim ficava ali por perto.

Minha filha fez a banqueta deslizar pelo chão e aproximou-se de mim. Pegou uma de minhas mãos e segurou-a entre as dela.

— Mamãe, o primo Fadel não tem cavalo nenhum! Aquela tabuleta indica, na verdade, o caminho para outro pavilhão, que está repleto de lindas mocinhas!

Tive de pensar por um instante até assimilar o que ouvira. Garanhões! Compreendi que aquela tabuleta era um exemplo do que Fadel achava ser um toque de humor; na verdade era uma piada à custa de meninas inocentes.

— Será que essas moças não escolheram fazer o que estão fazendo lá? — sugeri, numa fraca tentativa.

Eu sabia que a pobreza em outros países muitas vezes levava moças, ou suas famílias, a concordar em vender o corpo.

— Não! Não! — Maha sacudiu vigorosamente a cabeça em uma negativa ansiosa. — Muitas delas se jogaram a meus pés e imploraram que as salvasse! — Os olhos dela marejaram-se de lágrimas. — Algumas não têm mais do que 12 ou 13 anos, mãe!

Comecei a chorar de angústia. Aquelas meninas eram mais jovens do que Amani!

— O que você lhes disse?
— Prometi que voltaria lá, e que o faria logo. Que levaria minha mãe e que você saberia o que fazer.
— Oh, Maha! — Fechei os olhos e abaixei a cabeça. — Se a vida fosse assim tão simples...

Com a sensação de estar afundando, passei a me lembrar das inúmeras vezes em que também havia sido idealista e otimista como minha filha. Agora, como a mulher de 40 anos que era, eu sabia que lutar pelos meus ideais não se tratava de algo simples como se colocar entre os homens e os objetos de seus desejos sexuais. Muitos homens têm a inclinação natural, e isso não acontece apenas no Oriente Médio, de escolher mocinhas ou mulheres jovens como conquistas sexuais. E na maioria das vezes não dão a mínima importância ao fato de seu prazer ser obtido de crianças ou de mulheres que forçam contra a vontade delas.

— Em que mundo mau e cruel nós vivemos — murmurei, desanimada e com lágrimas me queimando os olhos.

Minha filha me olhava, confiante.

— O que você vai fazer, mamãe? Eu prometi a elas.

Fui obrigada a lhe fazer uma confissão dolorosa:

— Não sei, Maha. Não sei.

— Quem sabe papai pode nos ajudar — disse ela, com a esperança refletindo-se no rosto inocente. — Ele salvou os passarinhos de Amani!

Fiquei imóvel e silenciosa, lutando contra a força irresistível de nossa realidade. Lembrava-me claramente do final dos anos 1980, quando Corazón Aquino, conhecida como Cory, a presidente das Filipinas, empreendeu um movimento diplomático em relação ao fato de que jovens filipinas eram contratadas para trabalhar como criadas na Arábia Saudita, mas quando aqui chegavam transformavam-se em escravas sexuais. Cory Aquino proibiu que mulheres solteiras viessem para cá.

Nosso rei Fahd enfureceu-se ao saber da insultante restrição e reagiu fazendo também uma proibição: todos os filipinos, homens e mulheres, ficariam impedidos de trabalhar na Arábia Saudita enquanto permanecesse a proibição da presidente. A corajosa tentativa de Cory Aquino para proteger as mulheres de seu país foi um fracasso, porque a economia de lá dependia muito do trabalho dos filipinos nas terras ricas em petróleo do Oriente Médio; trabalhando aqui, eles mandavam dinheiro para suas famílias, que permaneciam na pátria.

E, assim, as jovens filipinas contratadas como empregadas domésticas também serviam aos nossos homens como escravas sexuais, além de exercer o trabalho de criadas.

— Mamãe?

Revirei meu cérebro em busca de uma solução para mais uma vez ter de admitir:

— Não sei o que fazer.

— Se papai pôde libertar um monte de passarinhos, por que não faz o mesmo com seres humanos?

— O seu pai vai ficar o dia inteiro fora de casa.

— Então nós duas temos de ir lá, mãe. Quero trazer aquelas moças para cá. — E Maha, apaixonadamente, acrescentou: — Elas podem trabalhar como nossas criadas.

— Filha, as coisas não são assim tão simples.

Ela saltou em pé, com dor e fúria transtornando-lhe o rosto. Falou, num impulso incontrolável:

— Então vou sozinha! Como Amani, vou libertar aquelas moças!

Sabendo que minha filha estava de fato decidida, não tive escolha.

— Está bem, Maha. Iremos juntas.

Avisei minha criada filipina, Letha, de que iríamos sair e disse-lhe que quando Amani acordasse lhe dissesse que os passarinhos agora pertenciam a ela. Em seguida, fui com Maha para o Palácio Paraíso, sem saber o que nos esperava.

Quando chegamos às proximidades do palácio, eu disse ao nosso motorista:

— Vamos encontrar com Kalidah fora do palácio — e apontei para a tabuleta "Garanhões". — Por favor, deixe-nos aqui, volte para o portão e aguarde minha ligação.

Tanto o motorista quanto eu tínhamos telefones celulares.

Uma expressão descontente passou pelo seu rosto, porém ele fez o que lhe havia sido ordenado.

Meu plano era pegar o nome das moças e o endereço de suas famílias a fim de poder entrar em contato com seus parentes. Feito isso, eu imaginava que as famílias exigiriam a volta das moças a seus países com auxílio das embaixadas.

Maha e eu mantivemos silêncio enquanto caminhávamos pela alameda. Nós duas sabíamos que estávamos nos envolvendo em uma situação bastante séria. E sem o conhecimento de Karim.

Não demorei a ver o infame pavilhão, que se erguia solitário num amplo espaço, exatamente como Maha o descrevera. Para mim aquele edifício era igual aos demais, porém, depois de olhar com mais atenção, vi que as janelas eram gradeadas!

— Como vamos conseguir entrar lá? — murmurei, convencida de que o pavilhão era todo trancado.

— A porta permanece aberta — respondeu Maha, deixando-me perplexa. E minha filha explicou: — Perguntei às moças por que não fugiam e elas me contaram que muitas jovens fugiram, mas, sem o passaporte e sem os documentos de viagem devidamente assinados por um saudita, foram todas trazidas de volta para um castigo severo e tratamento ainda pior.

— Humm...

Então pude compreender. Infelizmente, a maior parte das pessoas da Arábia Saudita, quer fossem expatriadas, quer fossem cidadãs nativas, temiam demais a retaliação do governo para se atrever a tentar ajudar uma mulher que dizia ter sido vítima de servidão sexual. Poucos se arriscariam a ser presos para socorrer um estrangeiro, e os homens de minha família muitas vezes se haviam vingado de pessoas que tinham exposto o lado odiento da vida na Arábia Saudita.

Quando íamos nos aproximando do pavilhão, levei um enorme susto: um homenzinho muito velho e de aparência bizarra saiu de detrás dos arbustos e saltou no meio do caminho, à nossa frente. Ficamos tão chocadas com a aparência dele que gritamos.

Respirando com dificuldade, completamente sem voz, eu não podia fazer nada além de olhar para a incrível criatura. Ele era pequeno, esquelético e negro como o ébano. Parecia menor ainda por causa de uma infeliz curvatura para a frente da espinha dorsal. Seu rosto muito enrugado demonstrava idade avançada. A pele flácida se pendurava do queixo. Sim, decidi, aquele homem era a pessoa mais velha que eu já havia visto.

Todavia, apesar da idade, ele vestia uma camisa de um amarelo-brilhante e paletó vermelho todo bordado com lantejoulas. Um turbante de seda azul-turquesa rodeava-lhe a cabeça. A calça era de rico brocado, muito folgada nas pernas e presa na cintura e nos tornozelos por cordões dourados, sugerindo costume de outra época.

— Em que posso ajudá-la, senhora? — A voz do homem era absurdamente aguda e bondosa.

Reparei melhor no rosto dele e notei que seus olhos castanhos cintilavam de curiosidade.

— Senhora?

Ele passou algumas vezes a mão negra diante de meus olhos.

Então notei que o homem usava um anel em cada dedo.

— Quem é você? — consegui indagar, afinal.

— Sou Omar — respondeu ele, com grande orgulho. — Omar, do Sudão.

Só a essa altura reparei que o rosto dele era completamente sem pêlos, como o meu. De súbito, um pensamento me ocorreu. Será que estava olhando para um eunuco?, perguntei a mim mesma. Impossível. Com certeza não existiam mais eunucos na Arábia Saudita. Era claro que todos eles já haviam morrido!

Em um passado não muito distante existiam muitos eunucos na Arábia. Embora a fé islâmica proibisse aos muçulmanos castrar meninos, não os proibia terem eunucos como escravos. Na verdade, meus ancestrais consideravam os eunucos uma propriedade valiosa, e pagavam somas fantásticas por eles. Antigamente os eunucos eram guardiões dos haréns dos árabes ricos. E era comum vê-los nas mesquitas de Macah e Medina, onde eram encarregados de separar as mulheres dos homens quando entravam nas mesquitas.

E lá estava eu, naquele momento, olhando para um desses eunucos muito, mas muito velho. Sim, eu tinha certeza disso!

Palavras ácidas subiram-me aos lábios, porque fiquei completamente convencida de qual era o trabalho daquele homenzinho no pavilhão de Fadel.

— Suponho que você seja o guardião do harém...

Omar riu ligeiramente.

— Não, senhora. Não sou. — Ele dobrou um dos braços e beliscou a pelanca que pendia do outro braço, como se quisesse demonstrar sua fragilidade. — Posso guardar apenas prisioneiros que queiram permanecer presos, nada mais.

Observei com maior atenção a pequena e enrugada figura, entendendo então o que ele queria dizer. O velho voltou a falar e explicou:

— O pai de Fadel antigamente era meu amo, e o filho me permitiu que morasse aqui.

Maha logo perdeu o medo que o homenzinho lhe inspirara ao surgir e, impaciente, sacudiu-me um braço.
—Vamos, mamãe! Depressa!
A aparência de Omar me fizera recuar a tempos antigos, sentia-me curiosa, queria fazer-lhe inúmeras perguntas, mas o premente motivo de minha ida ali tomou a precedência. Eu tinha de falar com as jovens prisioneiras antes que Fadel descobrisse que estávamos ali. Minha única esperança era de que o eunuco não fosse avisar Kalidah e seu marido de nossa intrusão na propriedade.
—Viemos aqui apenas para falar com as moças que moram ali. — Indiquei o pavilhão. — Não vamos demorar, dou-lhe a minha palavra.
Omar inclinou a cabeça para o solo numa graciosa reverência.
— Seja bem-vinda, senhora.
Encantada com seus modos bem-educados, dei-lhe um sorriso quando minha filha e eu passamos por ele.
No momento em que entramos no pavilhão, fomos rodeadas por um grande número de mocinhas agitadas. A maior parte parecia ser asiática. Maha cumprimentou muitas delas com abraços e beijos. Exclamações alegres percorreram o salão.
—Você cumpriu sua palavra! Vamos ser libertadas!
Tratei de acalmá-las.
— Silêncio! Desse modo vocês vão nos levar todas para o túmulo!
As vozes e os risos altos transformaram-se em murmúrios alegres.
Levei alguns instantes examinando o harém de Fadel, enquanto as mocinhas ansiosas giravam ao redor de Maha, fazendo perguntas. Surpreendentemente, considerando a preocupação de meu primo com todas suas coisas bonitas, o salão onde estávamos era pobre demais. Apesar dos móveis caros e das paredes forradas com seda dourada, a decoração e os or-

natos pareciam espalhafatosos e sujos. Pilhas de filmes de vídeo e pontas e cinzas de cigarros espalhavam-se por todo lado.

Olhei com maior atenção para as moças. Era uma mais linda do que a outra, porém o que de fato chamava a atenção eram seus enfeites, de mais mau gosto que a beleza. Algumas se vestiam no estilo ocidental: jeans e tops estreitos cobrindo os seios; outras usavam camisolas de seda transparentes. Nada havia de refinado e erótico na aparência daquele harém. Mas, infelizmente, as moças eram todas muito novinhas.

Embora a maior parte das jovens fosse composta por asiáticas, vi uma que parecia ser árabe. Várias delas estavam fumando cigarros e tomando bebidas geladas. Eu jamais poderia ter imaginado que um harém e suas ocupantes pudessem parecer tão vulgares. Entretanto, imaginei que aos olhos de Fadel essas mocinhas deveriam ser como as sedutoras virgens denominadas huris, que são descritas no Corão. Desconfiei que eu estava olhando para um estágio do paraíso terrestre particular que fora criado para oferecer delícias indizíveis a Fadel. Contudo, aquele seria um verdadeiro cenário de inferno caso aquelas moças estivessem sendo possuídas contra a vontade.

— Rápido, todas vocês, sentadas! — ordenei, enquanto pegava uma caneta e um caderninho de minha grande bolsa.

— Não temos muito tempo — avisei-as, olhando para a porta do pavilhão.

Engasguei quando vi que Omar nos havia seguido e que estava confortavelmente sentado no piso acarpetado. Ele deu-me um largo sorriso. Algo muito íntimo me disse que eu não tinha motivo para temer o homenzinho.

— Agora esse caderninho vai ser passado para cada uma de vocês. Por favor, escrevam seu nome e um endereço onde eu possa encontrar seus parentes.

Um gemido abafado de desânimo e frustração elevou-se na sala. Uma das moças mais velhas, que julguei ter cerca de 20 anos, perguntou-me com voz tímida:

— Então quer dizer que não vamos com a senhora hoje?

Profundamente triste, fiz um movimento com a mão que abrangia a sala inteira.

— Não posso levá-las. Vejam, vocês são muitas. Não tenho como obter passaportes. Vocês seriam trazidas de volta para cá antes que a noite chegasse.

Fiz uma pausa e contei-as rapidamente. Havia vinte e cinco moças naquela sala. Então tentei me fazer ouvir acima do vozerio delas.

— Suas famílias deverão reclamar nas embaixadas. Essa é a maior chance de vocês serem libertadas.

Palavras e soluços se misturaram em um clamor de protesto. Uma das mais jovens, que declarou ser tailandesa, disse, chorando:

— Mas, senhora, foram meus pais que me venderam a esse homem. — O choro quase lhe apagou a voz. — Eles não vão me ajudar...

— Essa é minha história também — falou outra mocinha, tremendo na pouca roupa que usava. — Fui arrancada de minha pequena aldeia, ao norte de Bangkok. Meu irmão recebeu muitos dólares por mim.

Uma outra menina, muito assustada, disse:

— Pensei que tivesse sido contratada para trabalhar como criada! Mas era tudo mentira!

— E eu? Estava empregada em uma fábrica de roupas. Passava o dia inteiro costurando, e à noite era obrigada a servir aos homens. Fui vendida três vezes antes de ser comprada pelo amo Fadel.

Tentando me reorganizar, pensar com clareza e me livrar do aturdimento que sentia, olhei para Maha. Se as famílias daquelas jovens as haviam vendido como escravas, de que maneira poderíamos salvá-las?

— Deixem-me pensar — pedi, nervosa. — Preciso pensar! Uma jovem muito delicada, linda, com os olhos rasos de lágrimas, tocou-me de leve o braço.

— A senhora *tem* de nos levar daqui! Se soubesse o que tenho passado, com certeza seria incapaz de me deixar aqui por mais um momento sequer.

Fitando os olhos tristes da menina, meu coração se partiu. Apesar de eu saber que não deveria perder tempo, resolvi ouvir.

Encorajada por meu silêncio, a jovem mulher contou:

— Sou de uma grande família do Laos. Todos lá em casa passavam fome quando dois homens de Bangkok ofereceram dinheiro para me levar com eles, e meus pais não tiveram escolha. Fui acorrentada com outras três moças de minha aldeia e fomos levadas para Bangkok, onde nos acomodaram em um enorme armazém. Lá fomos obrigadas a nos exibir, nuas, em uma plataforma erguida no meio de uma sala repleta de homens. Fomos leiloadas. A dona de um bordel comprou as outras duas moças, mas eu fui comprada por um homem que representava os árabes. E foi assim que vim parar aqui, senhora. — A moça implorou em uma voz que despertava piedade: — *Por favor, não me deixe aqui.*

Essa história me fez ficar muda. Quer dizer que as mulheres eram leiloadas, vendidas para quem fizesse a melhor oferta?

Omar interferiu:

— Por que não leva as moças embora daqui hoje, senhora? Leve-as e deixe-as na embaixada de seus países. Acredito que lá elas poderão se asilar.

O que Omar acabara de dizer era a pura verdade. Eu me lembrava de um noticiário da televisão, em Londres, em que contaram que um grupo de criadas filipinas maltratadas nas proximidades do Kwait havia encontrado amparo dessa maneira. Embora o governo do Kwait houvesse negado os maus-tratos e forçado as moças a viver no limbo por vários meses, elas acabaram tendo a liberdade de voltar para suas casas.

Sorri de novo para Omar. Eu tinha esperança de que ele não fosse um inimigo, mas não imaginara que poderia vir a se tornar um aliado.

Vozes meigas se uniram em um pedido de liberdade.

— Sim, sim! Leve-nos daqui agora!

Uma mocinha pequena e bonita, com traços árabes, aproximou-se de mim.

— Por favor, ajude-nos, senhora. Nosso amo é um homem cruel. Ele e quatro de seus seis filhos vêm aqui todos os dias. Muitas vezes trazem outros homens maus.

— Nossa vida é terrível! — disse outra moça. E, numa súplica humilde, acrescentou: — Não pode imaginar o que somos obrigadas a suportar, minha senhora.

Respirei fundo. Será que devia tentar salvar aquelas moças sem me importar com as consequências, fossem elas quais fossem? Um olhar para o rosto de minha filha deu-me a resposta. Sim, devia! Mas, primeiro, era preciso que fizesse um plano. Olhei para as moças que me rodeavam. Muitas estavam escassamente vestidas. Era impossível levá-las pelas ruas da conservadora Arábia Saudita naqueles trajes. Multidões revoltadas, cheias de ódio, nos rodeariam e isso significaria fracasso certo.

—Vocês têm mantos para se cobrir?

As jovens se entreolharam, e uma delas respondeu:

— Aqui não existe um manto sequer.

— Usem as cobertas das camas — sugeriu Omar, enviando-me um olhar esperto e significativo. — Há camas suficientes para garantir agasalhos para todas.

Dei uma olhada nas portas abertas que rodeavam a sala onde estávamos. A maior parte dava para cubículos onde só havia uma cama.

Enquanto as prisioneiras corriam para pegar colchas e lençóis, algumas das mais jovens reuniram-se ao meu redor. Fiquei surpresa ao ver que duas delas eram mesmo meninas! Uma não tinha mais do que 8 ou 9 anos.

Abracei-as, engolindo as lágrimas. Como era possível uma mãe vender a filha? Era uma coisa que eu não conseguia conceber.

Minha cabeça girava. Sabia que não poderia transportar vinte e cinco moças em um automóvel. Apesar do risco que aquela missão secreta significava, eu precisava ligar para casa e conseguir que outros motoristas viessem encontrar-se comigo no palácio de Fadel.

Fiz sinal para minha filha.

— Maha, pegue estas crianças e procure cobertas para elas.

Quando ela tirou as meninas de meu colo, peguei o celular da bolsa, porém não tive a chance de fazer aquele telefonema.

A sala virou um caos quando Fadel, Kalidah e três homens enormes entraram. Senti o sangue gelar em minhas veias ao fitar os olhos ferozes de meu primo.

— Quando percebemos o alvoroço que estava ocorrendo aqui, não imaginamos que se tratasse de tão distinta visita — ironizou Fadel, pegando o telefone de meus dedos paralisados. — Sultana, você não é bem-vinda neste palácio. Retire-se imediatamente.

Olhei de Fadel para Kalidah. A última vez que vira minha prima ela estava desmaiada. Agora parecia mortalmente calma.

— Tenho certeza de que você não aprova isto, Kalidah.

Ela me olhou de alto a baixo com desprezo.

— Não compete a você, Sultana, decidir o que deve ou não ser feito na casa de outro homem que não seu marido.

Quando as moças perceberam o que acontecia, um coro de gritos invadiu a sala. Fadel fez um gesto brusco com uma das mãos. Os três homenzarrões que o acompanhavam começaram a empurrar as jovens para os quartos a fim de trancá-las neles.

— Maha! — gritei, olhando nervosa ao redor. — *Venha cá, agora!*

A ideia de que minha filha pudesse ser aprisionada com aquelas pobres moças me levou à beira da histeria.

Segurei as mãos de Maha assim que a encontrei. Quando a vi sã e salva, junto de mim, passei a implorar para Kalidah, na esperança de que ela decidisse apoiar a causa das mulheres, suas irmãs.

— Kalidah, você deve saber que essas pobres moças são estupradas repetidamente... pelo seu marido, pelos seus filhos e por outros homens! — Fiz uma pausa. — E é claro que, como mulher e mãe, é impossível que uma coisa dessas seja do seu agrado!

Na aparência, Kalidah era de uma beleza estonteante, mas as palavras que a ouvi pronunciar naquele dia me mostraram o quanto ela era feia por dentro. Pior, tratava-se de uma mulher emocional e espiritualmente morta. Não deu o menor sinal de se comover com o que eu disse.

— Sultana, esse é um problema que compete apenas aos homens.

— Se acredita mesmo nisso, Kalidah, então, você não é nada mais do que um junco que se dobra à vontade do vento e que não se importa nem mesmo com você própria.

O rosto de minha prima ficou vermelho, porém ela não respondeu ao meu desafio.

Anos atrás eu tinha ouvido dizer que a enorme riqueza de Fadel era a causa da obediência e lealdade cega da esposa a ele. Senti impulsos de gritar com Kalidah, de fazê-la lembrar-se do sábio provérbio que diz: "Quem se casa com um gorila por dinheiro deveria saber que quando o dinheiro se vai o gorila permanece gorila". A vida é mesmo muito estranha, e chegaria o dia em que Kalidah se veria com um empobrecido Fadel em quem a maldade se tornaria mais permanente do que a riqueza.

Mas eu nada disse, consciente de que essas palavras não iriam dar liberdade às jovens.

Fadel teve o desplante de tentar justificar seus desígnios maldosos.

— Apesar de você nada ter a ver com isso, Sultana, todas as mulheres que estão aqui foram vendidas pelos pais delas. Eles receberam o que cobraram, assim como eu recebi pelo que paguei. Foram negócios legítimos. Eu nada fiz de errado.

— Legalmente talvez não, Fadel. Mas do ponto de vista moral, sim.

Ele sacudiu os ombros.

Espicaçada pela certeza de que eu não seria capaz de libertar aquelas moças, insultei meu primo de propósito.

— Fadel, será que é assim tão difícil para você encontrar uma parceira sexual que não tenha primeiro de mandar acorrentar?

Maha olhou-o com profundo desprezo:

—Você é um bruto! Um bruto cruel!

Fadel riu ao responder:

— Sultana, tenho a impressão de que você e sua filha estão conspirando para denegrir minha reputação.

Minha filha pegou-me pela cintura.

— Mamãe, não podemos deixar essas moças aqui!

Meu coração se confrangeu quando olhei para o rosto de Maha.

— Eu sei, filha, mas teremos de deixar. Nada podemos fazer. — Puxei-a para a porta. —Vamos.

Kalidah virou-me as costas e saiu da sala.

Em um tom de voz assustadoramente baixo e suave, Fadel pronunciou palavras ameaçadoras enquanto guiava a mim e Maha para fora do pavilhão.

—Você sabe, Sultana, que se fosse qualquer outra pessoa eu a teria matado.

Caminhando junto daquele depravado, eu sentia um ódio profundo que jamais sentira por pessoa alguma até aquele instante, nem mesmo por meu irmão Ali. Como eu gostaria de poder rogar milhões de pragas na cabeça daquele homem! Mas de nada adiantaria, porque a lei da Arábia Saudita não tinha provisões que salvassem aquelas jovens. Eu nada podia fazer, e sabia disso. O pior de tudo é que Fadel também sabia.

Quando estávamos nos afastando do palácio, gritos das moças, de partir o coração, fizeram-se ouvir por detrás das portas fechadas. Era demais para eu suportar! Podia imaginar como aquilo devia estar afetando Maha.

Pensamentos sombrios tomaram conta de minha mente. Oh, Alá, que gente aquela! Éramos tão ricos que não havíamos hesitado em trocar uma valiosa propriedade por um punhado de passarinhos, uns diferentes dos outros, para atender aos rogos de uma de nossas filhas. No entanto, éramos tão moralmente corruptos que jovens eram rotineiramente submetidas como escravas sexuais, e, coisa incrível, não existiam meios legais para que pessoas decentes pudessem libertar essas infelizes. A vergonha que sentia pelo meu país e pelos nossos homens me consumia.

Fadel, que havia mandado chamar nosso motorista, permaneceu firme ao nosso lado para ter certeza de que iríamos embora. Assim que o automóvel parou diante de nós, ele abriu a porta, devolveu meu telefone celular e nos cumprimentou ironicamente, desejando-nos um bom dia.

—Você pode voltar aqui, Sultana — acrescentou, rindo —, só que, por favor, dirija-se ao pavilhão principal.

Às vezes as derrotas que a vida nos inflige vão além do que um ser humano pode suportar. Eu não consegui falar e nem mesmo pensar até estar distante da presença maléfica de Fadel.

Maha não parava de chorar. Eu estava tão abalada que não pude lhe dizer nenhuma palavra de consolo e me limitei a tocar-lhe o ombro num gesto de carinho.

Quando terminamos de fazer a primeira curva da alameda que levava ao portão, o eunuco Omar saltou diante do carro. Nosso motorista freou bruscamente para evitar o atropelamento. Exibindo seu sorriso desdentado, o velho bateu no vidro da janela.

— Abra a janela! — ordenei.

— Será que posso ir junto com a senhora? — perguntou Omar com sua voz exageradamente feminina.

— Comigo? Pensei que você fizesse parte da família de Fadel.

— Eu disse que ele *permitiu* que eu morasse aqui, senhora. Eu não disse que me querem aqui. — E ele acrescentou: — Não sou bem tratado desde que o pai de Fadel morreu, há mais de 15 anos.

— Bem... — Olhei para o espelhinho retrovisor e vi que o motorista me fitava com expressão de alarme. Voltei-me para Omar. —Você foi comprado como escravo pela família de Fadel?

— Os escravos foram libertados há muitos anos.

Era verdade. Em 1962 o presidente norte-americano John F. Kennedy apelou pessoalmente para Faiçal, que na ocasião era primeiro-ministro, no sentido de que abolisse a escravidão na Arábia Saudita. Nosso governo honrou o pedido do presidente Kennedy e comprou a liberdade de cada escravo do país por um preço que se aproximava de 5 mil riais sauditas (1.500 dólares) por cabeça. Muitos desses ex-escravos permaneceram na casa de seus ex-donos. E Omar tornou-se dono de si mesmo, apesar de ter escolhido permanecer com a família à qual antes pertencia.

— Por favor, senhora.

Considerei rapidamente o pedido incomum. Talvez Fadel fosse castigar Omar por não tê-lo avisado de minha intrusão em seu harém. Agora eu sabia que ele era capaz de qualquer atitude odiosa.

Relutante, eu disse:

— Está bem, entre. Venha conosco.

Depois que o homem se acomodou no carro, indaguei:

— Por que quer morar com minha família?

Omar me observou atentamente por um momento antes de responder:

— Bem — começou, por fim —, vivo há muitos anos neste país. Quando eu tinha 8 anos fui sequestrado e levado para longe de minha família, no Sudão, depois vendido a um turco rico. Naquele mesmo ano meu dono foi a Meca para o *Haj*, a peregrinação a um dos cinco pilares do islamismo. — Omar riu. — Ele era um idiota gordo que comia muita gordura e açúcar... Caiu morto quando estava dando a volta naquela pedra negra que fica numa mesquita imensa. Fui detido pelas autoridades até ser dado como presente ao avô de Fadel, a quem as autoridades deviam dinheiro e favores. Hoje estou com 88 anos, portanto vivo entre a gente da senhora há oitenta anos...

Ele ficou em silêncio por alguns instantes, até acrescentar:

— Naquele tempo os árabes deste país ainda tinham um pouco de humanidade em seus corações. Mas não consigo me lembrar de um só ato de bondade que tenha testemunhado pessoalmente em muitos anos. — Omar respirou fundo. — Alguns anos atrás, prometi a mim mesmo que passaria a servir a primeira pessoa de fora desta casa que eu conhecesse.

O velho me olhou demoradamente e sorriu.

Só então caí em mim, percebendo o que havia feito. Meu marido era um homem indulgente, mas eu não conseguia sequer imaginar o que ele iria dizer quando visse aquele eunuco fantasticamente vestido.

Quando chegamos ao nosso palácio, Maha correu para seu quarto, ainda chorando.

Eu disse a Omar que me esperasse na sala de estar principal, e ele obedeceu, feliz.

Procurei por Amani e, como esperava, fui encontrá-la no jardim com seus pássaros. Vi imediatamente que ela os tratara com bastante alimento e água. Bem, pelo menos aqueles passarinhos nunca mais iriam sofrer. Os trinados alegres deles ecoavam pelo jardim inteiro.

Uma sensação de peso me oprimiu o peito quando avaliei minhas vitórias e derrotas. Os passarinhos estavam livres, enquanto aquelas moças ainda continuavam cativas!

Quando Karim chegou em casa e me encontrou sentada na sala conversando com o esquelético eunuco, fitou-me com indescritível incredulidade. Pobre homem! Ele não tinha a menor ideia do que eu havia aprontado durante sua ausência. E também não sabia que agora um eunuco fazia parte de nossa vida.

A história de um eunuco

❖ ❖

Muitas vezes eu ouvira Karim dizer que Deus percorre misteriosos caminhos ao exercer sua vontade. Naquele momento, quando o vi em minha frente, imobilizado pela incrível surpresa, tive esperança de, ao lembrar-lhe dessa antiga afirmativa, suavizar a reação explosiva que eu sabia que meu marido iria ter por causa do que eu havia feito.

— Karim, agora compreendo toda a verdade de suas sábias palavras. Deus realmente percorre caminhos misteriosos para realizar seus desígnios... — Olhei para o eunuco e sorri-lhe. — Deus, ele mesmo, trouxe Omar do Sudão para morar em nossa casa.

A automática hospitalidade árabe de Karim superou por momentos a raiva dirigida a mim. Ele olhou para o homem esquisito sentado a meu lado e cumprimentou-o cortesmente.

— Você é bem-vindo em nossa casa, Omar.

Tentei enfeitiçar Karim com meu entusiasmo.

— Querido, Omar é uma lenda viva de nosso passado!

Meu marido demonstrou seu ceticismo ao inspecionar o vestuário colorido de Omar.

— Sim?

Eu não queria que ele julgasse severamente o velho eunuco porque no meu modo de ver aquele homem pequenino não escolhera o papel que a vida o obrigara a representar.

— Sim! A missão da vida inteira de Omar foi a de protetor. Um protetor de mulheres!

Justamente nesse momento Amani entrou no palácio com uma fileira de seus novos pássaros empoleirados em um braço. Milagrosamente, nossa filha já treinara alguns dos passarinhos que salvara do jardim do paraíso de Fadel.

Com um largo sorriso, Omar pôs-se de pé.

— Minha jovem ama, eu estava escondido entre os arbustos e vi quando a senhora tirou esses pobres passarinhos do palácio do amo Fadel e lhes devolveu a chance de viver! Tenho certeza de que a senhora será recompensada por Alá por sua bondade.

Até aquele momento Amani nunca havia sido elogiada por ter protegido animais. Desarmada, sorriu e olhou para o velho com calorosa simpatia.

E foi também naquele momento que a relutante tolerância de Karim se transformou em alarme.

— Santo Deus, Sultana! O que é isso? Você tirou também o anão de Fadel?

— Omar não é um anão! — protestei. — Omar é um eunuco!

Meu marido ergueu as mãos para o alto.

— Sultana!

O grito que ele emitiu e o gesticular de seus braços fizeram os passarinhos de Amani sair voando em pânico pela sala.

— *Pai!* — gritou nossa filha.

Omar apressou-se a ajudá-la a recolher os pássaros e a levá-los para o jardim. Assim que a porta se fechou atrás deles, tentei acalmar Karim contando-lhe o que acontecera naquela manhã e como o eunuco idoso e vestido daquele modo engraçado agora estava morando em nossa casa.

A tolerância de meu marido para com meu comportamento desvaneceu-se quando ele começou a compreender que eu não apenas havia desobedecido às suas ordens, voltando ao palácio de Fadel, como também criara outra confusão por lá em uma nova missão de misericórdia.

Ele gritou:

— Deus me livre de lábios mentirosos e de línguas falsas!

As veias de seu rosto e do pescoço estavam inchadas de modo impressionante.

Tentei falar-lhe da situação das pobres moças aprisionadas no palácio, porém os gritos de Karim abafavam minha voz. Não demoramos a nos envolver em uma gritaria de ambos os lados e sem nenhum sentido. Paramos de discutir apenas quando nossas vozes começaram a enrouquecer.

Quando ele se calou, comecei de novo a contar-lhe a trágica história das jovens forçadas à submissão sexual por Fadel; ele me ouviu, mas nem mesmo a triste realidade das moças inocentes aprisionadas em um harém fez sua ira diminuir.

Ao terminar minha narrativa, contrita, acrescentei:

— Sei que primeiro eu deveria ter contado a você o que estava acontecendo e o que eu ia fazer, meu marido. Mas acontece que o vi tão sobrecarregado com o peso do caso de Amani e os passarinhos que hesitei. — Inclinei-me para a frente e coloquei a mão na perna de Karim. — Se eu não fosse até lá com Maha e não fizesse um esforço para libertar aquelas meninas, ela jamais me perdoaria.

Karim sacudiu a cabeça, zangado.

— E que bem você fez agindo desse modo, Sultana? As mulheres continuam pertencendo a Fadel. Nada pode mudar esse fato. Você sabe muito bem que ninguém neste país pode lutar pela causa de mulheres nessa situação! — Ele fez um gesto em direção ao lugar onde Omar estava sentado. — E o que mais você fez? Adicionou um velho eunuco a uma casa que não precisa dele para nada!

Foi então que ouvimos Omar tossir discretamente atrás de nós. Pela tristeza refletida no rosto abatido, era evidente que ele ouvira as palavras irritadas de Karim.

—Vou sair de sua casa neste instante, meu amo — disse o velho com sua voz aguda mas tímida. — O senhor tem razão. Um eunuco é uma criatura inútil, pelo menos hoje em dia.

Os olhos de Omar brilhavam, e temi que o pobre homem caísse de joelhos e se desmanchasse em lágrimas.

O semblante triste do homenzinho tocou o coração de Karim, apagando toda a raiva. Havia momentos em que meu marido se tornava mais sensível do que costumava ser, e aquele era um deles.

— Sinto muito por minhas palavras descuidadas, Omar. Homem nenhum é inútil aos olhos de Alá. E se Fadel não protestar por causa da sua ausência, você será bem-vindo para morar conosco.

O rosto do velho eunuco iluminou-se no mesmo instante.

— Oh, meu amo, ninguém irá sentir minha falta naquele lugar! Uma vez saí de viagem com um visitante de Taifá e fiquei fora durante meses. Quando voltei, ficou mais do que claro que minha ausência não havia sido notada pelo amo Fadel e sua esposa.

Omar ficou triste de novo.

—Alguns criados me contaram que o amo Fadel e a ama Kalidah expressaram a esperança de que eu me perdesse no mato e morresse. Eles dois sempre lamentaram o pouco alimento que meu magro corpo precisa. — Ele esfregou o brocado das calças. — O amo Fadel sempre me recusou dinheiro para comprar roupas mais apropriadas. É por isso que ainda uso as roupas antigas, que eram próprias para minhas funções do passado, amo.

Karim sorriu bondosamente.

— É bem-vindo, seja lá a quantidade de comida que venha a comer, Omar. E vou falar com Mohamed para providenciar roupas novas para você. Se vai morar conosco, precisa se vestir de modo adequado.

Omar olhou para mim com olhos cintilantes e voltou-se de novo para meu marido.

— Amo, Deus atendeu às minhas preces! Eu sabia que uma mulher bondosa como a sua só poderia estar casada com um homem bom.

Olhei disfarçadamente para Karim, na esperança de que fizesse eco ao elogio de Omar, o que não aconteceu. Em vez disso, ele deu umas palmadinhas num ombro do velho.

— Amigo, eu só quero uma coisa: não me chame de "amo". Homem nenhum é amo ou senhor de outro. Por favor, pode me chamar de príncipe Karim.

O eunuco assentiu.

— É muito difícil livrar-se de um velho hábito, mas vou tentar, príncipe Karim.

Com um sorriso, meu marido por fim relaxou-se contra o encosto do sofá e pediu a uma criada que nos trouxesse chá. Eu estava admirada por ver que a ira tremenda de Karim se diluíra rapidamente, acalmada por aquele homenzinho. Pensando um pouco, lembrei-me de como Omar me confortara algumas horas antes e cheguei à conclusão de que ele possuía uma incrível influência calmante. Fiquei olhando para o velho eunuco com uma nova ideia surgindo em minha mente. Será que aquele homem não teria sido enviado especialmente para dar um equilíbrio a minha família exageradamente emocional?

Karim fitava Omar com bondade.

— Omar, conte-nos algo de seu passado. Eu tinha certeza de que o último eunuco da Arábia Saudita havia morrido alguns anos atrás.

O simpático velho ficou animado.

— Tenho imenso prazer em contar-lhe tudo que o senhor quiser ouvir — disse ele, resplandecente.

Eu sorri. Já havia reparado que Omar adorava contar histórias e que não se fazia de rogado diante da menor solicitação.

Com surpreendente vontade, Omar aproximou-se, ajeitou cuidadosamente as amplas pernas de suas calças e sentou-se no sofá, sobre os pés e com as pernas cruzadas. Quando ergueu o rosto para Karim, seus olhos assumiram uma expressão distante assim que começou a contar com detalhes sua vida passada.

— Lembro-me pouco do *bilad as-Sudan*, conhecido como "terra dos negros", mas sei que a tribo de minha família, a *Humr*, era composta por pastores nômades. Nós seguíamos as chuvas e as gramas altas. Aqueles eram tempos perigosos. Muitos chefes africanos trabalhavam para muçulmanos mercadores de escravos, capturando e vendendo pessoas de seu próprio povo. Todas as mães da *Humr* viviam torturadas pelo medo de que seus filhos fossem roubados delas. Ainda hoje me lembro dos olhos castanhos e meigos de minha mãe quando ela me fitava e de seus avisos rigorosos para eu não me distanciar dos membros de nossa tribo.

Nos olhos de Omar espelhou-se profunda dor.

— O maior sonho de todos os homens da *Humr* era serem reconhecidos como caçadores. Meninos ainda pequenos viviam procurando pedras para atirar em pássaros e outros pequenos animais. Eu não era diferente, e um dia, quando estava catando pedras, cometi a enorme tolice de me distanciar demais da tribo. Quando ia atirar uma pedra em uma abetarda, fui agarrado por trás por um homem e levado embora. Nunca mais vi minha mãe.

Apesar de seus mais de oitenta anos, ele enxugou as lágrimas que lhe escorreram dos olhos ao lembrar-se da mãe.

— Mas isso foi há muito, muito tempo...

Fez-se absoluto silêncio. Eu estava incrivelmente triste por causa do menininho que fora roubado da mãe e pelo homem que não tivera a chance de experimentar a vida que deveria ter vivido.

Omar recomeçou a falar em voz baixa, sem olhar para meu marido nem para mim.

— Eu não estava só em tanto sofrimento. Muitos homens, mulheres e crianças haviam sido arrebatados de suas aldeias ou tribos. Fomos amarrados uns aos outros e obrigados a caminhar até o mar Vermelho. Levamos muitos dias e noites caminhando. Quando, por fim, chegamos ao mar Vermelho, um cristão egípcio aproximou-se de nós na companhia de nosso chefe. Os dois conversaram em voz alta a respeito dos cativos do sexo masculino. O pânico percorreu as fileiras de escravos quando eles ouviram o homem dizer que certo número de meninos mais novos seriam privados de seus mais preciosos tesouros. Sem saber o que seriam esses mais preciosos tesouros, eu não me rebelei quando fui retirado de minha fileira e posto de lado com outros pequenos cativos.

Visivelmente apreensivo, Karim interrompeu Omar:

— Um momento, Omar. — Voltou-se para mim. — Sultana, por favor, vá até a cozinha e peça que preparem um lanche.

Eu sabia qual era a intenção de meu marido. Ele não queria que eu estivesse presente quando Omar descrevesse como fora sua castração. Na nossa conservadora sociedade saudita, minha presença seria imprópria diante de tal revelação. E isso mesmo levando-se em conta que Omar não era considerado realmente um homem. O garotinho fora condenado a um triste e incerto destino. Não seria homem nem mulher, embora seu status fosse inferior ao de um homem e superior ao de uma mulher.

Não fiz objeção à exigência de Karim, apesar de estar determinada a conhecer os lúgubres detalhes da castração de Omar. Na verdade, sabia que quando estivéssemos a sós meu marido iria me contar tudo com boa vontade. Porém eu estava impaciente demais para esperar. Resolvi ouvir o restante da história do pobre velho do outro lado da porta.

— Sim, claro — concordei, erguendo-me e saindo da sala.

Corri até a cozinha e ordenei que a cozinheira providenciasse um lanche composto por queijos, frutas e doces.

Deixei a cozinha e, caminhando com cuidado, postei-me atrás da porta que dava para a sala de estar.

Omar ainda falava, e não tardei a perceber que não perdera a parte principal da história.

— ...o homem fora bem preparado para suas funções. A navalha que manejava era bem afiada, e antes de perceber o que acontecia fiquei sem meus três atributos masculinos.

Deu para ouvir a exclamação revoltada de Karim, que, quando conseguiu falar, disse:

— Tenho certeza de que a palavra de Alá foi escarnecida por aqueles homens e suas ações cruéis!

— Só que não havia meio de sermos ouvidos por Alá naquele dia — observou Omar com tristeza. — Seu nome foi invocado mais de uma vez, em vão, por mim e pelos outros meninos submetidos àquela maldade inaudita.

De onde estava eu percebia a respiração pesada de meu marido.

Omar lembrava-se de cada detalhe de sua provação.

— Um tubo foi inserido na abertura que ficou no lugar do meu pênis para que ela não se fechasse. Eu estava sangrando perigosamente, porém o sangramento parou quando o assistente do homem derramou óleo fervente nos ferimentos. — Omar riu amargamente. — Ele me entregou minha genitália dentro de um vidro enquanto eu ainda gemia de dor! Guardei aquele vidro e seu tétrico conteúdo por muitos anos, até que, quinze anos atrás, ele foi roubado por um brincalhão cruel.

— É de admirar que você não tenha morrido no decorrer de todo aquele horror! — comentou Karim.

— Como o senhor pode ver, sobrevivi. No total foram castrados dez meninos naquele dia. Um morreu na mesma hora. Nós, que sobrevivemos, fomos enterrados na areia até o pescoço. — Mais uma vez ele riu sem nenhum bom humor. — Sabe-se lá que cruel idiota havia sugerido que a areia quente era um remédio para a sobrevivência! Assim, por três dias e três noites ficamos ali, enterrados, sem água nem comida. No fim, apenas três dos nove restaram vivos.

Ao ouvir aquilo, meus joelhos tornaram-se fracos. Aquela era a história mais terrível que eu já ouvira em minha vida!

Apesar de eu saber que no passado os eunucos eram valorizados em muitos países, jamais pensara na terrível agonia a que haviam sido submetidos aqueles homens. Sinceramente, desejei que Deus houvesse determinado os locais mais quentes do inferno para os homens que cometeram aqueles atos indignos.

O pobre Omar continuou a narrar sua triste saga.

— Gritos de congratulações se sucederam no momento em que o cristão retirou o tubo do meu pequeno canal para a passagem da urina e o líquido jorrou: para aqueles homens o jorro de urina significava que o castrado iria viver. Apenas dois dos três sobreviventes conseguiram urinar: eu e um outro menino. O corpo do terceiro estava envenenado pela própria urina, e ele não tardou a ter uma morte terrivelmente dolorosa. Depois do quarto dia, nós, escravos, fomos embarcados em um navio que enfunou as velas rumo a um empório de escravos em Constantinopla. Eu havia sobrevivido à castração, e o mercador de escravos sabia que iria render-lhe um bom dinheiro.

Por detrás da porta, balancei a cabeça fazendo que sim. Naqueles dias os eunucos eram valorizados como guardiões confiáveis das muçulmanas. Apenas homens impotentes eram admitidos nas alas dos palácios reservadas às mulheres.

De novo, a voz de Omar interrompeu meus pensamentos:

— Por isso o mercador de escravos tratava seus dois meninos castrados muito melhor do que os demais escravos. Nós podíamos ficar no convés da embarcação e recebíamos boa comida, enquanto as demais pobres almas ficaram amontoadas no porão durante a viagem toda. Pelo que me lembro, não lhes davam comida nem água. Muitos estavam mortos quando chegamos à baía de Constantinopla.

Achei que àquela altura a história de Omar já ultrapassara o ponto que Karim não queria que eu ouvisse, então entrei silenciosamente na sala e me sentei.

— Continue — disse meu marido quando o eunuco olhou interrogativamente para ele. — Está tudo bem agora.

O velho Omar fitou-me e sorriu.

— Eu já contei à senhora que fui comprado por um turco rico. Ele possuía um grande número de escravos, mas apenas dois eunucos, que já estavam ficando velhos. Disseram-me que quando eu ficasse grande e forte seria um dos guardiões das mulheres dele. Mas, enquanto isso, fui levado pelo meu novo dono em uma peregrinação a Meca. Meu amo morreu quando adorava a pedra negra, numa mesquita enorme, e eu me tornei propriedade das autoridades de Meca. Foram esses homens que me deram ao pai do amo Fadel, em retribuição a favores recebidos. A vida que levei com essa família não foi infeliz. Minha comida era a mesma que os senhores comiam. Aos 14 anos eu já era guardião das esposas e escravas de meu amo. O tempo foi passando tranquilamente até depois da morte do avô e do pai do amo Fadel. Eu não tinha onde morar, então fiquei na casa dele.

Omar olhou-me de frente.

— O amo Fadel não é como seu avô nem como seu pai eram, senhora. — Ele fez uma pausa. — Para qualquer pessoa, estar sob o jugo do amo Fadel é estar no inferno e sofrer um castigo eterno.

Suspirei, desesperada, ao me lembrar das moças que pertenciam a Fadel. Será que o inferno era pior do que as maldades que as pobres moças estavam sendo obrigadas a suportar aqui na Terra? Ao pensar em meu primo lembrei-me da mulher dele, Kalidah. Ela poderia ajudar aquelas jovens mulheres, se quisesse. Não me contive e falei, ansiosa:

— Para mim Kalidah é tão malvada quanto Fadel.

Omar sacudiu os ombros estreitos.

— Se o dono da casa toca pandeiro, não se pode condenar sua família por dançar.

Karim olhou-me e sorriu. Com o instinto de quem estava casada fazia muitos anos, eu sabia que de vez em quando ele gostaria que eu dançasse conforme sua música!

— Isso jamais irá acontecer, meu marido — murmurei.

Karim riu alto antes de voltar de novo sua atenção para Omar, que ajeitou o turbante e sorriu para ele.

— Porém hoje eu sou feliz como nunca fui em muitos anos. É maravilhoso poder morar com uma família de gente bondosa.

Justamente nesse momento criadas entraram com o lanche.

Os olhos de Omar brilharam quando ele viu a comida, e seus dedos se dirigiram rápidos para os doces com mel.

Karim e eu ficamos olhando enquanto o velho eunuco consumia rapidamente uma quantidade de alimento que seria mais adequada a um homem com duas vezes seu tamanho.

Mais tarde, naquela noite, quando nos encontrávamos a sós em nossos aposentos, Karim me confessou que estava muito preocupado com Omar. Tentou me convencer de que ele não deveria viver na Arábia, mas que deveríamos mandá-lo morar em um de nossos palácios em outras regiões.

Para a segurança do ex-escravo, ninguém deveria ficar sabendo que o eunuco que havia pertencido a Fadel se havia refugiado em nossa casa.

Mesmo Omar sendo legalmente livre, e apesar de Fadel haver demonstrado de modo explícito sua irritação por ser obrigado a abrigar e alimentar o velho eunuco, sem dúvida iria sentir-se insultado pelo fato de o pobre homem ter preferido viver com outra família. E sabe-se lá o que nosso primo poderia fazer para se vingar do pobre ex-escravo.

No começo fiquei angustiada diante da ideia de mandar Omar viver longe de nós. Ele parecia tão feliz por estar em nossa companhia! Aliás, eu gostava muito do homenzinho e achava que sua presença suave poderia ajudar a trazer a paz para o seio de nossa família.

Depois de uma noite pensando naquela situação, a ideia de Omar levando uma vida de homem livre no mundo fora da Arábia acabou por me fazer sorrir de contentamento. De qualquer modo, eu poderia ir vê-lo sempre que quisesse, pensei.

Na manhã seguinte Karim passou algum tempo a sós com Omar e foi tomada a decisão de que ele iria morar na vila que tínhamos no Egito. Naquele país altamente povoado por egípcios, árabes e africanos, um homenzinho preto de voz aguda não seria tão notado. E a mesada que Karim iria lhe proporcionar daria a ele uma liberdade financeira que jamais tivera.

Omar pareceu satisfeito pela oportunidade de voltar ao continente onde nascera e comentou, com grande entusiasmo, que poderia fazer uma viagem ao Sudão para tentar localizar membros remanescentes de sua família ou de sua tribo.

A felicidade que Karim e eu sentimos ao ver a alegria de Omar nos trouxe mais prazer e contentamento. Até mesmo meu marido teve de convir que minha segunda ida ao palácio de Fadel produzira algum benefício. Embora minha ida até lá não tivesse ajudado as moças cativas, o eunuco Omar poderia viver o restante de sua vida de um modo que ele jamais imaginara ser possível.

Quando Omar partiu para o Egito, já tínhamos aprendido a amá-lo. Aquele homenzinho rapidamente se tornara o fiel confidente de cada membro de nossa família. Para minha surpresa, até mesmo Amani chorou e prometeu a ele que procuraria com toda sua alma se tornar a mais generosa e compreensiva muçulmana que já existira.

E cada um de nós ficou esperando pelo dia em que veríamos de novo o rosto bondoso de Omar.

A difamação do profeta Maomé

◆ ◆

Vários dias depois de Omar ter ido embora da Arábia Saudita para o Egito, Karim me disse que Asad e ele precisavam ir a Nova York. Negócios importantes exigiam a presença deles lá. Sabendo que eu continuava aflita com a situação das moças no harém de Fadel, ele me disse que uma viagem e novidades que me ocupassem a mente poderiam melhorar minha disposição, então sugeriu que fosse com eles.

No começo eu não estava com a mínima vontade de sair da Arábia Saudita e me senti insultada com a ideia de que meu marido não estivesse confiando em me deixar sozinha em casa. Se ele me considerava capaz de renovar os esforços para conseguir a liberdade daquelas moças assim que ficasse sem sua presença por perto, estava muito enganado. Nada que eu pudesse fazer ou dizer teria o poder de convencê-lo de que eu me resignara àquela situação sem esperança. Apesar de continuar almejando ajudar aquelas moças, eu não era uma pessoa totalmente desprovida de bom senso. Era impossível eu não compreender que jamais poderia resolver o problema de jovens que haviam sido vendidas pelos pais e agora viviam em um país onde o governo nada via de errado nessa situação.

Quando fiquei sabendo que Sara e duas primas nossas, Maísa e Huda, iam também para Nova York, mudei de ideia e resolvi viajar com eles.

Como a temporada escolar havia recomeçado após os feriados do ramadã, Sara e eu combinamos deixar nossas filhas em Riad com nossa irmã mais velha, Nura. Elas ficariam bem com a tia. Quando chegou o dia da partida, voamos para Londres em um dos nossos jatos particulares. Depois de uma breve parada nessa capital, continuamos a viagem para os Estados Unidos.

Incluindo as três criadas que nos acompanhavam, Afaaf, Libby e Betty, havia sete mulheres no avião. Para passar o tempo, começamos a nos distrair contando histórias divertidas umas às outras, mas nossos risos se apagaram quando Maísa mudou o tom das narrativas contando-nos uma passagem de sua vida particular que nos horrorizou.

Maísa é uma palestina casada com Naif Al Saud, um de meus primos preferidos. Apesar de seu aspecto agradável e atraente, ela não pode ser considerada bonita, mas desperta imediatamente a simpatia de quem a conhece. Como qualquer criança nascida em Hebron, na Palestina ocupada, sua infância foi muito rica em incidentes. No decorrer dos anos nossa família tinha ouvido Maísa contar histórias de fugas de refugiados, de batalhas de rua com soldados israelenses e da participação de seus jovens irmãos na recente *Intifada*, a revolta dos palestinos contra israelenses.

Os árabes palestinos sempre se mostraram mais condescendentes com os direitos das mulheres do que os árabes do deserto. Reconhecendo a inteligência de Maísa, seus pais fizeram sacrifícios para que ela estudasse. Mandaram-na para Beirute, a fim de que cursasse a prestigiada Universidade Americana de Beirute. Foi lá que ela conheceu meu primo

Naif. A jovem vivaz não tardou a conquistar o coração dele. Profundamente apaixonados quando se casaram, os dois formaram o casal mais feliz da minha terra. Embora tenham tido apenas um filho, uma menina, aliás, Naif jamais demonstrou o menor interesse em tomar uma segunda esposa com o propósito de aumentar a família.

Maísa é uma pessoa afetuosa que vive preocupada com os problemas dos outros. Quando não está aflita com as crianças famintas por causa do bloqueio econômico ao Iraque, fica ansiosa pelo destino das vítimas de terremotos no Irã ou na China.

Poucas semanas antes de nossa viagem, Maísa fizera a costumeira visita anual a sua família palestina, que reside na cidade árabe de Hebron. Durante essa estada ela testemunhou o mais odioso espetáculo que um muçulmano poderia imaginar.

A voz de nossa prima tremia enquanto nos relatava o que vira.

— Eu sabia que não deveríamos sair de casa naquele dia! Vinham ocorrendo agitações durante as últimas semanas e eu não queria que minha querida mãe corresse o risco de ser atingida por uma pedra imprevisível. Mas mamãe estava inquieta e insistiu em que pelo menos caminhássemos até a esquina da rua em que ela morava e voltássemos. Queríamos apenas respirar um pouco de ar livre, nada mais!

— Quando chegamos à esquina de nossa rua, ficamos mais tranquilas ao ver que tudo estava calmo. Por isso decidimos ir um pouco mais adiante. — Maísa bateu na própria testa com uma das mãos. — Esse foi nosso grande erro!

Ficou evidente que ela se tornava cada vez mais nervosa ao relembrar aquele acontecimento.

—Vimos uma jovem mulher vindo em nossa direção; ela parava para pregar cartazes nas paredes. Pensamos que se tratasse de uma corajosa palestina rebelde distribuindo cartazes de protesto contra os israelenses.

Maísa bateu na testa de novo, dessa vez com mais força.

— Como é que duas ingênuas mulheres poderiam imaginar que se tratava de uma sionista atacando nosso amado profeta?

Ela se recostou na poltrona e gemeu; parecia que estava revivendo o que havia acontecido naquele dia. Sara tocou-lhe o ombro com afeto.

— Não diga mais nada, Maísa, se é tão doloroso para você.

Mas nossa prima endireitou o corpo.

— Preciso lhes contar tudo! Todos os muçulmanos devem conhecer essa história!

Maísa é uma mulher religiosa, mas não exagerada a ponto de se tornar desagradável. Todos os passageiros do avião, inclusive Asad e Karim, ouviam com atenção.

— Pois bem, fiquem sabendo que jamais sofri um choque tão violento em minha vida. Com nossa curiosidade aguçada, mamãe e eu paramos diante de um daqueles cartazes. Levei alguns instantes para compreender que nele achava-se representada uma imagem que muçulmano nenhum deveria ver em sua vida.

O olhar de Maísa perdeu-se no vazio, e ela ficou em silêncio, até que Sara tocou-lhe um braço:

— Maísa?

— Confesso, Sara, que custam a meus lábios dizer o que vi.

Eu me descontrolei:

— Pelo amor de Deus, Maísa! Fale logo! Esse suspense está nos enlouquecendo!

O rosto de minha prima tornou-se muito pálido, e, devagar, ela nos olhou, uma a uma. Sua voz tornou-se um sussurro:

— Era uma caricatura do nosso profeta. — Maísa escondeu o rosto com as mãos e disse, chorando: — Naquele cartaz o nosso profeta era retratado como um porco!

Todas as mulheres presentes no avião emitiram exclamações de horror, depois uniram-se em gritos de revolta.

Lutei para manter a compostura e apertei a mão de Karim com toda minha força.

— Sim! Aquilo estava ali, diante de meus olhos! — prosseguiu nossa prima, desfeita em lágrimas. — O profeta Maomé retratado como um porco! Palavra, meu coração parou. E minha mãe? Bem, ela perdeu os sentidos. Tive de pedir ajuda para levá-la de volta ao nosso apartamento. Até hoje a coitadinha não se recuperou daquele choque brutal! Nunca mais voltou a ser a pessoa que era.

A pobre Maísa pareceu diminuir na poltrona que ocupava.

— Desde aquele dia tenho terríveis pesadelos. Todas as noites o profeta Maomé me visita em sonho. E nesse sonho o nosso profeta tem corpo de homem e a cara repulsiva de um porco!

— Oh, Maísa... — murmurou Sara, penalizada. — Deve ser horrível para você.

Sonhos em que nosso amado profeta aparece como um porco!

Tensa, recostei-me na poltrona, lamentando que Sara houvesse convidado Maísa para nos acompanhar naquela viagem. Eu, pelo menos, não queria ser contaminada pela proximidade de uma pessoa que tinha sonhos tão perversos.

O choro de Maísa tornou-se mais intenso.

— Desde então, Sara, sinto muito medo de fechar os olhos, porque tenho certeza de que estou cometendo o pecado mais vil que existe por não conseguir me livrar desse sonho.

Comecei a me arrepender de minha reação inicial, por isso me determinei a ser carinhosa com minha prima.

Libby, minha criada filipina, disse:

— Há poucos dias li num jornal um artigo afirmando que os inimigos dos países árabes andam untando as balas de suas armas com gordura de porco para usá-las na guerra contra os muçulmanos.

Esse era um escândalo bem conhecido. Se um soldado muçulmano fosse ferido ou morto por essa munição corrompida, seria automaticamente excluído do paraíso. A religião islâmica não permite que os muçulmanos tenham o mínimo contato com carne de porco, e eles acreditam que um simples esbarrão na carne desse animal os impedirá de entrar no paraíso.

Os soluços abafados de Maísa iam se tornando mais altos, e ela então implorou a Sara que a beliscasse ou fizesse qualquer coisa que a despertasse caso começasse a dormir; não queria ter o sonho blasfemo.

Rezei a Deus implorando que erradicasse a imagem terrível da mente de Maísa. Sacudindo a cabeça com profunda tristeza, levantei-me, andei um pouco pelo avião e em seguida voltei para minha poltrona. Ao me sentar, notei que a criada de Sara, Afaaf, mudara para um lugar distante de nós e chorava. Fiz um sinal para Sara e, juntas, aproximamo-nos da moça.

Minha irmã tocou-lhe suavemente em um ombro.

— Afaaf, você não está se sentindo bem, querida?

O rosto da moça espelhava a mais profunda infelicidade.

Ela tentou falar, mas não conseguiu. Por fim, depois de Libby a ter feito beber um pouco de água, pôde falar.

— Desculpem-me por estar chorando, mas é que essa história me fez lembrar de como nosso Sagrado Profeta tem sido difamado de várias maneiras... — Recomeçou a chorar. — Suas palavras sagradas e o nome dele têm sido usados frequentemente como armas de vingança e de perversidades, até mesmo por seu próprio povo. Isso também não é denegrir o nosso profeta?

Sara assentiu, mas nada disse.

Fiquei ali, sem saber o que fazer, enquanto a criada soluçava. Se havia alguém no mundo com motivo para chorar, só podia ser Afaaf.

Ela era refugiada do Afeganistão. Embora houvesse escapado da guerra em seu país, jamais pudera se recuperar das tristes perdas que sofrera. Toda sua família morrera. Seus pais e um irmão haviam sido mortos no decorrer da guerra brutal que precedeu a subida do regime do Talibã ao poder. Afaaf e sua irmã mais nova ficaram sozinhas, sem nenhuma proteção masculina em um país então dominado por homens determinados a controlar totalmente todos os aspectos da vida das mulheres.

Em 1994, quando os adeptos do Talibã que passaram a dirigir o Afeganistão subiram ao poder, elevaram a supremacia sobre as mulheres a um nível mais alto. A vida das sauditas pode ser incrivelmente triste, mas pelas narrativas de Afaaf fiquei sabendo que a vida das afegãs consegue ser mais tragicamente dura do que a nossa.

A determinação do Talibã em restaurar a pureza islâmica acabou por desencadear um ataque horrível a suas próprias mulheres. Elas viram-se obrigadas a ocultar completamente o corpo e o rosto com a burca, uma roupa grossa feita com tecido semelhante ao das tendas e ainda mais desconfortável do que o véu e a abaaya das sauditas; além disso, foram proibidas de *falar alto* e de *rir* em público. Como se não bastasse que as mulheres ficassem completamente ocultas pela burca, os dirigentes que estavam no poder diziam que até mesmo o som da voz delas tinha o poder de excitar os homens! E mais: elas foram proibidas de frequentar escolas, de se maquilar, de usar joias, saltos altos e até de trabalhar fora de casa, mesmo que fosse para alimentar a si mesmas e suas famílias. Ou seja, as afegãs foram proibidas de todas as atividades que fazem parte de uma vida normal.

Os editais do rigoroso regime estendiam-se também às crianças. No Afeganistão tornou-se crime assistir a vídeos e televisão, divertir-se com brinquedos e com jogos, ouvir música e ler livros!

Depois que o Talibã assumiu o poder, a vida de Afaaf modificou-se de maneira trágica. Ela era professora, porém não podia mais dar aulas. Como já havia cortado o cabelo antes disso, fora apenas advertida de que era um crime as mulheres usarem cabelos curtos.

Pouco depois de o Talibã passar a governar, a irmã de Afaaf foi surpreendida conversando com um homem que não era seu parente. Ela apenas estava perguntando ao vizinho sobre a saúde de seus velhos pais. Um grupo de adolescentes os viu conversando e exigiu provas de que o homem era parente dela. Claro, não existia essa prova, uma vez que ambos eram antigos vizinhos e nada mais. A irmã de Afaaf foi levada para o "Departamento Protetor da Virtude e Preventivo de Vícios", onde foi condenada por um grupo de juízes composto por homens, é evidente, a ser castigada com cinquenta chicotadas.

Afaaf foi obrigada a presenciar o triste espetáculo de sua irmã ser amarrada a um poste e supliciada com um chicote de couro. Ela cuidou da irmã, que ficou boa, porém tão abalada com o que lhe acontecera que tomou uma grande quantidade de veneno para ratos. Como era proibido às mulheres internarem-se em hospitais, ela morreu nos braços de Afaaf.

Nada mais tendo a perder, Afaaf fugiu para a fronteira do Paquistão, onde entrou clandestinamente e foi contratada como empregada por um dos homens de Asad, que fora a esse país em busca de criadas para trabalharem na Arábia Saudita.

Afaaf cobriu o rosto com as mãos e, soluçando perdidamente, disse:

— Os muçulmanos fanáticos difamam o profeta e suas palavras na cega determinação de impedir que a vida das mulheres tenha um mínimo sequer de alegria.

Eu me sentia tão triste que tive vontade de chorar com a pobre mulher. Para mim, a infeliz Afaaf era um dos seres humanos mais atormentados que eu conhecera. Estava mesmo sozinha no mundo, e isso por causa de homens ruins que alteravam intencionalmente o sentido das palavras do Sagrado Profeta em sua obsessão de controlar as mulheres.

Caminhei lentamente para meu lugar junto a uma janela e sentei-me. Encostei a cabeça no pequeno painel plástico e, depois de me cobrir com uma manta, fechei os olhos. Senti uma profunda gratidão por ter nascido na Arábia Saudita e não no Afeganistão. Nesse instante tive vontade de rir diante da ironia da ideia, pois as sauditas são ameaçadas por muitos perigos, já que em meu país os homens fanáticos também têm o poder de destruir vidas.

Lembrei-me de um fato apavorante ocorrido no ano anterior. Uma menina chamada Hussah, que foi colega de escola de Maha, deu-se conta do enorme poder que os homens haviam adquirido sobre as mulheres em nome da religião. Ela era uma menina linda, encantadora e muito ativa. As notas altas que tirava na escola comprovavam sua inteligência, e ela tinha muitos amigos graças à personalidade alegre e animada. Minha filha sempre dizia que essa colega tornava os dias na escola bem mais agradáveis.

Hussah esteve várias vezes em nosso palácio, e eu também me afeiçoei a ela. Meu afeto cresceu mais quando fiquei sabendo que sua mãe havia morrido um ano antes e que a nova esposa de seu pai não gostava dela. Apesar da tristeza pela morte da mãe e do antagonismo da madrasta, vivia sorrindo e mostrava-se sempre amigável.

Quando Hussah fez 13 anos, a família dela mudou-se para o Egito, onde morou por dez anos. No Egito ela cresceu acostumada com mais independência do que as jovens têm na inflexível atmosfera da Arábia Saudita. Quando a família voltou para Riad, apesar dos anos de liberdade que gozara no Egito, Hussah aceitou as regras da vida saudita sem reclamar. Obediente, usava o véu e a abaaya em locais públicos e não se queixava das demais restrições impostas às mulheres.

No entanto, dentro dos seguros limites da vida familiar, Hussah era uma moça moderna. Usava jeans e camiseta, conversava durante horas ao telefone e passava muito tempo nadando na piscina de sua casa. Ela gostava de atividades esportivas e entristecia-se pelo fato de não permitirem que as sauditas competissem em eventos como as Olimpíadas. Esse era um sonho inatingível para minhas conterrâneas, portanto a natação permanecia um prazer particular para a jovem.

A tragédia de Hussah teve origem em seu amor pela natação. Ela quase sempre usava biquíni para nadar, e esse traje de banho demonstrava que a moça fora abençoada com um corpo bem-feito e voluptuoso.

Infelizmente a família que morava na casa vizinha à dela era formada por islâmicos fundamentalistas. No momento em que o filho mais velho dessa família viu a atraente Hussah quase nua, a vida dela foi transformada para sempre.

Apesar de altos muros rodearem as casas sauditas, ainda assim as casas adjacentes tinham uma vista do jardim das residências menos protegidas. A casa da família de Hussah era térrea, ao passo que as casas vizinhas tinham três pisos. Se alguém que estivesse no terceiro piso de uma delas olhasse para o jardim do pai de Hussah de uma determinada janela, podia ser recompensado pela visão de uma boa parte do jardim e da piscina. Embora os muçulmanos honestos fossem levados a selar imediatamente uma janela que lhes permitisse imiscuir-se na intimidade dos vizinhos, não era esse o caso da família de Hussah.

O rapaz, Fadi, estudava para se tornar um mutawa. Depois de ter visto Hussah de biquíni ele ficou tão enfurecido que comprou uma câmara fotográfica com lentes telescópicas e tirou várias fotografias da moça nadando na privacidade de sua piscina. Quis o destino que em uma das vezes que Fadi a fotografava secretamente o fecho do sutiã do biquíni se soltasse. Os seios da jovem ficaram expostos apenas pelo tempo suficiente para o vizinho registrar o fato.

Envenenado pela cruel determinação de que só os fanáticos são capazes, Fadi foi se queixar às autoridades religiosas locais de que Hussah era uma pecadora maldosa que havia exposto os seios para ele *propositadamente*. No seu distorcido fervor religioso, ele garantiu de modo falso que Hussah o vira e que lhe sorrira em descarado convite antes de tirar o sutiã. Declarou também que essa atitude da jovem o levara a pecar, sonhando com fêmeas nuas. Então requeria que a pecadora fosse apedrejada até a morte a fim de que ele recuperasse seu estado anterior de pureza.

Se as autoridades concordassem com a solicitação de Fadi, a pobre jovem estaria condenada à sepultura. Mas o pai dela apressou-se a reconhecer diante dos acusadores que os anos vividos fora do país, e com uma liberdade que não existia ali, haviam contribuído para que Hussah se tornasse uma exibicionista inconsciente. Os religiosos que o haviam interpelado argumentaram que a educação livre e independente de uma mulher poderia originar a decadência da sociedade saudita e, "generosamente", fizeram a proposta de não punir Hussah *desde* que o pai dela se dispusesse a tomar medidas drásticas em relação ao caso.

Então a jovem foi tirada da faculdade, proibida de nadar e, o mais importante, teria de estar casada dentro de um mês. Os juízes implacáveis também insistiram em que o marido de Hussah fosse um homem mais velho e com prática em controlar mulheres rebeldes. Na verdade, aqueles religiosos sempre tinham um marido desse tipo à mão. Achavam, aliás, que o próprio pai de Fadi seria uma boa escolha, uma vez que tinha três esposas e era conhecido como um homem muito direito e devoto. Ele não daria a Hussah a menor possibilidade de envergonhar o nome de sua família. Felizmente para a moça, declararam eles, esse vizinho vira a fotografia de Hussah e concordara em aceitar o dever moral de "domesticar" aquela perversa sedutora!

É quase dispensável dizer que Fadi era, na verdade, um *voyeur*, caso contrário ele teria tido a decência de desviar seu olhar do jardim privativo de outra família. Outra coisa mais do que evidente é que a visão da fotografia de Hussah descomposta despertou mais o desejo sexual do noivo eleito pelos mutawas do que sua indignação e obrigação religiosa.

No começo o pai da jovem lutou para conservar a filha em sua companhia. Mas estava em posição muito mais fraca do que a dos outros. Sua esposa uniu-se aos religiosos, clamando que sua filha não era uma moça pura como ele pensava e que ela iria destruir o bom nome da família com seu comportamento reprovável. Esmagado pela pressão que vinha de todos os lados, e acreditando que um castigo muito mais radical e doloroso poderia ser imposto a sua filha se ele não se submetesse às ordens das autoridades religiosas, o infeliz homem acabou concordando com o casamento.

Num piscar de olhos a vida de Hussah passou da relativa liberdade para a mais completa opressão. Depois do casamento rápido, a jovem conseguiu telefonar para Maha apenas uma vez, porém sua voz trêmula foi silenciada quando a ligação se interrompera de repente.

Com as histórias de vida dessas duas mulheres destruídas ainda tão jovens girando sem cessar em minha mente, perguntei a mim mesma como era possível que tantos homens da fé islâmica não se lembrassem de que o profeta Maomé jamais se cansara de pregar a infinita misericórdia de Alá!

Cada capítulo do Corão, exceto um, começa com o *bismillah*, "Em nome de Deus, o Compassivo, o Misercordioso".

A triste verdade é que Afaaf tinha razão. Um grande número de muçulmanos *difama* o profeta e seus ensinamentos quando oprime as mulheres em nome dele.

E o que nós, mulheres, podemos fazer? No mundo muçulmano acredita-se que cada homem tenha o direito de interpretar o Corão. Se alguma mulher se atrevesse a reclamar do modo pelo qual são tratadas mulheres como Afaaf e Hussah, ela seria acusada de estar agredindo nossa fé — crime imperdoável e merecedor do mais severo castigo.

Esses meus pensamentos foram interrompidos quando ouvi o choro doloroso de Maísa, que, apesar de todos os seus esforços em contrário, terminara por adormecer na poltrona. Sabendo que a pobre infeliz estava naquele momento olhando para nosso amado profeta transformado em porco, concluí que o sonho dela era muito mais perturbador do que tudo que pudesse me passar pela cabeça.

Eu não queria estar na situação de Maísa nem por toda a liberdade do mundo.

Anjos roubados

◆ ◆

Nosso avião logo pousou no Aeroporto La Guardia, em Nova York. Felizmente passamos pela alfândega e pela imigração sem demora, graças a um dos funcionários sauditas do nosso consulado de Nova York que estava lá para nos ajudar e garantir um tratamento especial.

Havia dez limusines prontas para nos transportar, com nossa bagagem, para o Plaza Hotel. As mulheres estavam muito animadas, por isso levou algum tempo até decidirmos quem ia com quem e em que carro.

Exasperado, Karim começou a gritar, dizendo que o fazíamos pensar em grandes pássaros pretos esvoaçando de um lugar para outro. Minhas companheiras imediatamente se acalmaram e trataram de se acomodar em um dos carros, porém eu permaneci na calçada, negando-me a entrar na limusine até meu marido pedir desculpas pelo comentário rude.

Ele sabia que eu não ia ceder, por isso ergueu os ombros, resignado, e disse:

— Desculpe, Sultana. Agora, *por favor*, entre no carro.

Dando-me por satisfeita, entrei no mesmo carro que elas e sentei-me entre Sara e Maísa. Percebi quando o motorista da limusine revirou os olhos para cima, deixando mais do que evidente que não estava acostumado com as demonstrações histriônicas das mulheres da realeza saudita. Apesar do pequeno contratempo, logo estávamos a caminho do Plaza Hotel.

Karim havia reservado uma ala inteira do velho e grande hotel que se tornara nosso favorito quando íamos a Nova York. Sempre que prestara hospitalidade aos milionários dos países do Oriente Médio o Plaza comprovara sua discrição. Um atendimento prestativo como esse jamais é esquecido.

Enquanto atravessávamos a cidade observei, deliciada, os carros dirigidos por mulheres que passavam por nós. É algo que nunca me canso de admirar quando visito outras terras! Na Arábia Saudita não é permitido que as mulheres dirijam automóveis, e como se trata de uma restrição que nada tem a ver com nossa religião, isso sempre me deixou furiosa. Anos atrás Karim me levou a uma estrada no deserto para me ensinar a dirigir. Aprendi a guiar, mas nunca pude fazê-lo nas ruas do meu próprio país. E para tornar o insulto pior, na Arábia Saudita proíbem uma mulher com quarenta anos de dirigir e no entanto meninos com no máximo oito ou nove anos são vistos ao volante de carros cheios de mulheres aterrorizadas frequentemente guiando a toda velocidade. Em meu país há beduínos que tratam melhor seus camelos do que as esposas. Na Arábia Saudita não é incomum ver filhotes de camelo no assento do passageiro, na cabina de um caminhão com ar condicionado, enquanto as mulheres, cobertas com o véu, são obrigadas a viajar na carroçaria!

De qualquer modo, o fato de ver as americanas guiando com tanta confiança no tráfego pesado da cidade deixou-me animada. Pensei, então, que enquanto estivesse visitando um país como os Estados Unidos eu finalmente poderia esquecer os problemas que angustiam tantas mulheres. Já era muito gratificante o prazer que sentia ao ver ao meu redor mulheres que gozavam de liberdade.

Infelizmente, como acontece com tanta frequência em minha vida, esse meu desejo *não* ia se realizar.

O tráfego não estava muito intenso, e o trajeto de automóvel do aeroporto até o hotel não levou mais que trinta e cinco minutos. Outro funcionário do consulado havia providenciado cuidados especiais de segurança para nossa chegada ao hotel, assim fomos escoltadas diretamente aos nossos apartamentos.

Antes de irmos cada qual para suas acomodações, nós, mulheres, concordamos em não ligar a mínima para a fadiga do voo. Em estado de extrema animação, combinamos trocar de roupa o mais depressa possível, nos encontrar na suíte de Sara e em seguida sair para as compras tão ansiosamente esperadas.

Assim que Karim e eu inspecionamos nossa suíte e concluímos que estava tudo em ordem, ele virou-se para mim com um sorriso e disse:

— Sultana, logo preciso sair, mas antes quero lhe dar um pequeno presente.

Olhei maravilhada para meu marido, mas não havia motivo para espanto: ele é um homem generoso e costuma me dar presentes caros nos momentos mais inesperados.

Então Karim me entregou um cartão de crédito American Express platinum.

—Você pode usar este cartão para comprar qualquer coisa que quiser — explicou-me —, até o limite de quinhentos mil dólares americanos. — Ele sorriu ao ver minha expressão. — Querida, você tem estado sob tanta pressão ultimamente! Merece se divertir um pouco. — Em seguida, acrescentou:

— Mas este cartão provavelmente não será o suficiente para você comprar também joias de valor. Se encontrar algo especial que deseje, peça ao gerente da loja para guardar e eu mando um dos meus banqueiros lá amanhã para completar a compra.

Revirei o cartão e olhei-o, atenta. Era a primeira vez que tinha um cartão de crédito. Quando faço compras na Arábia Saudita, nunca pago por nada. Aliás, raramente fico sabendo o preço do que compro. Sempre deixo os detalhes relativos ao pagamento para um de nossos gerentes de negócios. Fui acostumada a apenas apontar para o que queria, sabendo que mais tarde pagariam tudo que eu escolhesse. No entanto, naquele dia me senti muito feliz por não estar acompanhada por um gerente de negócios e ser a responsável pelo pagamento do que comprasse.

Karim tirou de uma pasta um volumoso pacote de dinheiro americano, com notas de vários valores, e literalmente recheou minha bolsa com ele. Preveniu-me três vezes para não deixar estranhos verem aquele dinheiro todo: não queria que ladrões de Nova York me atacassem para roubar.

Naquele momento Asad bateu à porta, e Karim saiu com o irmão para uma reunião de negócios.

Fiquei sozinha, por fim. Telefonei para Libby e pedi que fosse ao meu quarto preparar um banho. Depois da longa viagem de avião, eu precisava de um banho relaxante. Mais tarde, ainda deitada na banheira, decidi que ia fazer compras na Bergdorf Goodman, uma das lojas de departamentos favoritas de muitas das mulheres da família Al Saud.

Assim que me vesti, juntei-me às companheiras que estavam à minha espera na suíte de Sara. Depois de longa discussão, decidimos que ela e Maísa iriam comigo à Bergdorf Goodman. Libby, Betty e Afaaf permaneceram em silêncio, esperando nossas instruções. Geralmente levamos as criadas conosco quando saímos para fazer compras, mas naquele dia nossos corações estavam tão tristes por Afaaf que minha irmã e eu decidimos presenteá-las com um prêmio em dinheiro e um dia de folga. As três moças sorriram com gratidão e saíram para fazer compras na Quinta Avenida.

A sétima mulher de nosso grupo, a prima Huda, não quis ir conosco. Para ela, fazer compras era uma coisa que podia esperar. Em vez disso, declarou, preferia ficar no quarto em companhia de boa comida e bebida. De fato, ela já havia pedido três grandes latas de caviar de beluga e antecipava o prazer da tarde que passaria comendo essa iguaria, bebendo champanhe e assistindo a seriados românticos na televisão.

Fiquei surpresa com a escolha de Huda. Como era possível uma mulher preferir ficar fechada em um quarto de hotel para *comer* em vez de fazer compras em Nova York? Nós, sauditas, passamos confinadas tanto tempo de nossa vida que seria de se esperar que nenhuma de nós jamais deixasse passar a menor oportunidade de escapar disso.

Dei de ombros mas não disse nada para tentar convencer Huda a sair conosco. Ela não era uma de minhas primas favoritas e nossa amizade não era profunda. Eu não entendo a obsessão dela por comida; cada vez que se conversa com Huda acaba-se por ficar muda, ouvindo-a falar de algum prato especial que ela preparou ou comeu. Uma história que nossa família vive repetindo com entusiasmada diversão é a de que Huda e o marido costumam voar até a França apenas para fazer uma única refeição!

Só mesmo Sara é gentil o bastante para aguentar essa nossa prima descrevendo pratos de comida, longamente e com detalhes. Por isso Huda gosta muito de Sara, e minha meiga irmã é educada demais para evitá-la. Assim, confesso que fiquei contente por Huda não querer sair conosco.

A caminhada até a Bergdorf Goodman levou apenas alguns minutos, mas para mim foi um passeio delicioso, pois nunca me canso das pequenas liberdades nas quais a maioria das mulheres do mundo ocidental nem repara. Ali estava eu, em plena luz do sol, andando pela rua de uma cidade repleta de homens, vestindo um conjunto de saia e casaquinho Armani que valorizava as formas do corpo. Naquele país as mulheres não precisam temer o súbito aparecimento dos mutawas, que compõem a milícia religiosa saudita, com seus bastões para surrar a mulher que seja imoral o bastante para usar um traje provocante.

Sentia-me atraente e também vaidosa. Sempre fiquei triste por não ter sido abençoada com pernas longas, como as das minhas irmãs. Mas minhas pernas são bem-feitas, apesar de um pouco curtas. Eu sabia muito bem que meus sapatos azuis com salto alto as valorizavam muito. Uma brisa fez meu cabelo longo e ondulado esvoaçar, e eu o joguei deliberadamente para trás enquanto conversava com Sara e Maísa. Era uma sensação incrível aquela! Eu estava exuberante e feliz devido à liberdade de poder mostrar meu rosto e minhas lindas roupas e de andar nas ruas de uma cidade grande sem ser acompanhada por um homem!

Considerei que as mulheres ocidentais são muito mais afortunadas do que pensam. Isso me fez pensar em Afaaf. Sabia que ela devia estar saboreando aquele doce dia de liberdade ainda mais do que eu.

Olhei para Maísa e sorri. Ela não havia tomado nenhum cuidado especial com sua aparência. Ainda assim, seu terninho preto e muito caro ocultava muitos defeitos. Sara se arrumara de forma mais comum do que eu e Maísa, tendo escolhido um vestido discreto, cor de creme, com gola alta e mangas compridas. Mas, como sempre, ela estava maravilhosa.

Eu me sentia deliciosamente feminina e bela, sobretudo ao perceber que vários homens nos observavam enquanto andávamos pela calçada. Notei, também, que primeiro minha exuberância atraía a atenção deles, mas que em seguida seus olhos voltavam-se para Sara e permaneciam mais tempo fixos nela, que, é claro, nem se dava conta de que éramos o alvo de tantos olhares apreciativos.

Assim que entramos na loja, passei a fazer o que sempre faço quando me vejo diante da exposição de uma quantidade impressionante de artigos à venda: compro tudo que acho bonito! Em pouco tempo havia selecionado quinze vestidos caros para usar em festas e casamentos. A competição entre as mulheres sauditas é feroz, por isso procurei os estilos mais novos e originais. Não perdi tempo experimentando os vestidos. Meu hábito é comprar muitas, muitas roupas mesmo, e depois dar as que não me servirem ou não me ficarem bem.

Mas é preciso reconhecer que não fui egoísta: também comprei muitos e maravilhosos presentes para meus filhos e para Karim.

Assim que informei à vendedora que ia levar uma dúzia de blusas de seda de um mesmo estilo e cor, ela rapidamente percebeu que éramos membros da família real da Arábia Saudita e chamou um dos gerentes da loja. Depois disso, fomos acompanhadas pelo gerente enquanto examinávamos a variada coleção de roupas de grife da Bergdorf Goodman.

Não demorou muito e mais de dez empregados foram chamados para carregar nossas pesadas sacolas de compras. Era evidente nos rostos ao nosso redor que a quantia que gastamos na prestigiada loja tornava aquela uma ocasião memorável.

Apesar de as compras de Sara e Maísa juntas mal encherem cinco sacolas, as minhas precisaram de mais de trinta.

Calculei que, sem dúvida, Karim teria de acrescentar mais fundos ao meu cartão especial; fiquei surpresa quando o gerente declarou que o total dos meus gastos na Bergdorf Goodman era de apenas trezentos e oitenta e oito mil dólares.

Sara não se surpreendeu quando lhe contei sobre o presente que Karim me dera, já que muitos membros de nossa família são fabulosamente ricos. Por isso, também, durante nossas viagens compramos tudo que desejamos. Ainda assim, o custo de nossas compras não foi nada em comparação às propriedades compradas e negócios feitos por nossos maridos.

Maísa nasceu em uma família modesta da Palestina, de modo que a reação dela diante de minha extravagância foi de desaprovação. Eu a ouvi murmurar, olhando para mim:

— Multiplique suas posses, aumente seus ônus. — Balançou a cabeça com ar triste. — Se Alá decidir me abençoar com mais cem anos de vida, nem assim vou me acostumar com os gastos exagerados desta família. Diga-me, Sultana, será que você ainda não se cansou de comprar tantos vestidos de festa e joias?

Não fiquei ofendida com aquelas palavras. Quem poderia ficar brava com uma mulher que levava uma vida de exemplar generosidade e era incapaz de qualquer atitude de egoísmo? Eu sabia que minha prima preferia gastar a riqueza do marido com os pobres. Uma vez me disseram que Naif e Maísa sustentavam mais de oitenta famílias palestinas na Margem Oeste, não só pagando-lhes moradia como também comida, roupas e até mesmo a educação das crianças.

Abracei Maísa apenas para ela saber que eu não havia me zangado. Também não me preocupei em justificar meu estilo de vida extravagante, pois me sentia perfeitamente bem porque Karim e eu dávamos muito mais dinheiro aos pobres do que nossa religião requeria. O que mais poderíamos fazer?

Depois de voltar do exaustivo passeio de compras, recolhi-me a minha suíte para descansar antes do jantar.

Ao fim da tarde, Karim não havia retornado. Sabendo que minha irmã e nossas companheiras ainda deviam estar descansando em seus apartamentos, comecei a ficar agitada. Decidi telefonar para várias americanas com quem tinha feito amizade anos antes.

Fiquei contente ao ouvir a voz de minha grande amiga Anne, que começou a falar, aflita, assim que soube que era eu.

— Graças a Deus você ligou, Sultana! Eu quis desesperadamente telefonar para você em Riad, mas temi que alguém pudesse ouvir nossa conversa!

Sorri. Anne acha que todas as linhas telefônicas do meu país têm escuta. Ela prosseguiu:

— Sultana, algo terrível aconteceu! Uma menininha daqui, que ainda não tem 5 anos, foi roubada e levada para seu país. O pai é saudita e a tirou da mãe, que é americana. A mãe está quase louca, é claro, e eu esperava que você pudesse nos ajudar a localizar a menina.

Meu coração se entristeceu ao ouvir essa história. Será que eu *nunca* iria me livrar de acontecimentos perturbadores? Em cada dia da minha vida eu ouvia falar de mulheres exploradas, analfabetas, que sofriam abusos e, ao contrário de muitas mulheres sauditas, eu sabia que jamais poderia aceitar que isso fosse considerado normal. Alguns anos antes eu já havia chegado à triste conclusão de que o abuso de mulheres não era exclusividade da Arábia Saudita. Trata-se de um fenômeno mundial!

Infelizmente as vitórias que até então eu alcançara dando ajuda a tais mulheres haviam sido muito poucas. E, naquele momento, acabavam-se minhas esperanças de esquecer aqueles problemas angustiantes e aproveitar alguns dias de liberdade nos Estados Unidos. De imediato meu coração começou a doer pela menina e por sua mãe.

Sabendo que minha amiga esperava alguma resposta, respirei fundo.

— Anne, você sabe que no meu país é muito difícil ajudar alguém nessa situação.

— Eu sei e entendo, Sultana — concordou ela com a voz triste —, mas pensei que talvez você pudesse fazer alguma coisa.

— O pai dela é membro da minha família, os Al Saud?

— Não, ele não é da realeza.

— Bem, conte-me o que aconteceu...

Com um suspiro, olhei para o relógio na mesinha de cabeceira. O jantar teria de esperar.

— Mesmo que seja impossível fazer alguma coisa, pelo menos a mãe vai ter algum consolo quando eu disser que conversei com você.

— Conte-me tudo que sabe — pedi.

Acendi um cigarro e traguei profundamente a fumaça. Aquela conversa poderia levar algum tempo.

— A mãe da menina chama-se Margaret McClain e dá aulas na Universidade do Estado do Arkansas. Foi lá que conheceu um estudante saudita chamado Abdulbaset Al'Omari, com quem se casou.

Al'Omari? Eu não conhecia nenhuma família saudita com aquele nome, mas, como minha vida gira em torno da família real, isso não era de estranhar.

— Pelo que me foi contado, o casamento deles deu errado muito depressa. Margaret disse que assim que se tornaram legalmente casados o charmoso e afetuoso marido tornou-se um homem ciumento e exigente.

— Isso é bastante comum entre os árabes muçulmanos — murmurei.

Jamais consegui descobrir o motivo desse padrão perturbador e consistente de comportamento que se repete em muitos homens árabes que se casam com mulheres não muçulmanas. Como na Arábia Saudita poucos homens conhecem sua mulher antes do casamento arranjado, os sauditas não têm a oportunidade de ser atenciosos e encantadores antes do casamento. Mas quando eles estabelecem um romance com mulheres de outros países, não há amantes mais gentis e dedicados do que os sauditas, ou mesmo árabes, sejam eles sírios, egípcios, kuwaitianos ou jordanianos.

Eles dizem palavras doces, oferecem presentes e fazem promessas. Geralmente, durante esses namoros, nenhum dos dois lados conversa a respeito dos problemas potenciais que podem ser criados pela diferença de culturas e religiões. No entanto, assim que o matrimônio se realiza, o marido costuma se mostrar um tirano, abusivo e rude; no mínimo, não se preocupa em ocultar o exagerado interesse que tem por outras mulheres bonitas.

As diferenças de religiões e culturas não demoram a criar atritos sérios. O modo normal de a mulher se vestir, que recebe muitos elogios durante o período de namoro, é declarado revelador demais e passa a ser proibido pelo marido. Ele também faz acusações pesadas, aos gritos e de maneira brutal, caso a esposa se atreva a conversar com outro homem.

O que poucos não árabes percebem é que *todo* homem árabe é acostumado a ter sua vontade respeitada em *todas* as situações familiares. Não há paz no lar até ele ser reconhecido como líder absoluto, um fato que muitas esposas não árabes só percebem quando já é tarde demais.

Vejo isso o tempo todo, pois vários de meus primos casaram-se com mulheres americanas ou europeias. Antes de se casarem, esses meus primos sauditas juraram amar tudo que fazia parte de suas amadas estrangeiras, mas depois do casamento pareceram passar a detestar subitamente tudo que antes diziam admirar.

Quando o casal começa a ter filhos, o marido insiste em que as crianças sejam criadas exclusivamente como muçulmanas. A herança religiosa da mãe é considerada sem a menor importância.

Caso aconteça o divórcio, a mulher corre o sério risco de perder a custódia dos filhos. A lei islâmica diz que as mães só podem ficar com os meninos até eles terem 7 anos, e que as meninas podem ficar com elas até a puberdade; devo ressaltar que nos países muçulmanos pode-se determinar em 8 anos a idade da puberdade para as meninas. E se um homem da Arábia Saudita vier a requerer a custódia dos filhos, ou filhas, seja qual for a idade que as crianças tenham, a mãe não tem nenhum recurso legal ao qual possa recorrer para tentar ficar com elas. Se as crianças viverem em outro país, os pais árabes costumam roubá-las e levá-las para o dele. Poucos governos árabes interferem a favor da mãe quando um árabe obtém a custódia dos filhos.

A voz de Anne me fez parar de pensar nessas coisas.

— Margaret e Abdulbaset tiveram uma filha, Heidi, mas divorciaram-se logo depois do nascimento dela. Apesar de Abdulbaset viver dizendo que nunca permitiria que sua filha fosse criada nos Estados Unidos, ele continuava estudando aqui. Assim, temporariamente, Heidi estava em segurança. Pelo menos era o que Margaret pensava. Agora, poucos meses atrás, ele foi pegar a filha na casa de Anne, porque era seu fim de semana de ficar com a filha. Quando o fim de semana terminou, ele não devolveu a pequena para a mãe, que não a viu mais desde então. Uma semana depois Margaret recebeu um telefonema do ex-marido; ele tinha voltado para a Arábia Saudita e levara a filha.

— Pobre mulher... — murmurei, imaginando como seria possível uma mãe suportar essa perda.

A voz de Anne tornou-se mais baixa.

— Sultana, Heidi é a filha mais nova de Margaret. Ela tem mais duas filhas, do primeiro casamento, que são bem mais velhas que a irmãzinha. Toda a família dela está muito abalada com o que aconteceu. Nunca tive tanta pena de alguém na minha vida.

— Meu próprio coração também dói por eles — sussurrei.

— Você não pode fazer nada? A pobre Margaret não consegue pensar em outra coisa.

Meus pensamentos voavam. O que eu poderia fazer? Que ajuda poderia dar àquela mãe? Não consegui pensar em nada. Por fim, perguntei:

— E quanto ao seu governo? Essa mulher devia levar ao conhecimento do seu presidente o que lhe aconteceu.

Anne riu.

— Sultana, nenhum cidadão comum tem a possibilidade de falar com o presidente sobre algo assim!

— É mesmo? — indaguei, surpresa. — Na Arábia Saudita até o homem mais simples pode falar com o rei. É bastante comum que muitos problemas pequenos que envolvem cidadãos sauditas sejam resolvidos pelo próprio rei. Na verdade, nosso rei viaja com regularidade pelo país visitando as várias tribos para que as pessoas possam falar com ele mais facilmente.

Como era possível ser mais difícil falar com um presidente do que com um rei?

— Não, Sultana. Não é desse modo que as coisas acontecem por aqui. Os Estados Unidos são um país grande demais. Mas é claro que Margaret entrou em contato com o Departamento de Estado e expôs seu caso. Contudo, nosso governo não pode fazer muita coisa quando a situação envolve a soberania de outro país.

— Eu não entendo. Tiraram uma criança americana da mãe e levaram-na embora. Por que seu governo não intervém numa situação dessas?

Pelo que eu tinha visto dos soldados americanos na Arábia Saudita, podia perfeitamente imaginá-los invadindo a casa desse tal Abdulbaset Al'Omary e devolvendo a filha para a mãe. De que vale um governo se não pode realizar um ato simples como devolver um filho para a mãe?

— Não... não. Parece-me que, se a criança está na Arábia Saudita, encontra-se sob a lei saudita. Só seu governo poderia devolver Heidi, mas... — Anne hesitou. — Mas os sauditas não vão fazer isso, é claro.

Eu temia que a pobre Margaret jamais tivesse a filha de volta.

— O que você sabe sobre Abdulbaset Al'Omary? — perguntei. — Onde ele trabalha? Onde ele mora?

— Bem, Margaret nunca esteve na Arábia Saudita e não tem ideia do lugar onde o ex-marido mora. Ele se formou na Universidade Estadual do Arkansas, de modo que está qualificado para ensinar programação de computadores. Mas, como faz pouco tempo que Abdulbaset retornou à Arábia Saudita, Margaret não tem ideia se já arranjou emprego.

— Humm... — resmunguei, preocupada.

Eu faria o máximo para encontrar um jeito de ajudar. Se pelo menos conseguisse um telefone ou endereço!

— Anne, não posso resgatar essa criança. Você sabe disso. Mas se a mãe puder providenciar fotografias de Heidi e do pai, vou fazer o possível para localizá-la. Mas não deixe que sua amiga tenha muita esperança, por favor.

— Eu tenho uma fotografia recente de Heidi — disse Anne. — Mas preciso telefonar para Margaret e pedir-lhe uma foto do pai.

— A atitude covarde e mesquinha desse homem envergonha todos os sauditas e todos os muçulmanos — murmurei.

— Bem, Margaret me disse que Adbulbaset se declara um muçulmano devoto.

— Acredite, Anne, nenhum muçulmano realmente bom iria roubar uma criança da mãe — garanti eu, zangada.

Antes de terminarmos a conversa, Anne prometeu que mandaria para o Plaza Hotel toda e qualquer informação adicional que conseguisse sobre o caso.

Suspirei profundamente, atormentada por visões deprimentes da pequena Heidi, que deveria estar sofrendo muito por se ver em um país desconhecido e tão longe da mãe.

Minha tristeza logo se transformou em uma raiva que cresceu até o ponto de eu ter de cair em mim e perceber que começava a odiar todos os homens, sem razão.

Quando Karim retornou a nossa suíte no hotel, recusei-me a responder suas perguntas sobre minhas compras do dia. Surpreso e confuso com meu mau humor, ele insistiu nas perguntas, até que explodi:

— Você e todos os outros homens da Terra deveriam ser açoitados, Karim!

O queixo do meu marido quase caiu, e a expressão cômica que se desenhou em seu rosto por fim me convenceu a contar-lhe o motivo de minha revolta e de minha tristeza.

— Telefonei para Anne.

Os lábios dele se contraíram.

— E daí?

Apesar de Karim gostar de Anne, ele a considerava uma mulher que preferia escalar um muro a passar pelo portão destrancado. Mas eu sabia que a obstinação de Anne vinha do seu sincero desejo de ajudar as pessoas, e por isso não apenas gosto muito dela como também a admiro.

Então contei a Karim os detalhes da conversa que tivera com minha amiga. A reação dele foi exatamente a que eu previa. Mesmo sendo mais simpático às causas feministas do que a maioria dos homens árabes, ele reluta em perder tempo com problemas que acredita não terem solução.

— Sultana, quando você vai aprender que é *impossível* para uma mulher resolver os problemas de *todas* as outras mulheres?

— É por isso que precisamos da ajuda dos homens. Homens são poder!

Karim balançou a cabeça com ar profundamente determinado.

— Recuso-me a me envolver nessa situação, Sultana. Trata-se de um assunto pessoal que deve ser resolvido pelos membros da família.

Não consegui mais conter, nem por um segundo, o impulso de agredir meu marido! Dei um pontapé na perna dele, mas errei. Rindo, Karim me segurou e puxou-me para bem junto de si.

Comecei a chorar. Sem a ajuda dos homens, como nós, mulheres, poderemos sequer tentar mudar o curso de nossa própria vida? Os homens têm todo o poder político nas mãos!

Com a evidente intenção de mudar o curso daquela noite, Karim começou a beijar meu rosto.

—Você tem ombros tão delicados, amor — murmurou ao meu ouvido —, mas insiste em carregar neles todos os pesados problemas que afligem as mulheres.

Eu me recusei a falar, e Karim estudou meu rosto com cuidado antes de dizer:

— Querida, tenho um presente especial para você. Estava guardando para mais tarde, porém acho que este é o momento apropriado.

Resisti à tentativa de Karim de beijar meus lábios, e não estava interessada em outro presente caro.

— Não é o que você está pensando, querida. — Ele fez uma pausa, então acrescentou: — Escrevi um poema para você.

Inclinei-me para trás, surpresa.

Nós, árabes, somos "pessoas de ouvir" em vez de "pessoas de ler" e temos tendência a expressar nossas emoções mais profundas compondo poemas e os dizendo em voz alta.

No entanto eu sempre soube que Karim é um dos poucos árabes que conheço que raramente colocam seus pensamentos e emoções em poesias. Meu marido tem uma mente analítica, o que atribuo ao seu treinamento de advogado.

Com delicadeza, ele me levou até uma poltrona.

— Sente-se, querida.

Sentei-me.

Meu marido apoiou um joelho no chão, segurou minhas mãos e manteve os olhos fixos nos meus. Sua voz forte e clara desceu de volume, tornando-se quase um sussurro.

Você vai primeiro.
Passe pela porta antes de mim.
Entre na limusine, enquanto espero para me colocar a seu lado.
Percorra as lojas, enquanto vou atrás, para protegê-la.
Sente-se à mesa antes de mim.
Por favor, prove as comidas deliciosas enquanto fico sentado em silêncio.
Quero que você vá primeiro em cada ocasião na vida terrena.
Apenas uma única vez eu é que irei primeiro,
E esse será meu último momento.
Quando a morte nos chamar, você irá por último.
Porque não posso viver sequer um segundo sem você.

Karim beijou minhas mãos.

Tomada pela emoção, não consegui falar. Por fim, balbuciei:

— Karim, essa foi a coisa mais linda que você já me disse. Acaba de colocar a meus pés o presente mais maravilhoso que jamais poderia me dar. Um cesto repleto de diamantes não me daria tanta felicidade.

As sobrancelhas de meu marido se arquearam, demonstrando surpresa.

—Verdade? Cuidado com o que diz, Sultana, porque eu poderei dar o cesto de diamantes para os mendigos.

Sorri, e sua mão acariciou-me o rosto.

— Agora, esposa, diga-me: você se divertiu nas compras de hoje?

Naquele instante senti uma ponta de culpa. Sou realmente uma mulher de sorte por ter um marido que procura satisfazer cada um dos meus desejos.

— Claro, querido. Foi muito bom. Comprei muitas coisas adoráveis. Nenhum homem que eu conheço é mais generoso com a família do que você.

Minhas palavras agradaram muito ao meu marido.

Para os maridos sauditas é motivo de grande orgulho terem a possibilidade de comprar tudo que suas esposas e filhos possam desejar. Há uma acirrada competição entre os homens da família Al Saud em que cada um tenta superar os outros comprando os ornamentos mais raros, os objetos mais caros e as propriedades mais valiosas para suas famílias.

Mas, secretamente, as coisas caríssimas que o dinheiro pode comprar estavam deixando de me trazer alegria ou felicidade.

No passado eu procurava consolo para minhas decepções comprando artigos caros e belos. Mas algo havia mudado. Havia algum tempo eu vinha percebendo que surtos de consumismo iguais ao que tomara conta de mim naquele dia já não me davam o consolo emocional de que tanto precisava.

O que acontecia comigo? Será que estava ficando como Maísa? Uma mudança de personalidade daquele tipo iria destruir tudo que era familiar em nossa vida. Com certeza Karim não saberia como reagir diante de uma mulher que perdera o encantamento por joias caras e belas roupas; e eu não queria que se erguesse uma barreira entre nós dois. A qualquer momento teria de contar a meu marido sobre a estranha e nova sensibilidade que se desenvolvera em mim. Mas não naquele dia. Estávamos ambos exaustos.

Karim continuou preocupado com minha depressão e, como estaria ocupado com reuniões de trabalho, pediu a Sara que ficasse atenta a mim pelo resto da viagem.

Minha irmã insistiu para que fôssemos conhecer tudo que a cidade de Nova York tinha para oferecer, e foi o que fizemos. Vimos duas peças na Broadway, visitamos o Museu Americano de História Natural e o Museu Guggenheim, jantamos em alguns dos restaurantes mais finos do mundo, Le Bernardin, Le Cirque, Lutece e The Quilted Giraffe.

No dia anterior à nossa partida de Nova York, recebi um envelope enviado por minha amiga Anne. Abri-o e examinei com cuidado o conteúdo. Fiquei satisfeita em ver uma fotografia colorida da pequena Heidi. Era uma menina muito bonita, com um amplo sorriso. Havia também várias páginas datilografadas com informações, incluindo fatos sobre outras crianças pequenas roubadas de suas mães americanas por pais sauditas e retiradas do país sem permissão. Fiquei chocada ao saber que mais de dez mil crianças, e cerca de duas mil delas americanas, haviam sido tiradas ilegalmente de mães não árabes pelos pais sauditas e agora viviam na Arábia Saudita.

Chorei ao ler as histórias individuais das crianças pequenas, que não viam as mães havia anos. A dor de perder um filho era pior do que qualquer outra; disso eu estava certa.

Continuando a examinar o material, deparei com a fotografia do pai de Heidi, Abdulbaset Al'Omary. Fisicamente até que era um homem com certos atrativos, mas não vi nada nele que me causasse admiração, uma vez que sabia de seu comportamento.

Se eu conseguisse pelo menos encontrar aquele homem! Poderia implorar-lhe que devolvesse a menina para a mãe. Infelizmente, Margaret McClain não tivera sucesso nos esforços para descobrir um endereço ou telefone dele, e minhas chances de encontrar Heidi eram muito pequenas.

Quando saí de Nova York, sentia-me melancólica, e meu humor se manteve sombrio durante a viagem com minha família e amigos em nosso avião particular. Sem conseguir participar da atmosfera jovial, fui me sentar em uma poltrona distante de todos.

Sara de vez em quando me olhava de forma protetora e preocupada, porém não tentou me fazer participar do grupo das mulheres. Huda estava empenhada em uma longa narrativa sobre um prato especial que tinha experimentado no Bouley's, um dos mais finos restaurantes franceses de Nova York. Minha irmã sabia que eu considerava cada vez mais desagradável a absurda obsessão dessa nossa prima por comida.

Mesmo ao alcance das vozes animadas de minhas companheiras de viagem, perdi-me em pensamentos tristes sobre as crianças roubadas de suas mães.

A cada momento lembrava-me de Heidi. Que futuro esperava por aquela pequena solitária?

Pelo que eu lera a respeito do pai de Heidi, sabia que a pobre menina seria criada em uma das mais estritas casas muçulmanas. Em pouco tempo teria de usar o véu, pois no meu país muitas meninas muçulmanas são forçadas a usá-lo mesmo antes de alcançar a puberdade. Depois do véu, Heidi sem dúvida seria conduzida a um casamento arranjado com um homem que jamais teria visto antes da chocante primeira noite no leito de núpcias.

Tentei dormir, mas meu sono foi agitado. Depois que passei algumas horas me revirando de um lado para outro na poltrona desconfortável, Sara veio me dizer que estava quase na hora de pousar. Iríamos passar a noite em Londres e depois seguiríamos para a Arábia Saudita.

Se eu soubesse que durante nossa breve estada na Inglaterra seríamos humilhadas pela estrondosa cobertura da imprensa sobre um caso legal na Arábia Saudita, eu teria implorado a Karim que cancelasse o pouso em Londres e que nossos pilotos nos levassem diretamente a Paris.

Decapitada

◆ ◆

Ao chegarmos ao aeroporto de Londres fomos recebidos por chocantes manchetes nos jornais. As palavras mais evidentes eram "Arábia Saudita" e "decapitações".
— O que está havendo? — perguntei a Karim, preocupada com nossa família.
Ele me respondeu em voz baixa, enquanto nos conduzia pelo aeroporto:
— É o caso das duas enfermeiras britânicas. Parece que elas foram consideradas culpadas de assassinato.
— Ah, sim.
No mesmo instante me lembrei do incidente que vinha atraindo tanta atenção no exterior. A história começara cerca de um ano antes, quando duas enfermeiras britânicas, Deborah Parry e Lucille McLauchlan, haviam sido presas na Arábia Saudita por suspeita do assassinato de Yvonne Gilford, uma enfermeira australiana. E durante o tempo em que estivemos em Nova York uma corte saudita considerara as duas culpadas pelo assassinato. Os britânicos aboliram a pena capital faz muito tempo, mas na Arábia Saudita os assassinos condenados

ainda recebem pena de morte; portanto, acabávamos de chegar a um país evidentemente muito perturbado pela ideia de que duas de suas cidadãs seriam decapitadas pela espada de um carrasco da Arábia Saudita!

Um forte arrepio me percorreu inteira. Apesar de concordar em que o crime de assassinato requer uma punição severa, sempre considerei a ideia de decapitar alguém totalmente horrível! De fato, muita gente acha primitivo e chocante nosso sistema muçulmano de justiça. A lei islâmica, ou Sharia, reúne os fundamentos da lei civil e criminal da Arábia Saudita. O Corão, livro sagrado do Islã, e a Sunah, que reúne exemplos dos feitos e comandos do profeta Maomé, são as bases da Sharia. E, ao contrário das leis de muitos países ocidentais, a Sharia coloca os direitos da sociedade acima dos direitos dos indivíduos.

As punições por quebrar as leis islâmicas são rápidas e severas. Assassinos e estupradores condenados são decapitados, adúlteras são apedrejadas até a morte e ladrões têm a mão direita amputada. Outras penalidades incluem multas, açoitamento público e encarceramento, que é o mais aceito universalmente. Essas punições severas podem parecer brutais, contudo a maioria dos países muçulmanos tem índices criminais mais baixos do que muitos outros países.

Saber que todo o sistema de justiça da Arábia Saudita estava sob o escrutínio da mídia britânica fez nosso grupo ficar anormalmente quieto enquanto nos dirigíamos de carro para o centro de Londres.

Depois de chegarmos ao nosso apartamento em Knightsbridge, Karim e Asad foram para a Embaixada da Arábia Saudita a fim de se informarem sobre o que estava acontecendo. Assim que terminamos de nos instalar, nós, mulheres, voltamos a atenção para os jornais que Karim havia comprado no aeroporto.

Estremeci ao ler as primeiras páginas, repletas de relatos do que aquelas duas enfermeiras britânicas estavam passando. Cada aspecto do sistema judicial saudita era explicado e execrado. Aqueles jornais pareciam estar ultrajados acima de tudo pela ideia de que a nossa sociedade "primitiva" permitia que as famílias das vítimas de assassinato tivessem voz ativa a respeito da punição dos condenados.

Em nossa terra, se for cometido um assassinato a família da vítima tem o direito de exigir que o assassino seja morto da mesma maneira ou de qualquer outro modo que prefira. Já houve casos de famílias sauditas escolherem que o criminoso fosse morto da mesma forma que seu parente havia morrido; por exemplo, sendo esfaqueado até a morte ou atropelado por um carro. No entanto, a maioria dos sauditas aceita a sentença padrão de morte por decapitação.

A família das vítimas tem uma segunda opção, que é a de receber uma soma em dinheiro e concordar em que a vida do assassino seja preservada. No passado, era costume usarem-se camelos como forma de pagamento, mas atualmente ele é feito em riais ou em dólares. Há valores estabelecidos, de acordo com as circunstâncias, em uma escala que vai de 120 mil a 300 mil riais sauditas (de 45 mil a 80 mil dólares). É claro que, se a vítima for mulher, o valor é metade daquele pago por um homem.

Nesse caso, as duas enfermeiras foram consideradas culpadas de assassinar uma terceira mulher. Estava sendo noticiado nos jornais britânicos que a família da vítima havia sido consultada para saber se aceitava o pagamento, como permite a lei saudita, apesar de a família viver na Austrália. Parece que o irmão da enfermeira assassinada, Frank Gilford, sentiu-se ultrajado com a ideia de que poderia ser estabelecido um preço pela vida da irmã e, zangado, recusou a oferta.

Concordei com Frank Gilford. Eu também recusaria o pagamento. Como alguém pode estabelecer preço pela vida de uma pessoa? Se pelo menos os homens sauditas tivessem o mesmo nível de amor e estima por suas mulheres que os homens ocidentais têm pelas deles, pensei. E ao avaliar a reação de Frank Gilford veio-me à lembrança um fato real ocorrido recentemente na Arábia Saudita.

Essa história de que me lembrei aconteceu quando um estrangeiro bêbado bateu com seu carro em outro automóvel em que havia mulheres sauditas e matou duas delas. Dois crimes sérios haviam sido cometidos naquele caso: consumo de álcool e assassinato; portanto, o estrangeiro foi imediatamente levado para a prisão. Sem dúvida aquele homem seria condenado à morte, de acordo com as leis estritas da minha terra. Sua única esperança seria a de convencer o marido das mulheres mortas a concordar em aceitar dinheiro. Senão ele seria decapitado.

Apesar de muitos outros casos similares ocorridos em meu país terem demonstrado que a maioria dos sauditas prefere o "olho por olho", o advogado do acusado preparou um apelo oferecendo o dinheiro.

No dia da audiência, ninguém ficou mais chocado com a reação do marido das duas mulheres mortas do que o estrangeiro e seu advogado. Ele se levantou diante do juiz e declarou:

— Meritíssimo, peço que o prisioneiro seja libertado. Não quero a morte nem o dinheiro dele. Minhas duas mulheres que morreram foram esposas que tomei na juventude, e já estavam velhas demais para servir para qualquer coisa. — O homem ergueu os olhos para o réu e sorriu. — Estou feliz por me ver livre delas, pois agora posso substituí-las por duas esposas mais jovens.

Segundo a lei, o juiz saudita não tinha alternativa senão libertar aquele estrangeiro de sorte. Relatou-se depois que, ainda por cima, o marido foi agradecer ao estrangeiro, dizendo que ele queria se divorciar das esposas fazia muito tempo mas que não queria gastar dinheiro!

Mais uma vez considerei a boa sorte das mulheres de outros países. Ser valorizada e estimada é algo além das expectativas de muitas mulheres da Arábia Saudita.

Minha atenção voltou-se novamente para o destino das enfermeiras britânicas. Agora que tinham sido condenadas, e com a ameaça da execução, o interesse público estava no auge. Apesar de muitas mulheres muçulmanas terem sido decapitadas em meu país, nunca uma mulher de um país ocidental havia sofrido esse destino cruel.

A tensão crescia entre os governos da Arábia Saudita e da Grã-Bretanha. Os britânicos estavam chocados com a possibilidade de as duas mulheres conterrâneas virem a ter a cabeça cortada pelas mãos de um carrasco saudita, e os sauditas estavam furiosos com as críticas britânicas a seu sistema judiciário.

Huda interrompeu meus pensamentos quando abaixou o jornal que lia.

— Os ingleses não deveriam reclamar do nosso método saudita de pena capital. Said Al Saiaf, o carrasco oficial, é muito habilidoso no manejo da espada. Certa vez meu marido testemunhou uma decapitação e falou muito bem do trabalho de Said. Essas mulheres britânicas até que têm sorte por virem a ser executadas por um carrasco com tanta prática. — Ela emitiu um estalo com a língua.— Num instante estarão com a cabeça, e no instante seguinte não a terão mais. Não vão sofrer a mínima dor.

Sara olhou horrorizada para nossa prima.

Com a mão no pescoço, fiquei ali paralisada. Eu também conhecia algo sobre o carrasco Said Al Saiaf, pois o havia visto alguns anos antes sendo entrevistado pela televisão saudita. Nunca o esqueci. Os modos joviais de Said não revelavam seu trabalho terrível, e eu jamais iria me esquecer de suas palavras assustadoras. Ele é funcionário do Ministério do Interior. Carrasco desde jovem, usou a espada muitas vezes, e agora está treinando um dos filhos para ficar em seu lugar! Ele disse que utiliza para as decapitações uma espada especial que ganhou do príncipe Ahmad bin Abdul Aziz Al Saud.

Said também realiza punições de crimes menores, tais como roubo. Lembro-me de ele ter explicado que usa facas muito afiadas para cortar a mão de ladrões, já que seria difícil acertar com uma arma grande como uma espada o ponto exato em um alvo pequeno como um pulso!

Durante a entrevista Said disse, rindo, que preferia cortar cabeças a cortar mãos. Também disse que estava desapontado porque a economia crescente da Arábia Saudita tinha feito diminuir o número de crimes. Havia tão poucos criminosos para mantê-lo ocupado! Então ele comentou algumas de suas decapitações mais memoráveis. E é claro que, depois de cortar mais de seiscentas cabeças e sessenta mãos, tinha muitas histórias para contar.

A história mais horrível, que não pude esquecer, envolvia dois homens condenados. Eram parceiros num crime e deveriam ser executados juntos. Isso aconteceu antes de ser instaurado o procedimento atual de cobrir os olhos do condenado. Como resultado, o que deveria ser executado em segundo lugar viu a espada de Said cortar o pescoço do amigo e a cabeça cortada cair a seus pés. Aterrorizado, ele olhou para cima, viu que Said estava erguendo a espada para atingi-lo e desabou no chão, desacordado. O médico que o examinou declarou que seu coração havia parado. Quando o corpo do amigo foi levado para ser enterrado, o homem desfalecido acordou. O carrasco foi chamado de volta e o condenado implorou para ser poupado.

Nunca me esquecerei da expressão malvada no rosto do carrasco quando ele riu, lembrando-se daquele que deveria ter sido um de seus melhores dias. Claro que Said jamais iria atender ao pedido, e o homem foi decapitado imediatamente.

Huda tornou a se manifestar:

— É evidente que essas duas britânicas são culpadas de assassinato. Elas devem pagar pelo crime que cometeram contra Alá.

Sara, com seu bom coração, olhou para a prima sem poder acreditar.

— Oh, Huda! Você não quis mesmo dizer isso.

— E por que não? Se um cidadão saudita comete um crime na Inglaterra, ou nos Estados Unidos, ele não é forçado a responder pelo que fez? — Huda estalou os dedos. — Nossas leis muçulmanas não significam nada?

Maísa sacudiu o jornal que tinha nas mãos e interferiu:

— Você não leu a reportagem, Huda? Talvez essas mulheres sejam inocentes. Diz aqui que elas foram torturadas pelos policiais sauditas, e você sabe que essas coisas acontecem.

Huda voltou-se para ela com a cara feia.

— Não seja tão ingênua, Maísa! É claro que as enfermeiras cometeram o crime! Elas foram consideradas culpadas em uma corte saudita! E o que mais um estrangeiro criminoso alegaria, além de brutalidade policial? É um truque tipicamente ocidental para escapar da punição! — Ela se levantou, ajeitou o vestido e concluiu: — Tanta conversa me deixou com fome. Acho que vou pedir para a cozinheira de Sultana preparar esta nova receita que descobri em Nova York.

A antipatia que eu tinha por Huda, que até então mantivera escondida, estava a ponto de se revelar. Falei alto o bastante para ela ouvir:

— Parece que essa gulosa tem um apetite tão insaciável por sangue quanto por comida!

Ela se apoiou na parede, como se estivesse sentindo dores no peito, mas podíamos ver que fingia. Ainda assim, Sara e Maísa foram ajudá-la. Enquanto as duas a levavam para fora da sala, Huda gritou que estava tendo um ataque cardíaco e que alguém deveria ligar para seu marido, pedindo-lhe que preparasse o funeral!

Nossas criadas ficaram assustadas, mas eu as tranquilizei.

— Não se preocupem. Apesar de Huda estar destinada a morrer de ataque cardíaco, isso não irá acontecer por causa do que eu disse. O destino final dessa minha prima está diretamente relacionado com as grossas camadas de gordura que se formaram ao redor do coração dela.

As criadas começaram a rir. Apesar de estar acima do peso, Huda era a mulher mais saudável de nossa grande família Al Saud e bem conhecida por sua dramaticidade. Desde menina ela vivia fingindo ter ataques cardíacos. Mas era provável, assegurei a minhas companheiras, que Huda ainda viesse a saborear muitos pratos deliciosos antes de ouvir o chamado final de Deus.

Ainda sorrindo, fui à cozinha instruir Jada, nossa cozinheira e governanta, para nos preparar o jantar. Com surpresa, descobri que ela já havia preparado um pequeno festim: salada de berinjela, sopa de lentilha, *pilaw*, *kufta* e *shish kabob*. Vi que a adorável moça havia até feito pão árabe para nos agradar.

— Estou tão feliz que esteja aqui, senhora — disse ela, ajeitando a comida em bandejas. — Às vezes me sinto tão solitária! — acrescentou com suavidade.

Descobri-me pensando na vida de Jada e admiti que sabia muito pouco sobre a jovem. No ano anterior, numa das viagens que fizera sozinho à Inglaterra, Karim descobrira que a governanta de nossa residência inglesa e um de nossos motoristas estavam envolvidos em um caso ilícito. Como ambos eram casados com outras pessoas, meu marido os despediu e os enviou de volta para os respectivos cônjuges. Foi nessa ocasião que contratou Jada.

Lembrei-me, então, de Karim dizendo que ela havia chorado muito quando lhe pedira um emprego; ela se propôs a trabalhar como criada e como cozinheira. Contara que vinha de uma família egípcia pobre e precisava trabalhar para pagar o estudo de um irmão mais velho numa faculdade. Apesar de ela não ter nenhuma referência, Karim sentiu que era uma boa pessoa e a contratou imediatamente.

Alguém me contou que os pais de Jada haviam emigrado do Egito anos antes. Como ele não conseguira trabalho adequado em Londres, a possibilidade de um emprego como operário fizera com que a família fosse para a cidade de Manchester. Depois que passou a morar em Londres, ela, que era solteira, raramente visitava a família. Como Karim e eu não ocupávamos nossa casa na capital inglesa mais do que uma ou duas vezes por ano, sei que ela devia passar longos e aborrecidos meses com pouca atividade para preencher os dias.

Olhando para o rosto jovem, imaginei que Jada não fosse muito mais velha que minha filha mais nova, Amani. Ainda assim, comportava-se como uma mulher madura, enquanto Amani costumava agir como criança. Riqueza e privilégios muitas vezes fazem aparecer atributos nada agradáveis, pensei comigo mesma. E, devo admitir, isso se aplica também a mim.

Comecei a conversar com nossa empregada amigavelmente e, com perguntas gentis, descobri que ela havia sido excelente aluna na escola e sempre sonhara tornar-se médica. Sua maior ambição era voltar para o Egito e cuidar de mulheres grávidas nas aldeias pequenas, para ajudar a diminuir a alta mortalidade infantil do país e combater a prática da circuncisão feminina.

Recentemente houvera muita agitação internacional por causa do costume no Egito de realizar a circuncisão feminina, ou clitoridotomia, e Jada queria colaborar na educação das mulheres de sua terra para que abandonassem esse costume bárbaro.

— Essa é uma causa admirável — aprovei-a, enquanto meus pensamentos recuavam no tempo. E contei-lhe: — A neta de Fátima, nossa governanta no Egito, foi forçada a realizar essa prática brutal. E o mais inacreditável foi que a própria mãe da criança, Elham, insistiu para que esse ritual desumano fosse realizado!

Suspirei pesadamente. Só de me lembrar daquele fato eu ficava deprimida.

— Fui com Fátima tentar convencer Elham a não submeter a filha a tal mutilação perigosa — prossegui. — Mas ela acreditava de verdade que a religião requer que as mulheres sejam circuncidadas e que a filha não deveria desafiar as leis religiosas. Concordo que educar as mulheres seja a única forma de terminar com esse hábito assustador.

— As mulheres precisam aprender a questionar a autoridade — disse Jada. — Se isso não acontecer, vão continuar acreditando em tudo que os pais e maridos lhes disserem.

Assenti:

— Isso é uma grande verdade.

Em vista de suas aspirações, fiquei surpresa por saber que Jada não sentia animosidade pelo fato de seu salário inteiro ser utilizado nos estudos do irmão. Ela ficava apenas com algumas libras por mês.

— Assim que meu irmão se formar — disse, sorrindo —, vou pedir-lhe que pague meus estudos.

A adorável moça tinha certeza de que seus sonhos se tornariam realidade e de que o irmão iria ajudá-la a realizá-los do mesmo modo que ela, tão sem egoísmo, o ajudava a realizar o dele.

Fiquei fascinada olhando para ela, porque sabia muito bem que se tivesse passado pela mesma situação com meu irmão Ali, teria preferido fazer uma fogueira com meu dinheiro a entregá-lo a ele. Infelizmente eu desconfiava que o sonho de Jada nunca seria realizado, pois assim que se formasse provavelmente ele iria se casar. Então as necessidades da esposa e dos filhos teriam precedência sobre as da irmã.

Quando saí da cozinha, pensei em Afaaf e Hussah. E mais uma vez renovou-se a angústia que sempre me tortura quando penso na forma como as necessidades e os desejos das mulheres árabes são colocados depois dos desejos dos homens árabes. Há uma verdade terrível que permeia as culturas muçulmanas — uma verdade que poucos muçulmanos admitem que existe. Em cada sociedade árabe ou muçulmana, a vida das mulheres é como cera macia, que os homens podem retorcer, amassar e moldar de acordo com suas crenças e desejos individuais.

Como Karim e Asad retornaram da Embaixada Saudita muito tarde da noite, nós mulheres saboreamos sozinhas o festim preparado por Jada. Huda, ainda brava com meus comentários, jantou sozinha em seu quarto. Todas nós estávamos cansadas da viagem e fomos dormir assim que terminamos o jantar.

Na manhã seguinte voltamos ao aeroporto a fim de prosseguir a viagem de volta à Arábia Saudita. Tínhamos estado fora do reino por apenas oito dias, mas, não sei por quê, parecia um tempo interminável para mim.

Nosso avião pousou em Jidá, porque Maísa e Huda moravam nessa cidade. O planejado era passarmos alguns dias lá antes de seguir para Riad, e isso me afligia: desde que ouvira a trágica história de Heidi eu estava ansiosa para abraçar Maha e Amani.

Naquela noite, antes de nos retirarmos para nossos aposentos particulares no palácio de Jidá, Karim e eu relaxamos com alguns coquetéis. O tema da nossa conversa foi a crise atual entre a Arábia Saudita e a Inglaterra. Apesar de eu tentar mudar de assunto algumas vezes, Karim estava com muita raiva por nosso país estar sendo criticado por seguir suas próprias leis — leis que mantinham o nível criminal do nosso país muito mais baixo do que em vários outros países do mundo.

Toda aquela conversa sobre pena de morte perturbou-me mais do que o habitual, em especial porque Karim comparou com minuciosos detalhes a bárbara crueldade dos métodos da pena capital dos americanos — tais como a cadeira elétrica e a câmara de gás — com o método mais humano e rápido da decapitação.

Momentos depois de nos deitarmos, meu marido mergulhou em um sono profundo. Eu, ao contrário, fiquei virando de um lado para outro durante horas.

Não entendo por quê, não me saía da cabeça o destino trágico de um jovem chamado Abdulah Al'Hadhaif, uma história bem conhecida por todos na Arábia Saudita. Em agosto de 1995 Abdulah Al'Hadhaif, com apenas 33 anos na época e pai de seis crianças pequenas, foi executado por ordens do governo saudita. Junto com vários outros sauditas, Abdulah, seus dois irmãos e o pai haviam sido presos por crimes políticos que envolviam conduta pessoal ofensiva ao nosso governo, tal como fazer discursos nas mesquitas, além de distribuir panfletos e gravações em fitas banidas por nosso governo.

Dizia-se que o velho pai de Abdulah foi torturado enquanto estava na prisão e que as torturas haviam sido tão brutais que provocaram-lhe um ataque cardíaco que o levou à morte. Naturalmente, aquilo enfureceu os filhos do velho Al'Hadhaif e ainda mais o sensível Abdulah. Quando foi solto da prisão, ele saiu à procura do policial que havia torturado seu pai. Assim que descobriu a identidade do homem, vingou-se jogando um recipiente com ácido no homem. O policial ficou muito ferido, mas não morreu e pôde identificar quem o atacara.

Mais uma vez Abdulah foi jogado na prisão. Toda a raiva das autoridades sauditas contra aqueles que protestavam concentrou-se naquele único homem. Amigos e a família de Abdulah contam que ele foi brutalmente torturado para que confessasse. Muitos dizem que foi mergulhado em líquido corrosivo, para vingar o policial que atacara. Suas entranhas foram infladas pelo ânus, e o infernizaram dizendo-lhe que sua querida mãe e a preciosa esposa seriam sexualmente violentadas na presença dele.

Ainda assim, Abdulah Al'Hadhaif recusou-se a assinar a confissão. A fúria dos torturadores aumentou com a resistência. Um relato diz que o prisioneiro foi pendurado como uma ovelha abatida, com a cabeça amarrada entre as pernas, e apanhou tanto que ficou paralisado da cintura para baixo.

Sou obrigada a admitir que os homens de minha família podem mesmo chegar a ser muito cruéis! O sofrimento de Abdulah só terminou quando o decapitaram.

Fico imaginando quais teriam sido os pensamentos finais daquele homem torturado. Será que ele sentiu medo e tristeza com a ideia de que não iria viver para criar os seis filhos? Ou a proximidade da morte lhe teria trazido alívio por ser o término da agonia sofrida naqueles últimos dias? Só Deus sabe a resposta para essas perguntas.

Muitas outras imagens aflitivas passaram a desfilar pela minha mente. Fiquei certa de que a pequenina Heidi estava passando muitas horas infelizes chorando e chamando a mãe. A pobre Afaaf estava sozinha no mundo. E Hussah pertencia legalmente a um homem cruel, assim como minha sobrinha Munira.

Incapaz de dormir, levantei-me e fui preparar uma mistura de rum com Coca-Cola. Decidira que a única coisa que me ajudaria era beber até dormir.

E, assim, iniciou-se uma longa noite de bebedeira. Fiquei tão bêbada que quando fui ao banheiro para esconder uma garrafa vazia, tropecei na camisola comprida e colidi com um vaso. Avancei para segurá-lo antes que caísse, mas o álcool havia tornado meus movimentos lentos, e o vaso quebrou-se ao bater na parede. Na quietude da noite, o barulho da porcelana se estilhaçando foi ensurdecedor.

Quando Karim saltou da cama, alarmado, não consegui coordenar cérebro e língua para falar em minha defesa! Ele percebeu no mesmo instante que eu estava tão bêbada que não conseguia falar sem embaralhar as palavras. Gritou, chocado:

— Sultana!

— Oh, Alá — murmurei para mim mesma. — Meus pecados foram descobertos!

Não me lembro de mais nada depois disso, porque apaguei e finalmente me livrei das imagens horríveis que tentara afogar com a bebida.

Meu segredo revelado

◆ ◆

Fiquei por várias horas no reino misterioso da escuridão que se instala quando a mente se fecha; nele nenhuma informação, velha ou nova, é processada. Não fui sobrecarregada com tristezas nem acalmada por sonhos agradáveis. Meu breve retiro da realidade não podia durar, mas tive a dádiva daquele estado sem sonho nem consciência até na manhã seguinte, quando os sons da casa fizeram com que eu acordasse.

Quando finalmente abri os olhos sob a luz forte, a primeira imagem que vi foi o rosto de Karim. De súbito, fui atingida pela lembrança dele acordando e descobrindo a esposa bêbada. Na esperança de redimir o desastre da noite anterior com um milagre, fechei os olhos e rezei a Deus pedindo que o fato ocorrido na noite anterior não tivesse mesmo acontecido, que fosse apenas um pesadelo.

Quando olhei novamente para o semblante de meu marido, soube que Deus não havia atendido a minha prece. Os olhos tristes dele acabaram com qualquer esperança de que meu segredo houvesse permanecido intocado. Sem que ele pronunciasse uma só palavra, sua expressão me disse que Karim sabia que eu tinha um sério problema com o álcool.

Sua voz clara soou enganadoramente calma:

— Sultana, como está se sentindo?

Eu sabia muito bem que meu futuro havia sido alterado para sempre, pois sem dúvida, daquele dia em diante, meu destino passaria a ser o de uma mulher desprezada e divorciada. Fiquei tão horrorizada com essa ideia que não consegui falar.

— Sultana?

— Não estou muito bem, marido — balbuciei.

Karim assentiu.

Olhamos um para o outro por um longo tempo, sem falar. Nenhum de nós tinha coragem de tentar estabelecer uma conversa.

Depois de alguns minutos de silêncio, minha presença de espírito foi retornando. Lembrei-me depressa de que não tinha ideia de quanto exatamente Karim sabia sobre meu hábito de beber. Talvez eu devesse considerar a sabedoria daquele provérbio árabe: "Sua língua é como o seu cavalo, se a deixar solta ela vai traí-lo".

Agarrei-me à esperança de que Karim acreditasse que aquele meu estado de bebedeira não passasse de uma simples ocorrência casual. Afinal de contas, durante nosso tempo de casados havíamos bebido juntos inúmeras vezes, e ele nunca dissera uma palavra sequer contra esse fato.

— Temos muito que falar, Sultana.

Permaneci quieta.

Meu marido abaixou a cabeça, passou a mão pelos olhos e respirou fundo.

— Eu não dormi a noite toda — disse, e com um bocejo cansado fitou-me outra vez. — Fiquei imaginando como você conseguiu esconder de mim, e por tanto tempo, esse problema com a bebida.

Perguntei, ainda muito insegura:

— Problema com a bebida?

Ignorando a pergunta, Karim continuou a me fitar ao dizer suavemente palavras que eu não queria ouvir.

— Por favor, não desperdice nosso tempo tentando provar sua inocência, já que é claramente culpada. Estive conversando com Sara. Sei que você costuma beber sem moderação sempre que estou fora.

Não fazia sentido tentar negar. Pelo seu olhar angustiado, percebi que Karim sabia a verdade. Meu peito se contraiu com a dor causada por esse pensamento.

Comecei a chorar.

— Nada vai ser como antes... nunca mais — balbuciei, retorcendo as mãos.

Já estava imaginando os falatórios cruéis a meu respeito que se espalhariam rapidamente pela grande família Al Saud. Minha reputação ficaria arruinada para sempre!

— Você chora como uma criança pelo que não pode defender como mulher?

As palavras de Karim me atingiram como uma adaga bem afiada, mas não consegui parar de chorar. O pior havia acontecido! Minha necessidade desesperada de álcool tinha sido descoberta, e eu estava de fato perdida. Meu marido iria se divorciar de mim. Meus filhos seriam humilhados pelo escândalo. Meu odioso irmão, Ali, ficaria deliciado ao ver minha vida dar uma violenta reviravolta para pior. E meu elusivo pai se sentiria mais justificado do que nunca por não gostar da filha mais nova, nascida de sua primeira esposa, Fadila. Passei a soluçar alto, e meu choro suavizou o coração de Karim. Ele se levantou, aproximou-se, sentou-se na beira da cama e procurou afastar os longos cabelos que me cobriam o rosto.

— Querida, não estou bravo com você — disse. — Estou bravo comigo mesmo.

Confusa, ergui os olhos para ele.

— Por que está bravo consigo mesmo?

— Não consegui ver o que estava diante de meus olhos...

— Ele enxugou as lágrimas de meu rosto. — Se não estivesse tão preocupado com os negócios, teria percebido seu problema há muito tempo. Desculpe-me, Sultana.

Uma profunda tranquilidade fez meu corpo descontrair. Karim estava disposto a carregar meu problema nos próprios ombros. Ele acusava a si mesmo e não a mim. Eu estava salva, mais uma vez!

Aliviada com a chance que surgia, concordei rapidamente com ele e tive o impulso de lhe dizer que sim, que ele andara mesmo preocupado demais com os negócios. Que havia negligenciado a mim, sua esposa.

Quando abri a boca para expressar essa minha presunção de vítima e certeza de vitória, de repente senti a presença do espírito de minha mãe no quarto. Minha respiração tornou-se ofegante e olhei ao redor. Apesar de não poder vê-la, soube instintivamente que mamãe estava ali, testemunhando aquela cena entre mim e meu marido.

— Sultana, você está bem? — com muita preocupação no olhar, ele acariciou gentilmente meu rosto.

Assenti, mas não conseguia falar. A essência de mamãe se tornava cada vez mais forte. Não posso expressar o terror que senti quando fui atingida pela certeza absoluta de que estava passando por uma espécie de julgamento como jamais passara e que se esperava de mim muito mais do que aquelas costumeiras reações imaturas. Uma voz suave me disse que se quisesse voltar a experimentar paz e alegria genuínas precisava mudar meu comportamento.

Longos momentos se passaram antes que eu conseguisse falar. E quando o fiz, fitava diretamente os olhos de meu marido.

— Karim, não vou mais procurar vitórias vergonhosas. Foi minha própria fraqueza, e não a sua, que criou este dilema. Você não tem culpa nenhuma. Assim, pare de se preocupar, marido. Apenas eu sou responsável por meu problema.

Pronto, eu tinha dito! Pela primeira vez na vida não havia tomado o caminho mais fácil para proteger minhas imperfeições pessoais. Ele ficou tão abismado quanto eu diante de minha nova atitude madura.

Sorri para Karim.

— Prometo que, de agora em diante, vou fazer todo esforço para vencer este problema.

Ele me tomou nos braços.

— Querida, vamos vencê-lo juntos.

Sem dúvida, estar nos braços amorosos de Karim foi um grande consolo. Eu queria mesmo dominar minha necessidade pelo álcool e acabar com ela, assim como com todas suas mentiras e segredos. Cheia de esperança e otimismo, de súbito me senti alegre.

Mais tarde Karim foi procurar seu irmão Asad, que estava em nosso palácio de Jidá com Sara.

Querendo muito contar tudo a minha irmã, liguei para a ala dos hóspedes e falei com ela pelo interfone. Combinamos nos encontrar no jardim das mulheres.

Depois de abraçá-la, contei-lhe rapidamente tudo que havia acontecido entre mim e Karim. Sara demonstrou-se muito feliz por mim e elogiou minha coragem.

— Você deveria ter contado seus problemas a ele assim que percebeu o que acontecia — observou ela. — Eu tinha certeza de que Karim não iria reagir da forma que você pensava. — Ela fez uma pausa antes de prosseguir: — Se você o tivesse visto ontem à noite, Sultana! Ficou completamente arrasado quando soube que seu maior medo era de que a deixasse no momento em que mais precisa dele.

Tentei persuadir minha irmã a contar tudo que Karim havia dito sobre mim e sobre nosso casamento, mas Sara se recusou. Meu marido lhe havia falado em confidência.

— Somos duas mulheres de muita sorte, Sultana — lembrou-me ela com gentileza. — Nós duas nos casamos com homens que são maridos maravilhosos. — Pareceu pensar um pouco, antes de admitir: — Nesta terra, homens assim são tão raros quanto diamantes sem falhas.

Pensei nas palavras de Sara. Ela dissera uma grande verdade. Sem dúvida Asad era um marido como nenhum outro. Ele adorava minha irmã. Desde o primeiro momento em que a viu, todas as demais mulheres deixaram de existir para aquele ex-playboy. Sara era a mais afortunada das mulheres.

De fato, Karim me havia desapontado muito em algumas ocasiões, porém esses acontecimentos dolorosos haviam ocorrido fazia muito tempo. À medida que os anos foram passando, ele foi se tornando um marido e pai amoroso, que dava apoio à família. Sim, eu também era uma mulher de sorte.

Depois de dar outro abraço em Sara, voltei para minha suíte. Karim entrou momentos depois e, com um largo sorriso, disse que tinha uma ideia que talvez pudesse me agradar.

Corri ao seu encontro e puxei-o para mim. Ele tropeçou por causa da força do meu abraço e caímos juntos na cama.

Karim tentou falar, mas eu o beijava sem parar nos lábios, nos olhos, no nariz.

— Sultana, eu...

Só de saber que conseguira uma segunda chance de redimir minha vida, eu me sentia como o ladrão a quem é dito que vai ter a mão decepada, mas que depois fica sabendo que o carrasco morreu e que por isso vai ser libertado. Sentia-me tão renovada e feliz que continuei beijando meu marido até ele se esquecer de que ia me contar uma ideia que tivera.

Pouco depois estávamos fazendo amor de forma ardorosa.

Mais tarde Karim acendeu um cigarro, que fumamos juntos, e perguntou:

— Por que tudo isso?

— Não posso mostrar a meu marido como o amo? — provoquei.

Ele sorriu.

— Claro, meu bem. Sempre que estiver tão arrebatada pelo amor é só me chamar.

Dei uma risada.

— E quem mais eu iria chamar?

Ele manteve o cigarro erguido no ar, enquanto acariciava minha face com a dele.

— Eu também amo muito você, querida.

Colocou o cigarro entre meus lábios e esperou até eu tragar a fumaça para fumar também.

— Qual é a ideia de que você ia me falar?

— Ah, sim. Estive pensando hoje que faz muito tempo desde que fizemos uma viagem ao deserto, juntos como uma família. — Ele me fitou atentamente, esperando pela reação. — Creio que você, Sultana, mais do que qualquer pessoa, poderá se beneficiar de uma viagem ao deserto e ao nosso passado.

O que ele dizia era verdade. Enquanto Karim e Abdulah sempre se juntavam aos primos reais para passeios no deserto, para caçar com falcões, raramente minhas filhas e eu os acompanhávamos. Pensando bem, percebi que fazia vários anos desde que nossa família havia realizado um retiro no deserto. No passado, essas incursões em um modo de vida mais simples, sem a tirania dos relógios e calendários, me proporcionavam uma grande paz e descanso mental.

Não pude esconder o que sentia.

— Sim — concordei —, o deserto. Eu iria gostar muito, Karim.

Apesar de nós, árabes sauditas, vivermos hoje em palácios ornamentados e em cidades modernas, não esquecemos de que nossos ancestrais recentes eram nômades tribais que viviam em tendas. Na verdade, ainda agora existem nômades indo e vindo através dos vastos desertos árabes. Nos últimos vinte anos ou mais, o governo saudita vem encorajando os beduínos a abandonar suas tendas e a se fixar nas cidades.

Mas todos os habitantes da Arábia Saudita carregam no sangue a memória tribal dos viajantes nômades. E apesar de a família Al Saud ter abandonado o deserto muito antes da maioria de nossos conterrâneos, não somos diferentes dos demais sauditas quando a questão é o amor irrestrito pelo deserto.

Em 1448 os primeiros membros do clã Al Saud se retiraram do árido deserto e começaram a cultivar a terra ao redor da vila agora conhecida como Dariya. Os homens de nossa família tornaram-se fazendeiros e comerciantes bem-sucedidos; com o tempo vieram a ser denominados árabes da cidade. Dessa maneira, apesar de nós, os Al Saud, não nos considerarmos nômades, somos atraídos de forma inexplicável pelo ímã irresistível que é para nós aquela superfície interminável e ondulada de areia.

Karim interrompeu minhas agradáveis reflexões.

—Vamos tornar essa viagem um acontecimento da família — ele disse, olhando para mim. —Vamos convidar todo mundo.

Sabendo exatamente qual o significado daquelas palavras, reclamei, depressa:

— Mas não vai convidar o Ali, espero!

Karim acariciou-me o rosto de leve.

— Querida, não acha que está na hora de você e seu irmão deixarem o passado para trás? Que bem essa hostilidade sem fim faz a vocês dois?

— Como posso ser amiga de um homem como Ali? Irmão ou não, ele é tão desprezível que não há termo que o defina! — declarei, irredutível.

— Bem, se convidarmos um da família teremos de convidar todos.

Eu sabia que Karim tinha razão. Seria um insulto terrível, que iria totalmente contra a hospitalidade árabe, convidar todos os nossos parentes para nos acompanhar na viagem ao deserto e deliberadamente omitir Ali e sua família. Se tal ofensa ocorresse, o escândalo iria envolver nossa família, que se tornaria o assunto principal dos mexericos de Riad.

Como estou presa a minhas obrigações familiares, suspirei profundamente.

— Então, se é preciso, pode convidá-lo. Mas detesto essa imposição de nós, árabes, não podermos ser francos em relação aos nossos sentimentos — murmurei.

— Você nasceu como princesa árabe, Sultana — lembrou-me Karim com um sorriso. — Por que lutar contra o destino?

O que mais se poderia dizer?

Apesar de meu ódio ter sido despertado por pensar em meu irmão, eu sentia uma calma que não conhecia havia muito tempo. Abracei meu marido carinhosamente pela cintura e o puxei para mais perto de mim.

—Vamos tirar uma soneca — sugeri.

Apesar de Karim raramente dormir durante o dia, ele também estava cansado da viagem.

— Um pouco de descanso não é má ideia — concordou.

Enquanto o sono ia me seduzindo, escutei meu marido repetir em voz suave e baixa um credo beduíno que lhe foi ensinado pelo pai. Uma súbita nostalgia misturou-se a minha tristeza; era como uma profunda saudade de um modo de vida que havia desaparecido para sempre.

Terra que é aberta para caminhar
Coberta com grama boa para pasto
Amplos poços da água mais doce
Uma tenda grande o bastante para uma grande família
Uma bela esposa de temperamento meigo
Muitos filhos e algumas filhas
Possuir grandes rebanhos de camelos
Pertencer a uma tribo honrada
Ver Meca
Viver uma vida longa sem mácula
Ser salvo do fogo do inferno
Saborear as recompensas do Paraíso!

Embalada pelas visões agradáveis da vida simples que havia sido a de meus ancestrais, acabei adormecendo.

Apesar de meu segredo vergonhoso ter sido descoberto por meu marido, dormi com a serenidade de uma mulher que agora podia olhar para o futuro com nova esperança.

Se eu soubesse que o dia seguinte traria outro drama familiar, criando um dos momentos mais alarmantes de minha vida, tenho certeza de que meu sono daquela tarde não teria sido tão tranquilo.

Ameaça ao trono

◆ ◆

Enquanto Karim tomava seu banho de chuveiro matinal, continuei deitada na cama, sem sossego, virando-me de um lado para outro. Sentia muita falta de nossas filhas e estava ansiosa para ir embora de Jidá para Riad.

Quando o barulho de água do chuveiro parou, levantei-me e fui até a janela francesa que dava para o balcão de nossa suíte. Afastei a cortina e olhei para fora. A paisagem era a que eu esperava: a de um dia típico da Arábia Saudita, brilhante e ensolarado.

Logo depois Karim saiu do banheiro e foi se colocar a meu lado. Fez o gesto de tentar acariciar meus seios com as mãos.

Vários anos antes eu havia viajado à Suíça a fim de reconstruir um seio que perdi para o câncer logo no começo de nosso casamento. Como parte da reabilitação, os médicos me disseram que meu novo seio devia ser massageado diariamente para manter misturados os ingredientes do conteúdo líquido que o formava. Desde então Karim insistia em assumir ele mesmo a responsabilidade por essa terapia.

Um sorriso convidativo surgiu no rosto dele.

— Quer voltar para a cama, Sultana?

Sorri também, mas disse:

— Não, querido. Na verdade, tudo que quero agora é ver o rostinho lindo de nossas filhas.

O sorriso de meu marido apagou-se, mas ele compreendeu.

— Sim, claro. Eu também estou com saudade delas... — Fez uma pausa. — Telefone para Nura e diga que chegaremos a Riad hoje à tarde. Peça para que um motorista dela leve as meninas para nossa casa depois de as pegar na escola.

Não demorou muito, chegamos ao aeroporto prontos para embarcar em nosso avião para o curto voo de Jidá a Riad. Assim que chegamos Sara se despediu, porque seguiríamos em carros separados. Ela estava tão ansiosa quanto eu para ver os filhos.

Maha e Amani aguardavam nossa chegada. Depois dos abraços calorosos e cumprimentos, dei a nossas filhas os presentes que havia comprado para elas em Nova York. As duas ganharam muitas roupas novas, alguns aparelhos eletrônicos, CDs de música, fitas de vídeo e livros.

Karim disse então que precisava ir trabalhar. Fiquei desapontada quando Amani e Maha expressaram o desejo de voltar a seus quartos e telefonar para as amigas. Tive alguma dificuldade para convencê-las a ficar um pouco mais comigo.

Assim que minhas filhas entraram na adolescência, passaram a preferir a companhia de pessoas da mesma idade à companhia da mãe, e eu sonhava com um imenso poder que me tornasse capaz de fazer o tempo voltar para saborear de novo os dias em que minhas filhas eram bebês.

Sorrindo, abri os braços de forma convidativa e disse:

—Vamos nos sentar um pouco aqui na sala, depois vocês podem ir telefonar.

Chamei uma das criadas para nos servir *laban* frio, aquela bebida doce à base de coalhada da qual minhas filhas gostavam muito.

Maha sorriu e aconchegou-se a mim no sofá, que ficava de frente para a televisão. Amani ajeitou-se em uma poltrona.

Maha espreguiçou-se e pegou o controle remoto da televisão para ligá-la. Muitos anos antes, Karim havia comprado uma grande antena parabólica para pegar os canais de televisão do mundo todo. Na Arábia Saudita é ilegal possuir antena parabólica. Nosso governo insiste em censurar toda e qualquer informação que os cidadãos possam ver, ouvir e mesmo ler. No entanto, esse decreto é ignorado pelas pessoas ricas o bastante para comprar e importar antenas parabólicas, em parte porque a limitada programação oferecida pela televisão saudita é muito aborrecida! É claro que não estamos interessados nos noticiários expurgados nem nos intermináveis relatos autolisonjeiros sobre as boas ações realizadas pelos membros de nossa família real que são divulgados em todos os canais sauditas.

As autoridades religiosas na Arábia Saudita também são contra as antenas parabólicas, mas por um motivo diferente. Os religiosos temem que os bons muçulmanos sejam influenciados de forma adversa pelas imagens do Ocidente decadente. Não é incomum que um comitê de mutawas, ou homens religiosos, passem pelas ruas das cidades sauditas procurando antenas parabólicas. Apesar de em Riad as casas serem cercadas por muros, os telhados planos geralmente podem ser vistos da rua.

Os mutawas vão de rua em rua examinando os telhados. Quando descobrem uma antena parabólica, eles tentam destruí-la de qualquer forma possível. Pedras e paus são atirados na antena, e se isso falhar, pedras e paus são atirados nos *donos* das antenas! Um ano atrás uns mutawas agitados ficaram tão irados com a presença de uma antena parabólica que chegaram a dar tiros nela! Uma pobre mulher indiana que estava no telhado estendendo a roupa lavada foi atingida por um tiro na barriga! Felizmente ela sobreviveu ao ferimento.

Desde esse incidente os sauditas que possuem antena parabólica começaram a se esforçar para esconder o equipamento. Atualmente, muitos telhados planos na Arábia são completamente rodeados por chapas, presas em altos postes de aço, para bloquear da rua a vista dos telhados. Mas essa camuflagem apenas encoraja os mutawas a dar tiros nas chapas, que passaram a ser seus alvos.

Claro, como membros da família Al Saud não temos de nos preocupar com as desagradáveis atividades dos mutawas.

Quando Maha escolheu um canal em que exibiam uma comédia inglesa na qual uma mulher ridicularizava um homem, notei os lábios de Amani se curvando numa expressão de repulsa. No mundo árabe, nenhuma mulher pode sequer brincar com o marido diante de outra mulher ou demonstrar que é mais inteligente do que um homem.

Sem aviso, Amani saltou da poltrona e agarrou o controle remoto.

— Mãe! — reclamou Maha.

Tornou-se evidente que aquela não seria a tarde de prazer e descontração com minhas filhas que eu havia antecipado. Fiz um gesto para Amani, pedindo que me entregasse o controle.

Num esforço para satisfazer as duas, comecei a mudar os canais à procura de um programa que fosse adequado a ambas. Inesperadamente parei no noticiário de um canal inglês que focalizava a história do professor Mohamed Al Massari, um cidadão saudita que havia ultrajado profundamente toda a família Al Saud. Fiquei tão concentrada no noticiário que me esqueci de Amani e Maha.

O professor era um estudioso saudita cujas ideias subversivas a respeito da democratização da Arábia Saudita fizeram com que tivesse de abandonar o próprio país. Ele fora preso, e depois de solto continuara sendo incomodado pelas autoridades sauditas. Por fim, fugira do nosso país no ano anterior e procurara asilo na Inglaterra. Desde então, reunira um grupo de exilados da Arábia Saudita em uma organização com base em Londres chamada "O Comitê para a Defesa dos Direitos Legítimos". Levados pelo desejo de se ressarcir das injustiças que haviam sofrido, os componentes desse grupo de dissidentes havia atraído recentemente a atenção da mídia ocidental revelando detalhes da alegada corrupção de nossa família real. Com efeito, esses relatos sem dúvida causaram muitas noites em claro nos palácios dos Al Saud. Aquele homem expunha tantos segredos da família que meus parentes começaram a imaginar como e onde ele poderia ter obtido tais informações confidenciais. Pessoas que trabalhavam para nossa família teriam se tornado espiãs do inimigo?

As alegações de Mohamed Al Massari incluíam afirmações de que certos altos membros da família governante costumavam embolsar milhões de riais com os pagamentos de contratos estrangeiros e com o confisco de terras valiosas pertencentes a pessoas do povo. Ele dizia que as pessoas enganadas tinham medo demais para reclamar, pois temiam ser presas sob falsas acusações, e que o excesso de corrupção havia criado mais de cinquenta bilionários em minha família.

Eu achava difícil acreditar em tudo aquilo que Al Massari dizia, embora não pudesse negar que havia mesmo corrupção em alguns ramos de nossa família. Por exemplo, uma princesa preeminente, uma prima que eu conhecia muito bem, costumava se vangloriar, rindo, do aluguel escandalosamente alto que cobrava dos militares sauditas aos quais alugava propriedades.

O que me deixava mais indignada é que não havia necessidade de tal comportamento. O dinheiro que a realeza recebe vai muito além de nossas necessidades. Com cada príncipe e princesa recebendo 35 mil riais (10 mil dólares) por mês, um grande ramo da família pode reunir vários milhares de dólares por mês.

Havia outras alegações. O professor e seus seguidores também acusavam certos jornalistas estrangeiros, que trabalhavam em revistas e jornais muito bem conceituados, de receber pagamentos para acusar e degradar os escritores que ousavam escrever a verdade sobre nosso governo e nosso país. E ali estava Mohamed Al Massari falando livremente em uma emissora de televisão inglesa para todo o mundo, enquanto um repórter o ouvia com interesse e simpatia!

Pulei do sofá e fiquei em pé diante do aparelho de televisão.

Quando Maha começou a falar, eu fiz com que se calasse.

— Psiuuu! Olhe bem — disse eu.

Inclinei-me para a frente. Queria gravar a face do traidor na memória. A aparência física daquele inimigo de minha família sem dúvida se encaixaria com o retrato do mal já formado em minha mente. Mas o que eu via era um homem digno, cujos olhos demonstravam inteligência. Se julgasse por sua aparência, um observador nunca sonharia que havia algo de particularmente importante na mente daquele homem, muito menos ideias alucinadas de derrubar um rei.

Tratava-se de um indivíduo perturbador!

Karim havia falado mais de uma vez sobre aquele professor. Consideravam-no uma ameaça perigosa ao domínio dos Al Saud e ao trono, que permitia que minha família controlasse o país e sua produção como se fossem propriedades nossas. Eu sabia que meu marido, meu pai, meu irmão, primos e tios chegariam a atitudes extremas para proteger seus direitos de controlar o petróleo da Arábia, o ouro negro que fluía de milhares de poços diretamente para os cofres do clã real.

Minha mente zunia enquanto eu escutava. O entrevistador parecia aprovar o fato de a Inglaterra estar se tornando um paraíso para dissidentes do Oriente Médio, tais como o professor Al Massari. Mas eu achava que os cidadãos britânicos iriam um dia lamentar ter oferecido asilo aos oponentes de governos ricos em petróleo, pois os homens de minha família são extremamente vingativos. Afinal de contas, já havia acontecido uma *vendetta* de um governo saudita contra o povo da Inglaterra. Em 1980 a princesa Misha'il, neta do príncipe Mohamed, havia sido condenada à morte na Arábia Saudita por crime de adultério. Um filme dramático sobre a história dela, *Death of a Princess* (Morte de uma Princesa) feito por uma companhia de televisão independente, fora exibido na Grã-Bretanha.

Quando o rei Khalid ficou sabendo o que o filme dizia, sentiu-se embaraçado e ultrajado pela forma como o filme mostrava a realeza saudita. Então cortou temporariamente os laços diplomáticos com a Grã-Bretanha, chamou de volta o embaixador saudita em Londres e fez o embaixador britânico na Arábia Saudita fazer as malas e ir embora. E, o que foi ainda mais sério, cancelou os contratos com as companhias britânicas no valor de milhões de libras. A consequência foi que muitos britânicos perderam o emprego.

Quando o noticiário terminou, voltei para o sofá e lentamente tomei meu *laban* gelado. Mohamed Al Massari não era como eu o havia imaginado. Ao contrário, parecia o intelectual que era, não o rebelde que havia se tornado.

Maha pegou o controle remoto de minha mão e mudou para um canal que mostrava videoclipes. O rosto de Amani parecia esculpido em granito, e ela olhava para o vazio.

Juntei minhas mãos e murmurei em voz alta:

— O que fez esse homem nos odiar tanto? Por que ele arrisca sua reputação, sua liberdade e o bem-estar de sua família apenas por uma *ideia*?

— Eu não sei, mãe — murmurou Maha.

Amani voltou à vida e, com um sorriso satisfeito, disse:

— Eu sei.

Fiquei surpresa e troquei olhares surpresos com Maha. Depois tornei a me voltar para Amani. As palavras dela haviam desencadeado uma série de especulações em minha mente.

— Você sabe? O que sabe sobre aquele homem, Amani?

— Quer mesmo saber, mãe?

Imagens alucinantes de Amani aliada a alguma organização política proibida cravaram-se em mim como adagas. Olhei para ela sem piscar, antes de gritar:

— Sua mãe *exige* que você fale!

— Está bem — assentiu ela, como que orgulhosa de seu conhecimento especial.

Ideias terríveis me passavam pela mente: *Minha filha faz parte de uma rebelião! O que Karim e eu vamos fazer?*

Amani pigarreou para limpar a garganta antes de falar.

— Você perguntou por que o professor está disposto a arriscar tudo? A razão é simples, mãe. O professor cresceu em uma família que sempre questionou o direito de nossa família ao trono.

Molhada de suor devido à ansiedade causada por minha filha, enxuguei a testa e o lábio superior com um lenço de papel. Não pude mais conter minha língua.

— Espere aí, Amani. Você faz parte dessa organização banida?

O silêncio tomou conta da sala, ninguém falou.

— Amani! — gritei.

Minha filha se ajeitou na poltrona, colocando as pernas sob o corpo. Fitou-me nos olhos, saboreando a agonia que me causava, pois eu estava visivelmente trêmula.

Uma grande tristeza esfriou meu coração. Não podia negar que Amani era uma menina adorável. Ela é pequena como uma boneca e tem proporções perfeitas. A pele é da cor do mel, tem um nariz reto e gracioso, lábios rosados cheios, dentes brancos e perfeitos, olhos cor de chocolate, aveludados e espaçados sob sobrancelhas arqueadas e bem-feitas. Mas, apesar de minha filha ir se tornando mais e mais bonita com o passar dos anos, sua personalidade ia ficando cada vez menos agradável. À medida que os anos iam passando, fui me convencendo de que a beleza interior é mais importante para se ter uma vida feliz do que a beleza exterior. Portanto, se eu tivesse poder, gostaria de virar Amani de dentro para fora.

Por fim, quando estava a ponto de agarrá-la e sacudi-la, ela deu um sorriso e fez um gesto agitando uma das mãos no ar.

— Não, mãe. Não se preocupe. — Seus olhos estreitaram-se enquanto falava. — As mulheres não tomam parte no movimento do professor. Eles não me querem.

— *Allhamdulilah!* Graças a Deus!

Pela primeira vez na vida fiquei feliz ao saber que as mulheres eram excluídas de alguma coisa.

Amani ergueu a voz.

— Aprendi tudo que sei com uma amiga cujo irmão distribui documentos e fitas dessa organização. O irmão apoia integralmente o professor, sabe tudo sobre a vida dele e contou a ela o que estou lhe dizendo agora.

Recuperando a compostura, olhei para Maha e disse:

— Nós mulheres devemos lembrar que nossa própria família pode fazer mais pelas mulheres da Arábia Saudita do que qualquer outro indivíduo. Sem dúvida, a conversa desse homem sobre lutar por direitos democráticos vai se evaporar ao calor do deserto. De qualquer forma, no que concerne ao direito das mulheres ele é obviamente um saudita típico.

Voltei minha atenção outra vez para Amani.
— A organização do professor não tem interesse nas mulheres. Você mesma disse isso.
Em tom lento, provocativo, Amani perguntou:
—Você disse que queria saber mais sobre aquele homem. Ainda quer?
— Quero saber *tudo* que você sabe sobre aquele homem, Amani.
— Bem... — Ela mordeu o lábio, concentrando-se. — Onde eu estava?
Foi Maha quem falou:
— A família do rebelde sempre questionou o direito de nossa família ao trono.
— Ah, sim. Sendo de uma família que quer a democracia, o professor estava determinado a ajudar a criar a reforma. Esperou em vão que o governo a introduzisse.

Apesar de eu estar começando a ter algum respeito por esse Al Massari e até mesmo estar inclinada a concordar que alguma mudança devesse ocorrer, nunca iria desejar que minha família perdesse o poder. E, por mais que Mohamed Al Massari fosse um homem com pensamentos brilhantes, eu suspeitava que ele pudesse achar difícil manter unido um país que havia sido criado décadas atrás por um gênio guerreiro.

O país Arábia Saudita é composto por muitas facções diferentes, incluindo a classe sem educação dos beduínos, famílias ricas de negociantes e profissionais de classe média. Já é difícil o bastante para nossa família, que está no poder desde sua criação, manter esse grupo tão diverso feliz sem ter de aceitar reformas democráticas.

Tornei a me concentrar no que minha filha dizia.
— O professor não conseguiu converter muitos outros ao seu modo de pensar. Mas quando o Iraque invadiu o

Kuwait, tudo mudou. Nós, sauditas, ficamos surpresos ao descobrir que não podíamos nos defender e que precisávamos que exércitos estrangeiros viessem ao nosso país para nos salvar. De súbito, com a presença dos exércitos estrangeiros, os sauditas comuns finalmente se tornaram politizados. Muitos começaram a dizer que a presença dos exércitos estrangeiros em sua terra amada era tão vergonhosa que se tornara o prego final na urna funerária da Casa dos Al Saud.

Com as mãos, Amani imitou o gesto de martelar um prego.

— E assim, tio Fahd perdeu seu próprio povo quando se aliou ao inimigo ocidental.

— Não é tão simples assim, Amani! — contrapôs Maha. — Todos os sauditas amam o rei!

Amani dirigiu um sorriso condescendente para a irmã e nem se deu ao trabalho de contestar o que ela dissera.

Lembrando-me do medo muito real de que Sadam Hussein, nosso vizinho árabe e ex-amigo, pudesse bombardear nossas cidades, citei um provérbio árabe:

— Nunca se esqueça, Amani, "Um inimigo prudente é mais seguro do que um amigo audacioso!".

Cada vez mais curiosa, Maha perguntou à irmã:

— E o que mais você sabe, Amani?

Minha filha mais nova sacudiu os pequenos ombros.

— O resto da história é conhecido por todos na Arábia Saudita. No momento em que os exércitos ocidentais chegaram ao nosso solo, os sauditas começaram a despertar de um longo sono. Os intelectuais passaram a participar de reuniões clandestinas e um grupo de oposição foi formado.

Eu respirei fundo. O que Amani dizia era verdade. Cada saudita sabia que um comitê de dissidentes, composto por cinquenta homens, incluindo professores, estudantes, negociantes, juízes e líderes religiosos, havia escrito uma carta ao rei.

Essa carta pedia o fim da opressão e a participação no controle do governo. Mais de quatrocentos sauditas preeminentes acrescentaram sua assinatura ao documento dissidente. Quando a carta foi apresentada ao rei, conta-se que ele ficou em choque antes de consultar o Conselho dos Anciãos Sábios. Sob ordens do rei, esse conselho condenou o comitê, dizendo que deveria ser abolido e que seus membros deveriam ser punidos. A polícia secreta prendeu o professor no presídio Al Hayir, localizado a alguns quilômetros de Riad.

Amani voltou a falar.

— Sei que o professor Al Massari ficou preso por seis meses, e passou uma parte desse tempo na solitária.

Maha estalou a língua em apoio à irmã. Olhei feio para ela e a repreendi:

— Não se esqueça, filha, de que esse homem está pedindo a queda de nossa família.

O rosto de Maha ficou vermelho e ela desviou o olhar.

— Meus amigos disseram que o professor foi torturado enquanto estava na prisão — continuou Amani. — Quando foi interrogado, os guardas cuspiram no rosto dele, bateram em seus pés com bambu, puxaram sua barba e deram tapas em seus ouvidos.

Olhei para minhas mãos enquanto escutava, sabendo que tais eventos eram rotina nas prisões sauditas.

— Minha amiga disse também que o professor foi acusado de heresia. Claro, quando exigiram que confessasse, ele se recusou. A Alta Corte não conseguia decidir que atitude tomar. Era evidente que estavam lidando com um homem de coragem, e a lei dizia que deviam decapitá-lo ou soltá-lo. Como a corte estava com medo de criar um mártir, o professor recebeu a chance de apelar. Disseram-lhe que seria solto para ter a chance de refletir sobre suas ações. Caso se mantivesse distante de controvérsias políticas, poderia permanecer livre.

As pessoas de minha família eram assim mesmo, pensei. Sempre esperam que os problemas simplesmente desapareçam. Se os dilemas da vida fossem tão simples de se resolver!

— Bem, é claro que o professor não é um homem que pode ser silenciado. Então, assim que foi solto ele começou a participar das ações do Comitê novamente. Um informante secreto avisou o professor de que a acusação de traição passível de pena capital estava sendo preparada contra ele. O Comitê concordou em que chegara a hora de o professor deixar a Arábia Saudita e continuar a luta no exterior. Um elaborado plano de fuga foi preparado.

Meu coração se apertou: será que minha filha participara daquela fuga secreta?

— O professor e um companheiro dele disseram que iam visitar um amigo doente internado num hospital. No hospital foram recebidos por um terceiro homem que era muito parecido com o professor e que trocou de lugar com ele. Quando os dois homens saíram, os agentes do governo que estavam seguindo o professor foram atrás do homem errado. Não muito tempo depois, foi fácil para o professor ir para o aeroporto de Riad. Com um passaporte falso ele embarcou em um voo até uma cidadezinha perto da fronteira com o Iêmen. Esperou dois dias por seus contatos nesse país, homens que conheciam uma rota de fuga que evitava os controles de fronteira. O pequeno grupo secreto cruzou a fronteira a pé. No Iêmen havia outros contatos esperando para ajudá-lo a viajar até Londres.

A voz de Amani tornou-se baixa e rouca.

— Claro, todos sabem que quando o professor escapou o filho e os irmãos dele foram tomados como reféns e presos por nossa família. — Ela se recostou na poltrona e respirou fundo, depois soltou o ar. — Essa é a história do professor. Praticamente todo mundo do nosso país que tem menos de 30 anos a conhece, e agora muitas, muitas pessoas jovens apoiam em segredo o professor Al Massari.

Movi minha cabeça lentamente. Seria por isso que tantas manifestações andavam perturbando a paz em nossa terra? Temi que logo o país inteiro pudesse estar compartilhando das urgentes exigências do professor por mudanças.

— Todos os Al Saud estão condenados — gemi, escondendo o rosto com as mãos.

A profecia de Karim

◆ ◆

Naquele exato momento, Karim entrou na sala.
Preocupado, ele perguntou a nossas filhas:
— O que aconteceu com sua mãe?
Maha começou a falar depressa:
— Mamãe está com medo de que Amani esteja fazendo parte de um grupo revolucionário.
Os olhos de meu marido denotaram confusão, e por um curto espaço de tempo todos falaram ao mesmo tempo sem que ninguém compreendesse de fato o que estava havendo. Assim que ele percebeu que Amani tinha mais informações do que deveria sobre o homem que estava lutando pela queda da nossa família, ficou furioso.
Primeiro gritou com Amani, dizendo:
— Filha! Será que perdeu o juízo? Você é uma seguidora daquele homem?
Amani protestou, dizendo-se inocente.
— Não sou seguidora de ninguém! Apenas repeti o que me contaram. — Minha filha mais nova olhou friamente para mim. — Mamãe insistiu para que eu contasse. A culpa é dela!

— Esqueça o que sua mãe fez! Você não deve ter amizade nem qualquer tipo de relacionamento com alguém que tenha assumido a causa de nosso pior inimigo! Há gente sendo presa todos os dias! — Karim deu violentos socos na parede, fazendo vibrar os caros quadros. — Sua criança estúpida, estúpida, estúpida!

Alarmada, vi que Amani mordia nervosamente a bochecha por dentro da boca. Estava a ponto de me aproximar dela para confortá-la quando Karim voltou sua fúria contra mim!

— Sultana, você criou suas filhas para ser rebeldes! Fique sabendo que não vou aceitar isso nem por mais um momento!

Fiquei tão chocada com a acusação que não consegui falar. Maha sumiu da sala, e Amani tentou ir atrás dela, mas o pai ordenou-lhe que ficasse.

— Eu já volto, pai, tenho uma coisa que pode lhe interessar. — Amani girou nos calcanhares e saiu depressa da sala.

Karim imobilizou-se de tal modo que parecia de granito.

Agitada, fiquei andando sem parar pela sala.

Nossa filha voltou com uma pasta, que entregou em silêncio ao pai. Era evidente que a raiva de meu marido crescia mais a cada instante: ele teve dificuldade em abrir o fecho da pasta. Assim que a abriu, examinou um papel atrás do outro e em seguida jogou-os no chão. Eu nunca havia visto Karim naquele estado de nervosismo.

— Onde você conseguiu estes papéis? — perguntou aos gritos para Amani.

— Minha amiga os roubou do quarto do irmão — confessou ela.

— Veja!

Ele pegou alguns papéis e os colocou em minhas mãos relutantes.

Peguei um maço de cigarros e brinquei com ele enquanto tentava focalizar a vista e ler o que havia nos papéis. Depois de acender o cigarro, afinal me acalmei o bastante para compreender o significado dos papéis que tinha nas mãos.

Vi rapidamente que eram cópias de comunicados para a imprensa e documentos redigidos pelo doutor Al Massari e outros dissidentes sauditas. A folha que peguei para ler era intitulada "Príncipe do Mês", e relatava as supostas atividades de um de meus primos mais velhos, que era um governador de província. O documento declarava que na *majlis*★ ele dissera que "As tribos do Sul têm a mentalidade de escravos, eu encho a barriga deles e monto em suas costas". E que dissera também: "Meu avô Abdul-Aziz me disse que o povo desta província é uma combinação de macacos com escravos".

Quem escrevera aquele documento prosseguia acusando meu primo de vários pecados, incluindo a apropriação indébita de grandes porções de terra na província, que registrara em seu próprio nome e depois vendera com grande lucro.

Cada documento que eu lia continha pelo menos uma acusação de sério desmando atribuído a um tio ou primo. Em um deles afirmava-se que um de meus primos estivera até mesmo implicado em assassinato! Um contador da Saudia Airlines havia sido espancado até a morte depois de ter apresentado uma conta de milhões de riais a esse primo. Claro, ninguém jamais havia sido acusado por esse crime.

Qualquer distanciamento que eu tentasse manter daquela situação desapareceu no mesmo instante em que vi o nome de meu pai! Comprimi a boca com as mãos para não gritar ao ler rapidamente uma lista de atos vis atribuídos a ele. Meu coração tornou-se de gelo, porque suspeitei que algumas das acusações talvez fossem mesmo verdadeiras. Com pensamentos tristes a respeito de meu pai turbilhonando em minha cabeça, ergui os olhos e fitei o rosto de meu marido e

---

★ A casa aberta onde os cidadãos levam suas reclamações ao governador. (*N. do E.*)

de minha filha. Uma centena de perguntas surgiram em minha mente, mas ao reparar na expressão séria de Karim elas desapareceram.

No entanto, Amani indagou, corajosamente:

— Pai, isto é verdade? — Ela segurava com força um papel diante do rosto de Karim. — A família Al Saud prende *crianças*?

Essa pergunta de Amani fez com que eu me levantasse. Fui olhar por cima do ombro dela e li rapidamente: "Na semana passada Fahd Al-Mushaiti, de 11 anos, e Mansour Al-Buraydi, de 12 anos, foram detidos em Buraydi e acusados de distribuir panfletos que despertaram a fúria dos Al Saud. Parece que todos os Al Saud, de modo muito conveniente, ignoram que estão repetindo os crimes de Sadam Hussein, contra quem outrora lutaram. Eles também parecem ignorar que seus jornais ainda hoje criticam as ações daquele homem".

Desafiadora, nossa filha mais nova insistiu:

— Pai, me responda, nossa família realmente prende crianças?

Karim tirou o papel da mão dela e não respondeu.

Chorando, Amani disse, num fio de voz:

— Pai?

Ele começou a recolocar os papéis na pasta. Por fim disse, com a voz inexpressiva:

—Você sabe que nosso inimigo mente.

Então eu interferi:

— Muito do que li aqui é verdade, marido.

Parecendo uma panela que ferve em fogo vivo, ele me fuzilou com um olhar.

— Mas com bastante exagero, é claro — acrescentei, depressa.

Karim tentou recuperar todos os papéis, porém neguei-me a entregar os que estavam em minhas mãos, colocando-os atrás das costas.

— Quero ler estes aqui outra vez, com tranquilidade — expliquei. — Devolvo tudo a você hoje à noite.

Depois de respirar profundamente várias vezes, meu marido tornou a voltar a atenção para Amani.

— Não vou perguntar o nome de quem lhe deu estes documentos, filha, apenas com a condição de você banir essa pessoa de sua vida.

A voz de Amani soou esganiçada.

— Mas, pai, ela é minha amiga!

— Isto é uma ordem, criança! Não vou permitir que minha filha confraternize com nossos inimigos!

Amani começou a chorar, mas a expressão de Karim não se suavizou, e ele disse com dureza:

— Amani?

Depois de um momento ela deu sua palavra.

— Eu prometo, pai.

Forçada à submissão, Amani sussurrou algumas palavras ao ouvido do pai, que em seguida lhe deu um forte abraço, e saiu da sala.

Os olhos penetrantes de Karim voltaram-se para mim. Ele imitou o som de minha voz:

— "Muito do que li aqui é verdade, marido!" Uma esposa que apoia o marido é um grande tesouro, Sultana!

Só recentemente aprendi que um guerreiro esperto sabe quando recuar. Incapaz de competir no mesmo nível com a intensa fúria dele e temendo provocar ainda mais sua ira, corri para fora da sala.

Meu marido saiu em seguida, e ao ver que ele não voltara para o jantar, percebi que só tornaria a vê-lo muito mais tarde.

Fui falar com minhas filhas e descobri que Amani havia se deitado mais cedo nesse dia. Maha estava falando no telefone.

Olhei para o relógio e esperei por Karim. Enquanto esperava, li mais uma vez as acusações contra muitos membros preeminentes de minha família. Li sobre alegações de comportamento adúltero, roubo, atos de repressão, detenções arbitrárias e a arrogante falta de respeito pela responsabilidade dos altos postos que nós, os Al Saud, tivemos a sorte de herdar.

A suspeita de que havia verdade naquelas alegações me deixou deprimida. O estado de depressão profunda em que caí não tardou a me fazer imaginar que Karim deveria estar nos braços de outra mulher. Dizem que muitos príncipes Al Saud costumam importar mulheres de caráter questionável para nosso país a fim de usufruir o prazer sexual ilícito que elas oferecem. Perseguida por visões de meu amado acariciando outra mulher, fiquei nervosa e comecei a andar pela sala. Em uma explosão de frustração, quebrei um vaso de cristal jogando-o contra a parede. Mas mesmo isso não gerou nenhum alívio, e chorei desconsoladamente.

Não consegui dormir. E quando, por fim, acabei por fechar os olhos, a luz que se filtrava pelas frestas da veneziana anunciava que já estava amanhecendo.

Quando a manhã já ia a meio e eu decidira ligar para Asad, o irmão de Karim, meu marido chegou em casa. Apesar dos olhos vermelhos, sua expressão era a de um homem que apenas voltava de uma noite de trabalho extra.

— Querida... — disse ele, vindo me beijar.

Meu sorriso calmo escondia o desespero. Toda mulher tem o dom de conhecer o marido de maneira completa. Senti o cheiro de outra mulher no meu e disse isso a ele.

Tentando me acalmar, Karim foi contando uma mentira atrás da outra. Tomada de violento ciúme, peguei três malas e as levei para o quarto. Joguei minhas roupas de qualquer jeito dentro delas.

Karim tirou-as das malas; eu as coloquei de volta; ele as tirou.

A conversa que mantivemos seguiu o mesmo processo aleatório, com as mesmas coisas sendo repetidas com palavras diferentes.

Em uma dessas vezes olhei para a mala vazia e ameacei me divorciar.

Karim pegou o telefone e me pediu para discar um certo número, afirmando que ficara na casa de um amigo e que esse amigo poderia jurar que não tinham tido a companhia de nenhuma mulher.

Sabendo que o tal amigo o protegeria, compreendi que nunca saberia a verdade.

— Por que eu iria cozinhar água? — perguntei, com desdém. — Ela continuaria sempre sendo água.

Inexoravelmente derrotada pela liberdade que só os homens podem ter, fui dominada por um impulso desesperado de fazer meu marido sofrer. Então me lembrei da promessa que havia feito de vencer o vício de beber e, sabendo que Karim ficaria muito magoado se eu a quebrasse, fui até o armário onde ficavam as bebidas. Tirei a tampa de uma garrafa de uísque e bebi direto da garrafa. Os olhos magoados e chocados de Karim encontraram os meus. E eu lhe disse tudo que me veio à mente:

— O marido dá as ordens, a mulher as suporta e obedece. — Fiz uma pausa para tomar outro gole e ameacei: — Se você pode ir para a cama com outra mulher, Karim, então eu me sinto no direito de me tornar alcoólatra.

Ele piscou várias vezes, surpreso, e em seguida disse:

— Ah, uma bebida — consultou o relógio — às 10h da manhã! Que ideia maravilhosa, Sultana!

Aproximou-se, tirou a garrafa de minhas mãos e também tomou um longo gole. Então enxugou a boca e o bigode com as costas da mão.

— Se a mulher que amo se tornar alcoólatra, eu também vou ser um bêbado!

Fiquei olhando para ele por alguns instantes. Eu não queria que nenhum de nós se tornasse alcoólatra.

A sombra de um sorriso se desenhou em seus lábios. Meu marido era um homem com dois lados distintos: um deles adorável, o outro detestável. Comecei a enfraquecer enquanto fitava seus grandes olhos negros e transbordantes de afeição.

Quando o peito forte de meu marido começou a se agitar devido ao riso que estava contendo, minha raiva evaporou de uma vez. Também dei uma risada, muito alta, e guardei a garrafa de volta no armário.

No minuto seguinte estávamos abraçados como amantes. Nossa última discórdia foi rapidamente guardada na mesma caixa sem fundo onde estavam todos os outros assuntos não resolvidos de nosso casamento.

Na manhã seguinte um Karim bastante sério me disse que precisávamos falar sobre algo muito importante.

Depois de pedir um café forte na cozinha, sentei-me em silêncio e passei a tomá-lo em pequenos goles, enquanto escutava meu marido expor seus pensamentos.

— O incidente com Amani fez com que eu revisasse minhas ideias sobre o futuro da Arábia Saudita. Decidi investir mais do nosso dinheiro no exterior.

Fitei-o, surpresa, antes de perguntar:

— E por que vai fazer isso?

— Por causa de nossas filhas, Sultana. — Ele me olhou por um segundo. — Você concorda?

Tentando raciocinar para entender o que aquilo significava, esfreguei a testa com os dedos.

— Bem, não sei. É cedo demais para pensar em negócios.

— Refleti um pouco, antes de acrescentar: — Não acha que já temos negócios suficientes no exterior?

Karim e eu possuíamos hotéis e empreendimentos na Europa, América e Ásia. Àquela altura, manter controle sobre tudo que possuíamos era quase impossível. Segundo um levantamento recente, ficáramos sabendo que o total de nossas posses, considerando propriedades, dinheiro e negócios pelo mundo, chegava a quase novecentos milhões de dólares.

Karim inclinou-se para mim.

— Escute, Sultana. Está na hora de encarar a realidade. Até uma de nossas filhas, sobrinha do rei, critica o regime do país. Dá para você imaginar o que os outros sauditas pensam de nossa família? Um dia iremos perder a Arábia Saudita. Talvez não ocorra enquanto estivermos vivos, mas certamente nossos filhos verão isso acontecer.

As palavras de meu marido me deprimiram, apesar de eu já ter presenciado muitas vezes a discussão de nossa família a esse respeito.

— Nada dura para sempre — continuou ele. — Os Al Saud irão perder o controle, mais cedo ou mais tarde. Temo que a Arábia Saudita siga o mesmo caminho que o Irã e o Afeganistão. Os fundamentalistas islâmicos estão crescendo como uma onda que acabará por envolver todos os países muçulmanos.

Karim calou-se, como se estivesse tentando reorganizar os pensamentos.

A ideia da Arábia Saudita seguindo o caminho do Afeganistão fez meu coração se encher de medo. A triste história de Afaaf, a criada de Sara, me deixara uma coisa muito clara: se um dia a Arábia Saudita fosse comandada por fundamentalistas, as mulheres sauditas seriam ainda mais oprimidas.

Quando Karim voltou a falar, sua voz se tornara amarga.

— Além disso, a única razão de ainda estarmos no poder é que os Estados Unidos precisam do petróleo saudita. Um dia essa necessidade será suprida por alguma outra fonte. Os cientistas já estão começando a procurar substitutos para o combustível necessário no Ocidente. Quando esse dia chegar, a Arábia Saudita e nossa família não serão mais necessárias para os americanos.

O rosto dele se contraiu pela raiva que sentia.

— Todos os políticos americanos são egoístas. Eles vão nos jogar para os lobos no momento em que não formos mais úteis, da mesma forma que descartaram o Xá Reza Pahlevi. — Karim olhou-me com ar triste. — Sultana, acho que nos próximos vinte anos estaremos todos vivendo no exílio.

Eu não conseguia desviar os olhos dele.

— Mesmo que não estejamos mais no comando — sussurrei —, não poderemos viver em silêncio, escondidos em nosso próprio país?

— Não — Karim suspirou. — Seremos marcados pelo nosso nome. Um regime fundamentalista estará no comando, e a Arábia Saudita será perigosa demais para qualquer Al Saud. Vamos ser odiados por todos.

Eu compreendia que meu marido tinha razão. Temos um ditado que diz: "Os árabes estão a seus pés ou em sua garganta", e eu sabia que nosso destino poderia ser modificado radicalmente de um momento para outro. Nós, os Al Saud, governaríamos ou seríamos destruídos. Não havia outra opção.

Karim balançou a cabeça, desanimado.

— Não temos ninguém a culpar exceto nós mesmos, Sultana. O que fizemos para que os líderes religiosos gostassem de nós? Nada! O que fizemos para tranquilizar a comunidade de negociantes? Nada! Nossos pais não escutam os filhos. Algumas concessões aqui e ali não fariam mal. Tornariam nossa posição mais forte. Mas não. Nossos pais são surdos. Eles não podem ouvir nada exceto o fantasma dos pais deles, que eram homens que pensavam em si mesmos como um martelo e em seus súditos como pregos.

Assenti. Todos sabiam que o avô Abdul Aziz, o guerreiro beduíno que criara o reino da Arábia Saudita em 1932, havia governado sua família e os cidadãos do país com mão de ferro.

Karim bateu as mãos uma contra a outra e recostou-se na cadeira.

— Não há saída, Sultana.

Lágrimas de tristeza desceram-me pelo rosto. Meu marido tirou um lenço do bolso, entregou-o a mim e implorou:

— Querida, por favor, não chore.

Escondi o rosto no lenço de Karim. Eu sabia que tudo que ele havia dito era verdade e que um dia eu iria perder a única vida que conhecia. Isso porque os velhos de nossa família eram teimosos demais e tolos demais para compreender que a mudança era necessária para manter a situação que se tinha. E por que os Al Saud não podiam controlar melhor o clima atual de nepotismo, corrupção e gastos que enraivecia tanto os cidadãos da Arábia Saudita? Cada pessoa no clã Al Saud já era rica e poderosa além da imaginação. Mesmo que nunca mais ganhassem um rial, os membros de minha família poderiam viver ainda cem vidas de esplendor inacreditável.

Minhas lágrimas continuaram a correr, e Karim sussurrou:

— Sultana, meu bem, pare de chorar.

Para a tranquilidade dele eu finalmente consegui controlar as lágrimas, mas nada podia aliviar o medo que sentia ao pensar no que o futuro nos traria.

Wadi al Jafi

❖ ❖

Três semanas depois nosso palácio em Riad fervilhava com a agitação dos criados, que se movimentavam de um lado para outro terminando os preparativos necessários para a excursão da família ao deserto. Muitos deles iriam conosco, o que era uma rara e bem-vinda diversão na vida rotineira que levavam.

Misturados à agitação dos criados ouviam-se os gritos dos turbulentos homens que suavam profusamente enquanto carregavam os móveis e equipamentos pesados para os caminhões de mudança.

Apesar de todos se deliciarem com a perspectiva de passar algum tempo no deserto, a ideia de abrir mão do conforto não agrada a maioria das pessoas de minha família. Acostumados ao luxo, não temos vontade alguma de experimentar as duras condições de vida que nossos ancestrais levavam no deserto.

Naquele dia, juntamente com as tendas "Beduíno Negro" e os móveis feitos sob encomenda, os empregados embarcavam tapetes persas, almofadas de seda, lençóis de linho, porcelanas finas, copos de cristal, faqueiros de prata, além de panelas e travessas mais comuns. Banheiros portáteis especialmente projetados, que incluíam banheiras, vasos sanitários e pias, esperavam para ser embarcados. Assim que tudo aquilo estivesse acomodado nos caminhões, os baús especiais com nossas roupas seriam colocados por último, para termos acesso mais fácil a elas.

Cinco geradores movidos a gás já se encontravam em um caminhão especial. Eles gerariam energia para os dois freezers muito bem abastecidos e as três geladeiras que também esperavam para ser embarcadas. Dois fogões a gás e cilindros de gás encontravam-se do lado delas.

Nossos jardineiros filipinos foram encarregados de embalar comida fresca, que constava de frutas e legumes importados do Egito, Jordânia e Itália.

Mais de mil garrafas de água mineral Evian esperavam para ser ajeitadas em um outro caminhão. Dois caminhões-tanque grandes estavam prontos para partir, cheios de água para cozinhar e para tomar banho.

No meio daquela algazarra podiam-se ouvir os balidos das ovelhas e cacarejos das galinhas, recentemente trazidas da loja de animais. Depois de uma hora ao sol quente, na carroçaria de um caminhão, as pobres criaturas estavam ficando impacientes e barulhentas. Havia também camelos, alguns para montar, e outros, com menos sorte, que seriam preparados para um banquete no deserto.

Tomei nota mentalmente para manter a sensível Amani o mais longe possível da área onde esses animais seriam abatidos. Ela ficaria devastada se testemunhasse a morte de qualquer um deles.

Na semana anterior Karim alugara vinte e cinco ônibus com tração nas quatro rodas, com ar-condicionado, que haviam sido entregues no palácio e transportariam uma parte de nosso grande grupo.

De súbito, uma voz alta e zangada ecoou no jardim: um de nossos três cozinheiros egípcios gritava obscenidades para um dos aprendizes de cozinha.

Os falcoeiros, homens que treinavam e cuidavam dos falcões premiados de Karim, andavam pelo jardim com as aves, que tinham a cabeça coberta por capuz, empoleiradas nos braços dobrados e protegidos por grossas luvas de couro, chamadas *dasma al tair*, porque as garras dos falcões são capazes de rasgar a carne até o osso. Com olhos poderosos, asas longas e pontudas, bico forte em forma de gancho, garras longas e curvas, os falcões pegariam com facilidade os coelhos do deserto, pombas selvagens e a *hubara*, uma grande ave migratória que também era conhecida como abetarda. O capuz de couro dos falcões chama-se burca. Os *wakar al tair*, poleiros especiais para os falcões, encontravam-se espalhados pelo jardim. A península Arábica é um dos últimos lugares na Terra onde se realiza a caça com falcões. A temporada de inverno não tinha acabado ainda, por isso nossos maridos planejavam caçar enquanto estivéssemos no deserto.

No meio de toda aquela atividade, Maha e eu olhamos uma para a outra, compreendemos de imediato o que pensávamos e caímos na gargalhada. A combinação de todo aquele colorido e os barulhos faziam nosso jardim parecer tão exótico quanto um bazar lotado.

Até Amani começou a rir, apesar de ter sido chamada para ficar ao nosso lado quando dava instruções a uma desanimada criada filipina sobre como alimentar e cuidar de seus numerosos bichinhos de estimação enquanto ela estivesse fora. Essa criada tinha acabado de saber que era uma das dez empregadas designadas por Karim para ficar no nosso palácio em Riad.

Apesar de eu nunca me cansar de observar aquela cena, ainda tinha de tomar meu banho matinal, por isso voltei para dentro do palácio. Considerando o desconfortável calor do sol lá fora, disse a uma das governantas para embalar um suprimento extra de protetor solar.

Depois de tomar banho e suavizar a pele com uma loção cremosa, escolhi um vestido de algodão azul-claro que ia até os tornozelos. Nós, sauditas, nos vestimos no deserto da mesma forma que na cidade: os homens protegidos do sol intenso pelos thobes, e as mulheres por vestidos compridos.

Então trancei meu longo cabelo antes de colocar o véu, o lenço para a cabeça e a abaaya. Quando saímos de casa, somos obrigadas a usar esses acessórios.

Passei os dedos pelas peças sedosas com uma sensação de desagrado e medo. Nas viagens para o exterior, eu me sentia grata pelo fato de poder me livrar daquelas detestadas peças negras de vestuário, mas na Arábia Saudita elas eram uma parte integrante e odiada da minha vida diária. Depois de olhar a vida sem ser através uma tela negra e de respirar ar fresco sem o filtro de um tecido, o véu sempre me parece o peso do mundo caindo ao redor do meu corpo, apesar de ser feito de um tecido leve, como gaze. Suspirei profundamente. Era uma mulher adulta, mas ainda estava confusa com as contradições impostas pela vida. Afastei esses pensamentos desagradáveis e tratei de voltar para o jardim.

Os parentes que iam nos acompanhar na viagem e suas famílias já haviam chegado, e quando nossos motoristas deram partida nos motores, o grande grupo começou a se reunir ao redor dos carros e ônibus.

Minhas irmãs, Sara, Nura, Tahani, Dúnia e Haifa foram comigo em um carro, enquanto nossos maridos seguiram em dois outros. Nossos filhos se reuniram em grupos e assumiram a direção de seus próprios jipes.

Depois que todos os membros da família estavam acomodados, o enorme número de criados embarcou nos veículos restantes.

Por fim começava a viagem tão esperada! Só de pensar na aventura que tínhamos pela frente eu já sentia a presença do sangue de meus antepassados correndo-me pelas veias.

Olhei para minhas cinco irmãs. Quando nosso carro começou a deixar o palácio, tratamos de colocar o véu cobrindo nosso rosto. Mas cada uma de nós conservava a identidade individual apesar dos véus e mantos negros, e eu podia facilmente distinguir uma da outra.

Nura usava óculos havia anos, e o contorno deles era visível sob o tecido do véu. Os óculos de sol de Tahani encontravam-se em seu rosto, colocados de forma cômica do lado de fora, por cima do véu. Havia um pequeno aparelho de som estéreo por cima do lenço de cabeça de Haifa, que adorava música. Abaixei o olhar e vi os tênis Reebok, muito coloridos, por baixo da capa de Dúnia. Sara usava sandálias de couro.

Num impulso de travessura e um pouco pela irritação causada pelo ridículo costume de usar véu, assustei minhas irmãs gritando:

—Vamos tornar este dia o mais diferente de nossa vida! Vamos arrancar nossos véus e jogá-los na poeira!

Em seguida ergui os braços para remover meu véu, e Sara emitiu um grito ao segurar-me as mãos.

Olhando-me pelo espelho retrovisor, nosso motorista egípcio parecia estar a ponto de explodir, tal sua vontade de dar risada. Ele sabia muito bem o que eu pensava dos véus e das capas negras, e se divertia com meu comportamento nada convencional em público.

Nura, a matriarca da família, ergueu seu véu e me olhou zangada.

— Sultana! Ordeno que pare com isso! Hoje você vai se concentrar na viagem, não no véu.

— Nura, você está provando meu ponto de vista — provoquei, apontando para o rosto dela, que estava exposto. —

Até você sabe que as palavras têm pouco significado quando ditas por trás de um véu.

Aquilo era verdade! Cada palavra que se diz está ligada à expressão facial; uma sem a outra não tem grande significado.

— Sultana! — advertiu-me Nura.

Tahani começou a rir da expressão de incerteza de Nura ao se sentir exposta com o véu erguido. Todas, exceto Nura, riram também.

— Oh, está bem — murmurei. — Acho que não vou morrer se usar o véu por mais algumas horas.

Percebendo que eu estava apenas brincando o tempo todo, Nura inclinou-se para beliscar meu braço. Escapei me escondendo por trás de Sara. Começamos a rir.

— Não se preocupe, Nura — disse eu. — Alá obviamente quer que eu use este véu, que irei detestar até ir para o túmulo.

Nosso bom humor continuou enquanto a caravana passava por várias cidades modernas instaladas em cenários de oásis com tamareiras. O plano era montar acampamento em uma área entre as montanhas Tuwayq e as dunas Dahna. Há um *wadi* naquela área, ou seja, um leito seco de rio conhecido como Wadi al Jafi, uma antiga rota dos beduínos.

O ranger das engrenagens de nosso carro de tração nas quatro rodas e o balanço começaram a me cansar. Fiquei ansiosa para que a viagem terminasse e que tivesse início nossa aventura no deserto. Depois de horas rodando na areia, chegamos a uma área próxima do oásis de Wadi al Jafi. Apesar de haver vilas locais, acampamentos e outros pontos de ocupação por perto, nossas tendas seriam erguidas em um local isolado.

Gostei do lugar que Karim escolheu. Solidão e calma nos envolviam. Nem mesmo pássaros cantavam por ali, pois não havia árvores. Minhas irmãs, incluindo Nura, e as outras mulheres me imitaram quando tirei o véu do rosto e a abaaya do corpo.

A remoção dos trajes negros não era considerada imprópria, já que estávamos num círculo familiar de parentes mais próximos e de criados. É difícil esconder o rosto das pessoas que moram em nossos palácios; portanto, devido à necessidade prática, os homens contratados por nossas famílias logo se acostumam a ver o rosto sem véu das esposas e filhas dos patrões.

O céu aberto e a brisa do deserto tocando-me a pele trouxeram-me uma sensação de bem-estar. Sentindo-me livre e feliz como uma criança, ri quando os filhos mais novos de Sara começaram a perseguir os filhos também pequenos de Tahani. Seus pequenos pés erguiam nuvenzinhas de areia. As crianças também sentiam a atração da liberdade do deserto.

Antecipando momentos felizes, sentei-me em grupo com minhas irmãs e nossas filhas mais velhas, enquanto os criados lutavam para erguer as tendas negras de pelo de cabra que abrigariam nossas famílias pelas próximas duas semanas. Tomávamos com prazer o chá quente e açucarado, acomodadas em tapetes espalhados na areia endurecida pelo incansável vento do deserto.

Instalar as grandes tendas não era tarefa fácil, mesmo para quem estava acostumado a esse trabalho, e o espetáculo de colunas e tetos desabando nos fez rir mais de uma vez.

Observar os homens lutando com as tendas fez com que me sentisse contente com a posição privilegiada que tinha na vida. Tradicionalmente, todas as tarefas associadas com a tenda negra são responsabilidade exclusiva das mulheres. São elas que tosam o pelo das cabras e o tecem no tear, em seguida fazem o tecido mais reforçado para as paredes e teto das tendas. Mas o trabalho delas não termina aí, pois com o mesmo fio precisam tecer cobertores e tapetes para o chão e para as paredes interiores da tenda, mais as repartições que a dividem. Essas "casas de pelo" eram a moradia dos povos do deserto desde tempos muito longínquos.

Apesar de serem conhecidas como tendas "Beduíno Negro", elas não são totalmente pretas, mas têm os vários tons presentes no pelo das cabras. O tamanho das tendas varia, dependendo da riqueza e da importância do dono.

Claro, todas as nossas tendas tinham sido feitas especialmente e eram muito mais espaçosas e elaboradas do que a maioria dos beduínos pobres jamais havia visto. Cada tenda era feita com doze faixas largas de tecido preto e media vinte e cinco metros de comprimento. Oito estruturas de madeira mantinham a tenda em pé. Mesmo a menor das nossas tendas, que media apenas vinte metros de largura, seria considerada enorme pela maioria dos beduínos.

Nós, mulheres, cansamos de assistir à atividade muito antes de o acampamento ficar pronto. Apesar de admirarmos os trabalhadores mais rápidos, apenas cinco tetos de tenda estavam instalados e esticados depois de várias horas de trabalho árduo de vários homens. Um grande número de tendas ainda aguardava para ser montado. Sem dúvida, quando todas as tendas estivessem prontas já seria bem tarde da noite.

Ansiosas por andar um pouco, decidimos pedir a Asad que nos acompanhasse em curta caminhada fora da área do acampamento. Logo depois, com Asad na liderança, um grande grupo de mulheres e crianças caminhava alegremente pelo deserto, apesar de o sol estar alto no céu e ainda ter várias horas para continuar brilhando. Enquanto andávamos atrás das crianças que corriam, expúnhamos ao sol, com imenso prazer, o rosto descoberto.

Os olhos de Amani brilhavam de contentamento, pois ela conduzia um filhote de camelo em nosso passeio. Depois de chegarmos ao local do acampamento, quando os homens desembarcavam os camelos e ovelhas, Amani se aproximou de um filhote que havia levado um tombo e chorava, balançando na direção dela a cabeça no alto do longo pescoço. O animal fora separado cedo demais da mãe, e assim que reconheceu aquela nova fonte de conforto passou a seguir Amani por todo lado.

Quando ela começou a falar com o camelo com voz de bebê, concluí que não iríamos comer a carne macia daquele animal. Com sua pelagem suave, pernas compridas e principalmente os grandes olhos com longos cílios, o filhote de camelo conquistou todos os corações. Minha única esperança era de que Amani não insistisse em abrigar o animal dentro de nossa tenda.

Suspirei e olhei para minha filha mais nova imaginando como conseguiria curá-la daquele apego exagerado aos animais.

Sara tocou meu ombro e trocamos um olhar aflito. Minha querida irmã compreende cada uma de minhas emoções.

As crianças rapidamente formaram grupos e se espalharam em várias direções, prometendo que ficariam por perto.

Asad sentou-se em uma pequena colina e disse que nos vigiaria dali. Ele sorriu, feliz, observando os arredores com um potente binóculo.

Minhas irmãs e eu saímos andando de mãos dadas na direção de uma alta duna de areia. Admirei a imensidão do deserto.

— Pense, no passado nosso mundo era esta vastidão sem limites.

— E não faz tanto tempo assim — comentou Sara, abaixando-se para pegar uma flor amarela do deserto.

— Não posso nem imaginar a vida desolada e dura da qual escapamos — observou Dúnia, chegando a tremer só de pensar no trabalho pesado que significava um acampamento.

Nura riu, revirando os olhos. Sara e eu trocamos sorrisos de compreensão. Tínhamos estranhado ao saber que Dúnia havia concordado em participar da viagem ao deserto. Raramente ela se aventurava fora da segurança de seus palácios. Para nossa surpresa, assim que teve certeza de que haveria lugar para sua massagista egípcia e para a libanesa especialista em tratamentos faciais, ela decidira nos acompanhar.

Sara e eu não nos acostumávamos com o modo de ser dessa nossa irmã. Ela era, dentre nós, a que tinha a personalidade ideal para uma princesa real saudita. Das dez filhas de nossa mãe, nenhuma sabe apreciar uma vida de lazer melhor do que Dúnia. Seu passatempo favorito é tornar-se tão perfeita quanto permitam as imperfeições de seu rosto e corpo. Essa irmã especializou-se em preencher os dias comendo, dormindo, submetendo-se a tratamentos de beleza e visitando a família e amigas. Não lê jornais, revistas ou livros, não faz ginástica nem tem o menor interesse pelo mundo fora de seus palácios. À medida que os anos foram passando, fui notando que o cansaço debilitante de Dúnia aumentava e que ela dormia durante mais tempo. Cheguei a temer que se tratasse de algum problema mental, mas parece que não é o caso. Acontece apenas que nada interessa a sua mente preguiçosa.

Mas ela não é má pessoa; nunca magoou ninguém em sua vida. Por outro lado, até onde sei, Dúnia também nunca ajudou ninguém. Claro que nós, suas irmãs, a amamos, porém sem nenhum outro motivo a não ser pelo fato de ela ter nascido de nossa mãe. Essa irmã não herdou nenhuma das maravilhosas qualidades de nossa mãe, mas é do nosso sangue. Não temos opção senão amá-la.

De repente Nura parou e curvou-se para pegar um punhado da areia do deserto.

— Sim. Nós escapamos por pouco da dura vida dos nômades.

Dúnia deu alguns tapinhas leves no próprio rosto.

— Nura, você vai me causar rugas de preocupação falando assim.

Nós todas demos boas risadas. O que havia mantido a pele dela impecável era sua falta de paixão por qualquer coisa que fosse, já que nunca era a favor ou contra em qualquer discussão, combinada com os intermináveis tratamentos faciais, massagens e cremes milagrosos. Nenhuma ruga ousaria aparecer no rosto dessa minha irmã!

Alguns anos antes e apenas entre nós, Karim havia dado a ela o apelido de "A Múmia", dizendo que nenhum dos anos que Dúnia passara nesta terra havia sido inscrito em seu rosto.

Nura aproximou-se dela, abraçou-a e beijou-a nas duas faces.

— Oh, Dúnia! Você se preocupa com a possibilidade de ter rugas?

Nossa irmã forçou-se a sorrir. Como de hábito, não conseguiu pensar em nada adequado para dizer.

Sim, era possível que a mente de Dúnia estivesse vazia, pensei com tristeza.

Daí por diante fomos caminhando em silêncio até alcançar a elevação que tínhamos visto de longe. Então, de repente, o esplendor das ondulações de areia das dunas Dahna surgiu diante de nossos olhos. Cada grão daquela quantidade inimaginável de areia havia formado impressionantes elevações avermelhadas; várias dunas erguiam-se tão alto que pareciam tocar o céu azul. Contive a respiração, maravilhada com a paisagem majestosa.

Minhas irmãs ficaram paradas, permitindo que seus sentidos respondessem à visão ancestral da areia vermelha que brilhava como cobre à luz do sol. Tornamo-nos humildes ao pensar que por milhares de anos nossos ancestrais se haviam deslumbrado com a beleza daquelas extensões, do mesmo modo que tínhamos a sorte de nos deslumbrar nesse momento. Ali, naquela imensidão de areia, a ausência de sons humanos se acumulava em meus ouvidos, e escutei atentamente o nada. Quando fiz força para enxergar a distância, pensei ver algo se movendo. Protegi os olhos com as mãos.

— Vejam! — gritei, apontando para toda aquela areia avermelhada. — As dunas estão se movendo!

O vento não era mais do que uma leve brisa, mas a areia parecia estar avançando para nós. Apertei os olhos. Seria uma miragem do deserto?

Sara recuou, alarmada, e nesse momento percebi que não era a areia que estava se movendo, mas sim que um grande grupo de homens montados em camelos movia-se pela areia em nossa direção! Eram estranhos, e estávamos com o rosto e cabelos à mostra, sozinhas e indefesas, a alguma distância de nosso protetor Asad! O som de gritos nos causou novo choque. Vários dos viajantes do deserto haviam desenrolado suas *ghutras*, a cobertura axadrezada de vermelho e branco para a cabeça, e as acenavam para nós! Obviamente eram beduínos que nos tinham visto e feito seus camelos disparar em nossa direção!

Muito assustadas, minhas irmãs e eu gritamos para nossas filhas e crianças pequenas, enquanto corríamos de volta ao local onde Asad ficara.

Tahani gritou, em pânico, quando tropeçou no vestido longo e caiu. Dúnia nem pensou em parar e ajudar a irmã, continuou correndo com uma velocidade excepcional e logo a perdi de vista.

Asad largou o binóculo e disparou ao nosso encontro. Quando viu a causa de nosso medo, pediu que nos acalmássemos e voltássemos depressa para o acampamento. Ele ficaria para receber os viajantes do deserto.

Uma hora mais tarde minhas irmãs e eu já conseguíamos rir do que havia acontecido. Quer dizer, todas exceto Dúnia, que ainda chorava aterrorizada apesar de estarmos sentadas em segurança na nossa espaçosa tenda e protegidas por nossos homens. Uma criada colocava um pano molhado em água fria atrás do outro na testa da ama apavorada, mas nada acalmava nossa irmã. Ela estava convencida de que mal conseguira escapar de ser agarrada por aqueles homens e forçada a passar o resto da vida como esposa de um beduíno.

Apesar de parecer estranho a nós, ainda havia algumas tribos na Arábia que não tinham aderido à vida urbana. E é sabido que esses árabes do deserto facilmente se ofendem e se tornam violentos quando são recusadas suas ofertas para comprar as mulheres que desejam. Ninguém garantia que aqueles nômades não poderiam reverter de repente para os costumes antigos e ter simplesmente roubado uma de nós!

Em 1979 uma americana que Sara conhece bem conseguiu escapar por pouco de um destino assim. Um dia, quando passeavam pelo deserto, essa mulher, Janet, e seu namorado, Bill — um americano que trabalhava para Asad cuidando de uma de suas empresas —, encontraram um acampamento beduíno. Bill, que vivia na Arábia havia algum tempo, falava bem o árabe. Quando o casal foi convidado a se juntar à tribo para o chá, ele ficou feliz com a rara oportunidade de mostrar a Janet um autêntico acampamento beduíno.

Mas, desde o começo, o encontro com os beduínos foi perturbador. Os nômades do deserto se encantaram com a mulher americana. Janet era muito bonita: tinha pele cor de marfim, olhos verdes e cabelos ruivos que iam até a cintura. Aqueles beduínos nunca tinham visto nada parecido!

Depois do segundo chá, o chefe beduíno ficou mais ousado e perguntou a Bill quanto ele queria pela mulher. Brincando, o americano disse que aquela mulher era muito cara, que valia no mínimo cem camelos. O chefe beduíno balançou a cabeça de forma solene, avaliando a beleza ruiva. Aquela mulher realmente merecia ser muito cara! O chefe, então, bateu palmas e concordou. Sim, ele estava disposto a sacrificar o futuro financeiro da tribo para possuir aquela tentação. Sim, ele pagaria os cem camelos por aquela mulher. E até mais do que isso. O intenso brilho nos olhos negros do chefe demonstrava que ele *precisava* ter aquela mulher!

Para grande preocupação de Bill, o chefe mandou os homens reunir os melhores cem camelos do grande rebanho. O americano gentilmente recusou a generosa oferta e viu o preço dobrar uma, duas vezes. Quando o chefe por fim compreendeu que a mulher não estava à venda para ele por nenhuma quantidade de camelos, mudou rapidamente do estado de generosa hospitalidade para o de violenta raiva de ofendido. Um chefe beduíno não podia ter uma mulher como aquela? Aquilo era um insulto!

A situação deteriorou rapidamente, e o assustado casal mal conseguiu escapar do grupo agitado. Os dois correram para seu carro e saíram de lá em alta velocidade, perseguidos durante algum tempo pelos árabes em seus camelos. Quem sabe o que poderia ter acontecido se o carro não fosse veloz o bastante para deixar para trás a horda de irados beduínos?

Depois de cumprimentar os recém-chegados, Asad os convidou para ir ao nosso acampamento tomar chá. Ficamos sabendo, então, que os homens que nos haviam assustado tanto eram membros de uma tribo beduína e haviam saído para caçar.

Àquela altura estávamos esperando que eles fossem embora para podermos nos reunir aos nossos maridos. Logo após o cheiro de comida começar a provocar nosso estômago, que roncava, ouvimos as despedidas em voz alta dos homens. Depois de conseguir de nossos maridos a promessa de que logo iríamos visitar o acampamento deles, os beduínos por fim partiram.

Só me tranquilizei quando eles já iam longe, e fui a primeira a sair da tenda. Minhas irmãs e as outras mulheres me seguiram de imediato.

Todos nós estávamos com fome, por isso rapidamente organizei os familiares em um círculo sobre os tapetes, que eram cobertos no centro pelos grandes panos de linho branco que serviriam como mesa. Ainda existia na Arábia Saudita o costume de os homens comerem primeiro e as mulheres esperarem para comer o que restasse, mas nós não o seguíamos. Quando o grupo é formado apenas por nossa família, todos fazemos as refeições juntos. Mesmo o arrogante Ali costuma fazer as refeições com as esposas e filhos. Portanto, estávamos todos sentados de pernas cruzadas quando nossos criados trouxeram os jarros de água para lavarmos as mãos.

Minha boca encheu-se de água em antecipação ao banquete que eu sabia estar reservado para nós. Os cozinheiros estavam preparando o jantar desde que havíamos chegado.

Com os desentendimentos anteriores esquecidos, os três cozinheiros ficaram parados um ao lado do outro, e a sucessão de pratos começou. Seis homens carregavam uma grande bandeja de latão que tinha pelo menos três metros de comprimento. Um filhote de camelo, que ficara assando no espeto o dia inteiro, encontrava-se agora sobre a enorme bandeja acompanhado por grande quantidade de arroz. Dentro do camelo havia um cordeiro, que tinha sido recheado com frangos. Os frangos, por sua vez, estavam recheados com ovos cozidos e legumes.

Os criados começaram a colocar tigelas com salada, azeitonas, queijos e uma variedade de outros pratos diante de nós.

Nossos rituais que precediam as refeições logo tiveram início. Karim fez a prece, *Bismillah*, ou "Em nome do misericordioso Alá". No seu papel como anfitrião, meu marido passou a insistir para que o marido de Nura, Ahmed, que era o mais velho ali, fosse o primeiro a experimentar a comida.

Ahmed respondeu-lhe que não merecia tal honra.

Com maior fervor, a voz de Karim foi ficando mais alta ao declarar que o nome de nossa família cairia em desgraça se Ahmed não fosse o primeiro a comer.

Eu ouvia mas não escutava, uma vez que estava tão acostumada com aquelas cerimônias que geralmente não pensava nada naquele intervalo antes de começar a comer.

Mas como naquela ocasião estava quase desmaiando de fome, apesar de eu não dizer nada, passou pela minha cabeça a ideia de que nós, sauditas, dedicamos um exagero de tempo a rituais sem sentido, uma vez que o resultado é mais do que conhecido. Todos sabiam que Ahmed acabaria se deixando convencer a comer primeiro.

Karim e Ahmed continuaram com aquilo por tanto tempo que pensei que poderia muito bem roubar uma almôndega de uma tigela que estava perto de mim. Quando movi a mão para a tigela, Karim fez uma bola de arroz com as mãos e a entregou a Ahmed. Meu cunhado por fim cedeu; colocou a bola de arroz na boca antes de arrancar um pedaço de carne da carcaça do camelo.

Esse era o sinal de que o banquete podia começar. Tigelas foram passadas de mão em mão, enquanto outras mãos ansiosas avançavam para o prato principal. Todos nós estávamos tão famintos que aquela foi uma rara ocasião em que nenhuma conversa interrompeu a refeição.

Depois de termos consumido tudo que queríamos dos pratos principais, os criados começaram a trazer bandeja após bandeja de doces feitos de massas, creme, nozes e mel. Apesar de estarmos mais que satisfeitos, todo mundo experimentou os doces deliciosos.

Vozes se ergueram entoando o *Alhamdulilah*, ou o "Graças a Deus". Por fim, tigelas prateadas cheias de água de rosas foram trazidas para todos lavarem as mãos e os lábios.

O jantar havia acabado.

Karim fez uma sugestão:

—Vamos todos nos sentar no chão perto da fogueira.

Com o desaparecimento do sol, o ar da noite se tornara frio, assim ficamos felizes por nos reunir ao redor das brasas da fogueira principal. Até as crianças menores foram. E passamos ao antigo costume de narrar nossa história, que era uma das atividades preferidas em todas as reuniões familiares.

Quando os criados começaram a nos servir café e chá, e limonada para as crianças menores, cada membro da família se dispôs a contar em versos histórias emocionantes da vida das caravanas e das guerras tribais.

No passado, árabes e beduínos frequentemente atacavam uns aos outros. Tais ataques eram considerados um modo honroso de sustentar a tribo. Nenhum guerreiro era mais temido do que os guerreiros Al Saud, pois eles matavam sem pena os inimigos, vangloriando-se de que em seus combates não deixavam um só guerreiro adversário vivo. Aqueles que eram considerados inocentes — mulheres, crianças e idosos — eram divididos entre os vitoriosos, tornando-se propriedade deles.

Animados por essas histórias, os homens mais velhos de nossa família sentiram-se obviamente atraídos pelo passado, pois quando Ahmed saltou de pé e ordenou que os criados trouxessem sua espada, nossos maridos o acompanharam. Pouco depois os homens de nosso grupo dançavam a *ardha*, uma versão árabe da dança da guerra.

Sorri abertamente ao ver Karim e os outros homens saltando e cantando, ao mesmo tempo que brandiam as espadas com movimentos extravagantes. Meu irmão Ali começou uma luta simulada com Asad, mas logo desistiu, com o rosto vermelho e cansado. Apesar de Ali ser muito maior do que Asad, ao longo dos anos seus músculos se haviam transformado em gordura, enquanto nosso altamente disciplinado cunhado se mantivera em plena forma.

Depois de muita diversão, nossos homens, ofegantes, tornaram a sentar-se em volta da fogueira. Ergueram jarros de água, apontando o bico para a boca. Com habilidade, dirigiam o jato de água diretamente para a garganta, sem derrubar uma só gota nos lábios.

Quando Tahani começou a contar uma história de amor beduína, Ali a interrompeu fazendo troça dos sentimentos melosos.

Para meu desalento, Tahani calou-se de imediato.

Ali olhou para as crianças menores e disse, em tom severo:

— Histórias de amor vão torcer a mente de vocês na direção errada. A lição mais importante que devem aprender está na história que lhes vou contar.

Troquei um olhar com Sara e, lembrando-me da promessa que havia feito a Karim de não brigar com meu irmão durante aquela viagem, tentei fingir que estava interessada.

Mesmo rodeado pelas esposas, irmãs, cunhadas e sobrinhas, meu irmão não podia controlar os preconceitos que tinha contra as mulheres! O ódio era o combustível da história que ele teve a coragem de contar. Tratava-se de um jovem beduíno que, depois de ser atacado de modo violento por membros de uma tribo rival e seriamente ferido, teve a vida salva por uma mulher que era estranha para ele. Esse jovem ficou tão revoltado ao saber que as mãos de uma desconhecida haviam tocado seu corpo que cuspiu no rosto dela e exigiu que fosse apedrejada!

Terminada a narrativa, Ali olhou para os filhos e para os sobrinhos e, confiantemente exaltado pelo seu papel de sábio ancião, declarou aos pequenos e impressionáveis meninos que é melhor morrer nas mãos de inimigos homens do que ser salvo pelas mãos de uma mulher estranha!

Fiquei estarrecida diante da audácia de meu irmão! Para me impedir de falar, cheguei a morder a língua e a segurá-la entre os dentes.

A história de Ali encontrou desaprovação em todos os cantos, mas as pessoas presentes foram mais educadas do que Ali merecia e, para meu desapontamento, ninguém lhe fez críticas enfurecidas.

O rosto das mulheres ainda espelhava abatimento quando Karim pigarreou e ofereceu-se para contar a história final. Meu coração abriu-se para meu marido, pois ficou claro que ele desejava que nossas crianças fossem dormir com outras ideias na mente que não as incutidas pela história perversa de Ali.

Ele se dirigiu às crianças e aos jovens.

— Queridas crianças e meus jovens, as qualidades mais desejáveis que qualquer pessoa pode ter são a generosidade e a hospitalidade. E é com prazer que lhes vou contar a história de um árabe que foi o homem mais generoso que já existiu.

Meu marido contou então uma história beduína popular que toca o coração de qualquer árabe, pois nada nos emociona mais do que histórias de uma grande generosidade.

— Diz-se que todo grande homem nasce em tenda pequena. E esse foi o caso do xeque Hatim. Ele nasceu em uma tenda pequena, mas por meio de trabalho árduo tornou-se um dos xeques mais ricos que já conduziram seus rebanhos pelo vasto deserto.

O nome desse homem era conhecido por todos, não por causa de sua riqueza, mas por causa dessa grande virtude árabe, a generosidade, que ele praticava com mais fidelidade que qualquer homem vivo. O xeque Hatim dava a todos que pediam e nunca questionava a necessidade de ninguém. Não recusava o pedido de uma pessoa, nem mesmo quando se tratava de um inimigo. Uma vez, quatrocentos homens, mulheres e crianças com fome saíram de suas terras castigadas pela seca e chegaram à tenda do xeque. O que ele fez? Matou e assou cinquenta camelos para lhes dar de comer.

Quando ouviu falar desse xeque, o sultão de Roum teve certeza de que tanta generosidade não passava de pretensão, que era um modo de se exibir e de fazer propaganda das coisas que ele tinha para vender. Então decidiu mandar seus homens pedir a Hatim o que ele possuía de mais precioso.

Tratava-se de um garanhão valioso conhecido em toda a terra. Queria, assim, ver se o xeque era generoso como diziam.

O garanhão, chamado Duldul, era o melhor cavalo de toda a Arábia. Havia sido criado com os filhos de Hatim e compartilhado de todas as alegrias e tristezas da casa de seu dono. O cavalo era tão amado que jamais conhecera o toque de um chicote nem ouvira uma palavra dura.

Bem, os homens do sultão se perderam no caminho, devido a uma violenta tempestade, e quando chegaram estavam famintos e fatigados. Ficaram surpresos por ver apenas três tendas pequenas e nenhum rebanho de animais, apesar de Hatim ir ao encontro deles cavalgando seu amado garanhão, Duldul.

Os homens do sultão viram claramente que o xeque não estava esperando visitantes, mas ainda assim ele os recebeu com muito calor e grande hospitalidade. Vendo o deplorável estado em que seus hóspedes se encontravam, o xeque declarou que ia preparar um banquete.

Tendo visto a terra árida, os homens ficaram surpresos quando se acomodaram para saborear uma refeição com carne deliciosa, grelhada e assada, usada também em sopas e pratos saborosos. Os homens famintos declararam que nunca tinham sido alimentados de forma tão maravilhosa. Sentiram-se, então, envergonhados do que tinham ido fazer ali e disseram ao xeque que o sultão de Roum os havia enviado para testar a generosidade dele pedindo seu garanhão Duldul.

Hatim abateu-se como se tivesse sido atingido por um golpe poderoso. Seu rosto ficou mortalmente pálido antes de ele dizer:

— Ah, amigos, se vocês tivessem dito o que vieram fazer logo que chegaram aqui! Mas não poderiam avaliar minhas circunstâncias. Acontece que eu não estava preparado para receber visitantes, pois chegamos a este lugar faz apenas dois dias. Estamos aguardando nosso pessoal e rebanhos, mas uma forte chuva caiu e as enchentes inesperadas os impediram de nos alcançar. Quando vocês chegaram, exaustos e famintos, o que eu poderia fazer? Não havia carne na minha tenda e nenhuma ovelha ou cabra a menos de um dia de jornada. Eu poderia falhar em oferecer minha hospitalidade? Não pude suportar a ideia de não alimentar homens famintos. Então meu valioso garanhão, Duldul, o cavalo que conhecia cada um de meus desejos e obedecia a cada uma de minhas palavras... o que mais eu poderia ter feito?

Lágrimas desciam pelo rosto do xeque quando ele acrescentou:

— Agora, vão e contem ao seu descrente sultão de Roum que ao me ver nessa situação eu cozinhei e servi o belo e obediente Duldul para vocês comerem.

Karim calou-se e sorriu para as crianças e os jovens, que estavam de olhos arregalados diante da ideia de tamanha hospitalidade.

— Agora, crianças — disse meu marido —, saibam que ouviram a história de um verdadeiro árabe, do melhor árabe, de um homem cuja generosidade nunca foi questionada.

A história de Karim deixou a todos sorridentes e de bom humor, e o pessoal começou a ir para suas tendas individuais.

Quando Ali passou por mim, seu olhar arrogante tornou a me irritar. No momento em que meu irmão ofereceu o rosto para que eu lhe desse um beijo de boa-noite, fiquei tensa. Com o canto dos olhos vi Karim me observando.

Então sorri e me ergui na ponta dos pés.

Ali se aproximou.

Meus lábios tocaram levemente o rosto dele antes de eu sussurrar uma devastadora praga beduína em seu ouvido:

— Que todos os camelos de seu rebanho fiquem mancos, Ali.

Enquanto Karim me olhava com carinhosa aprovação, Ali me fitou com profunda surpresa. Ele ainda estava satisfeito com seu papel de homem sábio e não podia imaginar o motivo de minhas palavras de desprezo.

Sorri triunfante ao caminhar para nossa tenda, que havia sido preparada mais cedo naquele dia, segundo as instruções de Karim.

Era dividida em cinco partes. Com cortinas de veludo servindo de divisórias, a sala maior foi arranjada para entretenimento e refeições; duas divisões eram para dormir, e as outras duas serviam como banheiros. Karim e eu ficaríamos com um quarto e um banheiro, nossas filhas com os outros.

Atravessei a sala maior, onde pequenos sofás feitos sob encomenda, além de almofadas bege e cor de pêssego, estavam por cima de tapetes estendidos sobre o forro de pelo de cabra que cobria o solo arenoso do deserto. Selas de camelo decoradas em dourado e com franjas prateadas, para ser usadas por nossos homens em suas cavalgadas pelo deserto, alinhavam-se contra uma terceira parede. Faixas, espadas e a bandeira saudita completavam a decoração.

Os quartos tinham sido decorados com peças únicas de incrível beleza. Nossas camas eram guarnecidas com dosséis muito leves e tinham cobertas de tecido bem fechado que protegeriam nosso corpo da poeira e dos insetos do deserto.

Minha criada já havia preparado a camisola e, depois de lavar o rosto e escovar os dentes, tirei o vestido. Suspirei satisfeita ao me esticar no meu lado da cama.

Aquele dia de minha vida havia sido mais agradável do que muitos outros. Dormi num instante e nem ouvi quando Karim entrou no quarto.

Turbilhão de areia

◆ ◆

Os dias seguintes foram de grande alegria para toda a família. Os homens montaram seus camelos e caçaram nas areias do deserto, enquanto as crianças brincavam sem descanso com os primos. Nós, mulheres, dávamos longos passeios ao redor do acampamento, admirando a paisagem e compartilhando lembranças felizes da infância.

No terceiro dia nossos maridos sugeriram que visitássemos o acampamento da tribo beduína cujos homens haviam nos assustado tanto no primeiro dia. Como todas as árabes das cidades, tínhamos curiosidade a respeito da vida dos beduínos e estávamos ansiosas para ir. Todas as mulheres estavam, exceto Dúnia, é claro. Ela recusou abertamente o convite, declarando que seu temperamento frágil não poderia sobreviver ao choque de visitar um sujo acampamento beduíno, por isso ficou com as criadas e as crianças.

As pessoas que não conhecem a Arábia acham que todos os árabes são beduínos; na verdade, os árabes da cidade e os árabes do deserto, ou seja, os beduínos, raramente coexistiram em paz, e mesmo hoje em dia ainda há entre eles um conflito difuso mas constante. Os árabes da cidade fazem piada com os beduínos, dizendo que são tolos, enquanto os beduínos dizem que os árabes da cidade são pecadores sem moral. Não faz muito tempo, os "Bedu selvagens" enfiavam pedaços de pano nas narinas quando se viam obrigados a ir às cidades, para evitar serem contaminados com os odores dos árabes da cidade.

Ainda assim os beduínos sempre recebem calorosamente os visitantes em seus acampamentos, mesmo que a hospitalidade tenha curta duração.

Estive em vários acampamentos beduínos quando era menina e estava interessada em descobrir se os anos que se haviam passado desde então tinham trazido alguma melhoria à vida sombria deles. Lembro-me de que os beduínos que conheci naquela época viviam amontoados em tendas cheias de lixo.

A vida do beduíno começa com um alto risco de mortalidade infantil. As crianças que sobrevivem à infância correm descalças, sem escola e sem banho pelos acampamentos. E as mulheres! Mal consigo pensar nelas sem um tremor involuntário. Sem dúvida, em todas as classes sociais na Arábia Saudita as beduínas também são vistas como inferiores aos homens, mas a vida delas é pior em todos os aspectos, uma vez que não têm riqueza para suavizar sua vida dura. São terrivelmente sobrecarregadas por trabalho pesado. Além de atender aos maridos e de cuidar de muitos filhos, suas responsabilidades como nômades incluem montar e desmontar o acampamento!

Estes pensamentos passavam por minha mente enquanto percorríamos o trajeto irregular pelo deserto. Felizmente a distância era apenas de uns quinze quilômetros. Logo a fumaça do acampamento pôde ser vista a distância. Mas os beduínos haviam visto a poeira erguida por nossos veículos muito antes de avistarmos o acampamento deles. Mais de vinte homens montaram em seus camelos e nos aguardavam a alguma distância da entrada do acampamento formado pelas tendas.

Um dos beduínos chamou minha atenção. Tratava-se de um homem robusto, de meia-idade, com feições marcantes e olhos negros dominadores. Com sua longa capa preta ondulando atrás dele, parecia um rei; sua magnífica montaria era uma jovem e forte fêmea de camelo. O olhar do beduíno era penetrante e encontrava-se fixo em nós, espelhando confiança absoluta. Não houve a menor sombra de um sorriso em seus lábios quando viu os visitantes estranhos, apesar de eu achar curioso que os lábios de seu camelo parecessem mostrar um constante sorriso. Com majestosa dignidade, ele deu mais de uma volta ao redor de nossos carros, como que nos inspecionando. Eu soube, sem perguntar, que ele era o chefe do acampamento. Aquele beduíno era orgulhoso e não se deixava impressionar por homem algum, nem mesmo pela família real. Ele estava nos mostrando que sermos bem-vindos dependia de sua aprovação.

Quando Ahmed colocou a cabeça para fora do carro, o beduíno disse que era o xeque Fahd e, por fim, exibiu um sorriso. Com uma voz que lembrava o som de um trovão, ele nos desejou a esperança da bênção de Alá. Em seguida, com um gesto de mão floreado, apontou para a entrada do acampamento.

A um sinal seu, os outros beduínos começaram a gritar boas-vindas, e todos cavalgaram alegremente junto de nossos veículos enquanto avançávamos lentamente para o acampamento.

Quando o xeque Fahd gritou anunciando que tinha hóspedes honrados, o acampamento beduíno subitamente adquiriu vida. Mulheres com véus, carregando bebês, e muitas crianças malvestidas emergiram da fileira de tendas.

No momento em que desci do jipe, fui atingida pelo cheiro que pairava no ar. Meu nariz se torceu com o fedor de animais e áreas de abatedouros imundas de sangue.

Caminhei com cuidado, pois o chão estava todo sujo com dejetos de animais. Pelo jeito o local era limpo apenas pelas chuvas, e fazia muito tempo que não chovia. Eu disse a mim mesma que cada passo que dava era um passo na direção do passado.

Mais de dez mulheres, usando vestidos de cores brilhantes e cobertas com o véu beduíno, caminharam até nós. É normal para as beduínas deixar os olhos descobertos, enquanto a tradição das mulheres árabes da cidade é a de esconder o rosto todo. Quando fomos recebidos por aquelas mulheres, pude notar que toda a energia delas se refletia nos olhos escuros e vivos.

Nossos maridos juntaram-se aos homens na tenda do xeque para tomar chá, enquanto minhas irmãs e eu seguimos para a tenda das mulheres. A mulher mais alta, que usava um vestido azul-brilhante e coberto por bordados dourados, chamava-se Faten, e logo nos fez saber que era a favorita das quatro esposas do xeque. Seus olhos brilhavam de orgulho ao nos levar para sua tenda pessoal.

Como manda o Corão, o chefe beduíno pelo jeito dava uma tenda para cada esposa, da mesma forma como os árabes da cidade constroem vilas individuais ou palácios para cada esposa.

Enquanto éramos escoltadas tenda adentro, Faten fez uma mesura e disse:

— Como a esposa favorita do xeque Fahd, eu lhes dou as boas-vindas a minha tenda.

Ao passarmos pela porta de pelo de cabra da tenda de Faten, olhei ao redor sem esconder meu interesse. O interior era escuro e cheio de coisas, como eu lembrava das tendas de beduínos que vira na minha infância. No centro da sala havia o fogo para o café, rodeado de pilhas de cinzas brancas dos fogos anteriores. Numerosas cores atraentes chamaram minha atenção. Almofadas de vários tons de laranja, azul e vermelho estavam empilhadas sobre colchões e acolchoados coloridos; panelas, potes, recipientes com comida e panos dobrados podiam ser vistos por todos os cantos.

Tudo parecia sujo, e a tenda tinha um odor ruim de doença. O pior de tudo eram as crianças pequenas. O choro agudo de vários bebês agitados enchia o ambiente, e crianças um pouco maiores, tímidas e sujas, olhavam escondidas por trás das mães. Fiquei triste ao ver um menino infeliz, que parecia ter quatro ou cinco anos, arrastando-se no chão com o apoio das mãos. Quando uma das mulheres percebeu que a triste condição de aleijado do pequeno chamara minha atenção, contou-me que a mãe o deixara cair de um camelo quando ainda era bebê.

Tentei pegá-lo no colo, mas ele começou a gritar de medo. Uma das mulheres, que calculei ser a mãe, deu-lhe tapas nas pernas encolhidas até que ele se arrastou para um canto da tenda, onde se enrodilhou, choramingando.

Fiquei com o coração partido com a situação daquela criança. Ao contrário de outras culturas, os árabes, e os beduínos em particular, não cuidam dos deficientes. Enquanto crianças sadias são consideradas riqueza e prestígio para a família, a criança sem saúde é uma vergonha temida. O garoto provavelmente viveria sua curta vida de miserável aleijado sem amor e mal alimentado.

Eu queria muito pegar o menininho e levá-lo comigo, mas uma atitude dessas é totalmente inédita no meu país. Quando negligenciadas, as crianças nunca são tiradas das famílias, não importam as circunstâncias.

Uma das mulheres tocou levemente no meu braço e eu aceitei a xícara que me era oferecida. Havia incrustações de sujeira de muitos usos anteriores nela. Outra mulher, com as mãos calejadas por ter erguido muitas tendas, colocou água quente na minha xícara. Não havia jeito senão beber; se não o fizesse, nossas anfitriãs se sentiriam profundamente ofendidas.

Assim que se certificou de que todas as hóspedes haviam sido servidas, Faten tirou o véu. Ela demonstrou orgulho em mostrar que era, de fato, muito bonita e muito jovem, com não mais de 18 ou 19 anos, mais ou menos a idade de Maha.

As outras beduínas também tiraram o véu. Eram de aparência muito mais velha e bem mais maltratadas pelo tempo. Não era de admirar que Faten fosse a esposa favorita, pois não tinha ainda sofrido o desgaste de inúmeros partos e da dura vida no deserto.

Faten empinou-se diante de nós ao mostrar os vários enfeites que disse ter sido presentes especiais do chefe.

— Ele não visita mais as outras esposas — contou-nos com um largo sorriso.

E indicou três outras mulheres que trocaram olhares de disfarçada irritação, enquanto minhas irmãs e eu ficávamos ali, sentadas e meio sem jeito. Quando uma das mulheres mais velhas insistiu para que minhas irmãs e eu também tirássemos o véu, nós o fizemos.

Faten ficou impressionada com a beleza de Sara. Obviamente, estava acostumada a ser a celebridade da aldeia, mas nenhuma mulher era tão bela quanto Sara. Se minha querida irmã vivesse em um país em que as mulheres não fossem forçadas a cobrir o rosto, seria famosa por sua magnífica beleza.

As outras mulheres a rodearam e começaram a tocar-lhe o rosto e o cabelo. Uma delas disse a Faten que se o xeque Fahd visse alguém como Sara abandonaria a cama dela, frustrado. As outras três esposas concordaram bem depressa.

A visivelmente mimada Faten ficou com inveja e começou a comandar as outras mulheres para que pegassem isto ou aquilo. Sua voz tornou-se muito alta, ríspida, e como símbolo de resistência as outras fingiam não compreender suas instruções.

As palavras trocadas entre elas foram ficando tão ásperas, e os olhares tão agressivos, que temi que iríamos testemunhar uma altercação entre aquelas mulheres grosseiras. A demonstração de incivilidade me fez refletir sobre o que teria sido a realidade de minha vida se nossos ancestrais não tivessem deixado o deserto para ir viver em cidades. Na cultura beduína, o status de uma mulher depende apenas de sua juventude, beleza e capacidade de produzir filhos. Uma mulher beduína da minha idade que tivesse perdido um seio e a capacidade de ter filhos seria abandonada pelo marido. Sem dúvida, eu teria me tornado a criada de uma beldade insensível como Faten!

Pela primeira vez em muito tempo reconheci que a Arábia Saudita estava dando alguns passos no sentido de melhorar a condição de vida das mulheres. Senti um raro momento de gratidão pela minha posição social.

Quando, embaraçada, Sara ameaçou recolocar o véu se não fosse deixada em paz, as três esposas mais velhas gritaram que iriam ficar quietas para ter o prazer de ver a criação mais perfeita de Alá.

Faten não pôde mais resistir! Seus lábios se curvaram com raiva, e ela olhou com ódio para Sara, amaldiçoando-a:

— *Que você tenha pústulas! Que Alá desfigure seu rosto!*

Ficamos todas sem fala com o choque pelo comportamento tão agressivo.

Num silêncio digno, Sara levantou-se para sair. Faten achou que o gesto era de desafio. Seu olhar tornou-se alucinado, as narinas se dilataram e a selvagem beduína avançou sobre minha delicada irmã com clara intenção de violência!

Assustada, Sara congelou no lugar e levou a mão ao pescoço.

Desde o infeliz primeiro casamento dela, quando fora brutalizada por um marido cruel, todos de nossa família passaram a oferecer-lhe proteção física incondicional.

Nura avançou para protegê-la, mas não foi tão rápida quanto sua irmã mais jovem. Coloquei-me na frente de Sara quando Faten atacou. Senti algo bater no meu rosto.

A beduína ensandecida me havia dado um soco no nariz!

Lembro-me de meu pai uma vez ter dito que "aquele que não se faz temer pelo beduíno logo vai temer o beduíno". Era óbvio que aquela mulher não iria compreender nada, exceto a força. Quando Faten recuou para atacar novamente, eu soltei um tremendo grito e saltei sobre ela. Fazia séculos que não me envolvia em brigas, porém meus anos de infância lutando com Ali, que era muito maior, me haviam obrigado a aprender a aplicar golpes ágeis e certeiros. Sou pequena demais para conseguir manter a distância por muito tempo uma mulher grande como Faten, então me movimentei depressa e agarrei-a pelo pescoço, forçando-a a cair de costas no chão. Tropecei na minha saia longa e caí por cima dela.

As outras beduínas na certa a odiavam, pois não fizeram nada para ajudá-la; ao contrário, elas riram e me apoiaram.

Uma gritou:

—Vai, princesa! Fure os olhos dela!

Outra me encorajou:

— Torça o pescoço dela!

Minhas irmãs ficaram muito nervosas e com medo de que a perigosa beduína vencesse sua irmã mais jovem. Gritos ecoaram na pequena tenda.

Faten pegou um punhado de areia do chão e jogou-a em meu rosto.

Cega, puxei-lhe o cabelo até suas mãos começarem a arranhar o ar, pedindo a misericórdia de Alá.

Para não deixar dúvidas, bati a cabeça dela duas vezes no chão e só então me levantei. Enquanto ajeitava a roupa, lancei-lhe o pior insulto que consegui imaginar:

— É assim que você recebe convidados?

Sei que a verdadeira tradição beduína diz que os convidados devem ser tratados com o maior respeito. Até um inimigo mortal tem três dias de graça, mesmo depois de sair dos limites de uma tenda beduína.

O rosto de Faten ficou mais vermelho do que estava quando ela ouviu o que eu disse, e seus olhos escuros se tornaram ainda mais ameaçadores. No entanto, ela não tornou a se aproximar de mim.

As beduínas riam histericamente da derrota da rival.

Nura e Tahani correram para tirar a areia do meu rosto e do meu cabelo.

Tahani gritou:

— Sultana! Ela machucou você?

Eu ri.

— Não. — Quando meus olhos, de igual modo ameaçadores, encontraram os de Faten, lancei-lhe o insulto final: — Essa beduína briga como uma criancinha.

Nós três colocamos rapidamente nosso véu e seguimos Sara e Haifa para fora da tenda.

A essa altura os homens que tinham ouvido os gritos e notado que a confusão haviam saído da tenda de Fahd e olhavam ao redor, confusos e preocupados. Quando já nos aproximávamos de nossos maridos e já íamos começar a explicar a situação, ouvimos um grito selvagem às nossas costas.

O que está acontecendo agora?, imaginei.

Virei-me a tempo de ver um turbilhão de areia que era erguido pelos pés de Faten, que saíra da tenda correndo. A beduína maluca enchera as mãos de areia e avançava para mim. Antes que eu pudesse me mover, ela jogou a areia em minha cabeça, gritando:

— *Que Alá faça cair todas as punições sobre sua cabeça!*

Os homens não compreenderam o motivo daquelas palavras. Ficaram chocados com o gesto absurdo de desprezo de Faten. Meu sangue gelou com a praga, mas me mantive digna e em silêncio ao me curvar e bater a areia do meu cabelo e do véu. Que Faten ficasse parecendo a vilã.

Com grande satisfação, uma das outras beduínas contou ao xeque Fahd que sua nova mulher havia atacado fisicamente as convidadas.

— Sultana! — Karim aproximou-se rápido de mim. — Você se machucou?

O xeque correu até Faten, que tentou escapar. Nós o ouvimos gritar:

— Mulher estúpida! Você desonrou minha tenda!

A beduína ia passar por um mau bocado com o marido, mas se havia uma mulher que merecia apanhar, era ela.

Nura pediu que nossos homens nos tirassem daquele lugar, que para nós era primitivo e assustador. Eles atenderam sem demora.

Quando todos ouviram a história inteira, fui aplaudida como heroína. Sara é a pessoa mais amada de nossa família inteira, e até mesmo Karim compreendeu que eu não tinha opção a não ser defendê-la. Asad ficou tão perturbado com a ideia de uma beduína louca atacando sua amada que disse a Sara que ia comprar para mim a joia mais cara que houvesse em Riad como presente de agradecimento. Até mesmo Ali ficou orgulhoso com minha atitude e disse a todos que quisessem ouvir que tinha sido ele quem me ensinara a lutar. E eu tive de concordar que era verdade. Nos dias seguintes os comentários sobre minha luta vitoriosa com Faten mantiveram o acampamento em estado de alta excitação.

Quando o xeque Fahd ofereceu um pedido de desculpas na forma de dez fêmeas de camelo Batiniah, soubemos que o comportamento de Faten havia sido mesmo fonte de grande vergonha para o orgulhoso chefe beduíno. Os camelos Batiniah vêm de Omã e são considerados uma das melhores espécies, e os dez eram de alta qualidade, pois todos tinham cabeça pequena, testa larga, olhos grandes, narinas pequenas e orelhas compridas.

A riqueza de uma tribo beduína é medida pelo tamanho e pela qualidade do seu rebanho de camelos, e dez camelos Batiniah são um presente extremamente caro. Desconfiando de que aqueles fossem os melhores animais do rebanho de Fahd, Karim não quis aceitar presente tão caro. Mas não podia recusar, pois a recusa teria ofendido ao extremo o xeque.

Assim, os belos Batiniah juntaram-se ao nosso rebanho.

Depois de tal melodrama tentamos aproveitar os dias que restavam de nossa estada no deserto com aventuras mais tranquilas.

Enterrada viva

◆ ◆

Naquela manhã, alguns dias antes de voltarmos para Riad, Maha me acordou aos gritos:
— Mãe, venha, depressa! Tio Ali está morrendo.
Tonta de sono, perguntei:
— O que você está dizendo, filha?
— Tio Ali foi picado por uma cobra venenosa! Ele vai morrer!
— Alá! Não!
Minha criada, que estava ao lado da cama, já tinha nas mãos um dos meus vestidos de algodão, que fez deslizar pelo meu corpo, por cima da camisola mesmo. Calcei um par de sandálias de Karim que estava na entrada da tenda e corri com Maha para a tenda de Ali.
Todos os nossos criados e empregados se achavam reunidos do lado de fora, e ao passarmos por eles ouvi que falavam sem parar, nervosos. Um dos filipinos dizia:
— Ele estava bem próximo do acampamento quando uma grande cobra apareceu do nada e mordeu-lhe a mão!
— Essas cobras são capazes de voar como um pássaro — afirmou, excitado, um dos nossos empregados egípcios.

Outro homem, um sudanês, assentiu:

— Nem mesmo um homem grande como ele pode sobreviver à picada da *yaym!*

Ao ouvir aquelas palavras, eu gemi. A *yaym*! Se ainda não estivesse morto, Ali morreria, com certeza. Sei que o veneno dessa cobra é mais mortal que o veneno mais forte do mundo! A *yaym* é uma das três espécies de cobras venenosas da Arábia, e a mais rara. Como é difícil de ser vista, há poucos relatos de mortes causadas por ela.

Apesar de meu irmão ter tornado muito fácil eu não gostar dele, a ponto de às vezes chegar a odiá-lo, jamais quis que morresse. Mas sempre tive o desejo de que Ali mudasse seu gênio maldoso. Se ele morresse naquele dia, morreria como pecador. Essa ideia me perturbava demais, porque eu sabia que o espírito de minha mãe iria ficar muito triste.

Quando passei pela entrada da tenda, uma espécie de crispação dolorosa percorreu meu corpo inteiro com o que vi. Ali estava deitado, imóvel, em um colchão, rodeado por suas esposas, que pareciam já estar de luto.

Ele está morto, pensei, e um grito torturado escapou-me dos lábios.

Karim apressou-se a vir para meu lado.

— Sultana!

Apoiei-me em seu peito largo e comecei a chorar.

— Sultana, Ali estava chamando você — disse meu marido.

— Ele ainda está vivo? — perguntei.

— Está, mas você tem de ser corajosa. Parece que a hora dele chegou.

Olhei ao redor e vi que a crise havia colocado a família em um frenesi de atividade. Nura, Sara e Haifa estavam ocupadas cortando folhas da planta *ramram*. Essas folhas eram usadas para fazer um chá que os beduínos usam como antídoto para o veneno de cobras. Mas eu sabia que se Alá havia determinado que meu irmão deveria morrer naquele dia, nada que minhas irmãs fizessem poderia mudar tal fato. Todos os muçulmanos acreditam que o destino de cada pessoa foi determinado no começo dos tempos e que nenhum mortal tem a capacidade de alterar ou interferir com o plano de Deus.

Ali gritou:

— Oh, Alá, salve-me, eu imploro!

Karim me levou até ele. Meu coração pareceu parar por um momento quando vi que meu irmão suava profusamente e que seus lábios estavam azuis. Parecia mesmo que ele vivia seus últimos momentos.

As esposas de Ali se afastaram, e eu me ajoelhei ao lado dele.

— Ali — sussurrei —, sou sua irmã Sultana.

A princípio não houve resposta. Ele se concentrava apenas na luta para respirar.

Apertei-lhe as mãos geladas.

Meu irmão virou o rosto e abriu os olhos, olhando diretamente para mim. Sua expressão era de grande tristeza.

— Sultana?

— Sim...

Eu me preparei para um momento de forte emoção. Sem dúvida, Ali ia pedir desculpas pelo que havia feito de errado na vida. Como poderia morrer sem reconhecer e expressar arrependimento pela enorme dor que havia causado a mim e a outras mulheres?

Naquele momento Nura ajoelhou-se do outro lado dele.

— Aqui — disse ela em tom de urgência. — Ali, abra a boca e beba isto.

Nura tinha na mão uma xícara com o chá feito com a planta *ramram* e aproximou-a dos lábios de Ali.

Enquanto ele tomava o chá, Nura sussurrou palavras de consolo, dizendo que ele precisava tentar permanecer vivo, com todas as forças.

— Sim, vou tentar, Nura — prometeu Ali, determinado.
—Vou tentar.
Eu também torci para que ele não morresse. Talvez passar por aquilo o tornasse um marido e pai melhor, pensei.
Fiquei ao lado dele, imóvel, esperando. Depois de pouco tempo ele olhou para mim.
— Sultana, é você?
— Sim, Ali.
— Sultana, eu sei que logo estarei morto.
Suspirei, sem querer contestar as palavras dele, caso fosse vontade de Deus que Ali morresse naquele dia. Mas quando prestei mais atenção reparei que seus lábios não estavam mais tão azuis quanto antes. Talvez o antídoto estivesse funcionando.
Ali esperou para ver se eu tinha algo para dizer. Como permaneci calada, ele voltou a falar.
— Sultana... Como estou a caminho do túmulo, pensei que talvez você tivesse algo importante para me dizer.
Confusa, gaguejei:
— Bem... Ali, espero que Alá o abençoe, em sua infinita bondade.
— Oh? — O rosto de meu irmão demonstrou desapontamento.
O que será que ele estava querendo de mim? Hesitante, Ali falou novamente.
— Sultana, pensei que talvez você quisesse me pedir perdão.
Minha surpresa foi tamanha que falei muito mais alto do que pretendia.
— Eu, pedir perdão?
Deu para perceber que ele ficou claramente magoado com minha resposta, e pelo tom mais forte com que falou pude ver que estava ganhando forças.
— Sim. Sultana, você deveria se desculpar por ter se comportado muito mal. Você me atormentou a vida toda.

Então as forças recuperadas traziam de volta a arrogância dele! Fiquei tão chocada diante daquela acusação inesperada que comecei a gaguejar de novo.

— Eu não tenho nenhum motivo para pedir perdão a você, Ali! Na verdade, vim aqui esperando que você pedisse perdão!

Ele me olhou longamente e, por fim, sussurrou:

— Eu não causei mal a ninguém. Fui um excelente pai para meus filhos, bom marido para minhas esposas, filho obediente diante de meu pai e um irmão que sempre deu apoio às irmãs. Por que deveria pedir perdão?

Desapontada, não consegui fazer outra coisa senão ficar olhando para meu irmão. Será que ele acreditava mesmo no que estava dizendo? Decidi que sim, que ele era incapaz de ver a própria maldade. Ali simplesmente não tinha a capacidade de pensar como um ser humano normal e acreditava, mesmo, que era eu a pecadora perversa!

Naquele momento tive de me conter para não lançar uma praga contra Ali. Apesar de ser impulsiva e de reagir aos acontecimentos com forte paixão, eu não queria ser assombrada pelo remorso e sabia que iria me arrepender se meu irmão morresse com uma praga rogada por mim ecoando em seus ouvidos.

Ainda assim, era difícil não dizer nada. Soltei a mão de Ali e toquei-lhe de leve o rosto.

— Que Alá lhe dê duas grandes bênçãos, Ali.

Ele sorriu.

— Obrigado, Sultana — disse. Então franziu a testa. — Que duas bênçãos você deseja para mim?

Sorri também.

— Suplico a Alá que lhe dê boa saúde, mas, acima de tudo, suplico que lhe dê o dom de conseguir enxergar sua perversidade.

O queixo de Ali caiu, tal sua surpresa.

Então afastei-me do lado dele sem esperar resposta. Pela primeira vez na vida os pensamentos e atitudes de meu irmão não tinham poder sobre mim. A longa corrente de ódio que nos ligava havia sido rompida para sempre. Eu não o odiava mais; na verdade, passara a ter simpatia por ele.

Em companhia dos outros membros da família, esperei na tenda de meu irmão para ver o que o dia nos traria. Enquanto ele gemia e se debatia, pedíamos alívio rápido para seu sofrimento. Houve instantes em que acreditamos que a morte logo ocorreria, mas em outros tínhamos a impressão de que ele viveria para ver mais um pôr do sol.

A cobra que picou Ali foi procurada e capturada por nossos empregados. A feliz descoberta foi de que não se tratava de uma *yaym*, mas sim de uma *hayyah*, a víbora da areia. A *hayyah* é peçonhenta, sem dúvida, mas seu veneno não é de forma alguma tão mortal quando o da yaym. A maioria das pessoas que é picada pela *hayyah* sobrevive, apesar de passar por uma experiência assustadora e dolorosa.

Todos ficaram felizes ao saber que Ali, que julgávamos se encontrar à beira da morte, ia sobreviver. Asad confortou-o com a boa notícia e disse:

— Dê graças a Deus, Ali, por suas irmãs terem preparado o antídoto.

E, de fato, era evidente que o antídoto havia diminuído as dores que ele sentia e ajudado na recuperação. Mas, com fria indiferença, Ali desprezou os esforços das irmãs.

— Não, Asad — disse ao cunhado. — Apenas não era minha hora. Lembre-se da sabedoria do ditado que diz que até o nosso dia chegar ninguém nos poderá causar mal, e quando nosso dia chegar ninguém poderá nos salvar. — Ele sorriu. — Minhas irmãs nada têm a ver com o fato de eu ter conseguido chegar ao final deste dia.

Até mesmo as esposas de Ali trocaram olhares incrédulos diante dessas palavras. Ainda assim, em vista de sua quase morte, a família sentia-se benevolente e caridosa, de modo que ninguém o repreendeu.

Antes de sairmos da tenda de Ali, cada um de nós foi até ele e desejou que se recuperasse depressa. Quando foi minha vez, ele me olhou e riu.

— Ah, Sultana, sei que Deus não ia tirar um homem como eu deste belo mundo deixando uma pecadora como você para aproveitar suas bênçãos.

Sorri tristemente para meu irmão. E apesar de nos abraçarmos, compreendi que, no entender dele, continuaríamos sendo inimigos.

Com Karim a meu lado, voltei para nossa tenda. Estava exausta. Meu marido adormeceu rapidamente e não se mexeu a noite toda, mas meu sono não foi tão pacífico. Mamãe tornou a me aparecer em sonhos que se repetiam, intermináveis, e toda vez ela me dizia a mesma coisa: que minha vida terrena não estava me trazendo a felicidade nem a realização que eu podia alcançar. Só acordei quando o som das preces dos mais madrugadores começou a invadir nossa tenda.

Meus sonhos haviam sido tão reais que desapareceram os anos já passados entre a morte de minha mãe e aquele dia que se iniciava. Ainda sob aquela impressão, olhei com expectativa ao redor, acreditando que minha mãe estava ali, em carne e osso, esperando para auxiliar sua filha mais nova, mais um dia, com suas palavras doces.

Mas acabei por me lembrar de que minha mãe estava morta havia mais anos do que os que tínhamos passado juntas. Eu estava com apenas 16 anos quando ela morreu e já havia vivido vinte e quatro longos anos sem o carinho materno. Esse pensamento me deprimiu tanto que me levantei, me vesti depressa e saí da tenda sem dizer a ninguém para onde ia.

Com lágrimas de desespero descendo-me pelo rosto, andei sozinha pelo deserto.

O que será que minha mãe queria de mim? Como poderia me tornar como ela pensava que eu devia ser? Onde eu havia falhado? Que mudanças eu poderia fazer em minha vida?

Essas indagações torturantes se atropelavam em minha mente de tal maneira que nem cheguei a notar que o dia ia clareando ao mesmo tempo que o sol se erguia sobre o deserto. Nem mesmo vi Sara se aproximando até que sentou-se a meu lado.

Com suavidade, minha irmã tocou-me o braço.

— Sultana?

A expressão em meus olhos pareceu perturbá-la, pois me perguntou:

— Minha querida, está tudo bem?

Chorando, atirei-me nos braços dela.

—Você tem de me contar o que está havendo, Sultana. O que aconteceu?

Engasguei com os soluços ao sussurrar:

— Sempre conduzi minha vida como desejei que fosse, Sara. Mas agora sei que tive uma vida inútil. Mamãe me disse isso.

Sara ficou olhando para mim por alguns instantes com atenção e carinho, então disse:

— Sua vida não foi inútil, Sultana. Você protegeu suas filhas, fez de Karim um homem feliz e enfrentou um grande perigo para alertar o mundo sobre o sofrimento das mulheres.

— Não é o bastante... não é o bastante... — murmurei, chorando. — Mamãe fica me dizendo que eu deveria fazer mais.

Sara ficou ali, sentada e em silêncio, por um longo tempo. Por fim, depois daqueles longos momentos de reflexão silenciosa, ela tornou a falar:

— Sultana, poucos de nós fazem o bastante. Por fim fiquei sabendo disso agora.

Olhei com novo interesse para minha irmã. Será que ela também havia sonhado com mamãe?

— O que você quer dizer? — perguntei.

Sara suspirou profundamente antes de pegar do bolso da jaqueta, que usava por cima do vestido, um pedaço de papel dobrado muitas vezes.

Suas palavras soaram lentas e suaves.

— É tão fácil ser covarde na Arábia Saudita! Há tanto a perder...

Ela parecia tão vazia e tão triste! Do que estava falando?

— Sultana, percebo agora que eu deveria ter movido céu e terra para fazer algo por Munira. Juntas, e com nossas outras irmãs, poderíamos ter conseguido ajudar a pobre menina a fugir para outro país.

Ao ouvir aquilo minha respiração parou. Será que havia acontecido algo ruim com Munira? Será que ela havia morrido?

Sara me deu o papel que tinha nas mãos.

— Achei isto ontem à noite. — A voz dela se tornou mais baixa. — Estou com o coração partido de remorso.

Desdobrei o papel e vi a escrita com letras pequenas e firmes que preenchia a página.

Sara explicou:

— Há algumas semanas emprestei um livro para Munira. No dia em que ela o devolveu, eu estava fazendo as malas para esta viagem. Pensando que poderia reler aquele livro enquanto estivéssemos aqui, eu o trouxe também. Ontem à noite não conseguia dormir e peguei-o para ler. Foi então que encontrei este papel.

Os olhos de Sara estavam vermelhos e molhados de lágrimas.

Ela passou o dedo pela página.

— Leia o que Munira tem a dizer, Sultana.

Convencida de que iria ler um bilhete de suicida, minhas mãos começaram a tremer tanto que mal consegui focalizar as letras no papel que balançava.

Sara ajudou-me a firmar as mãos.

Munira havia escrito um poema.

ENTERRADA VIVA

Eu vivi e sei como é sorrir
Eu vivi a vida de uma menina cheia de esperança
Eu vivi a vida de uma menina que sentiu o calor de se tornar mulher
Eu vivi a sensação de ansiar pelo amor de um bom homem
Eu vivi a vida de uma mulher cuja esperança foi destruída
Eu vivi a vida de alguém cujos sonhos foram desfeitos
Eu vivi conhecendo um tremendo medo de todos os homens
Eu vivi através dos medos criados pelo espectro de um casamento ruim
Eu vivi para ver o diabo disfarçado de homem comandando cada uma de minhas ações
Eu vivi como uma mendiga, implorando para esse homem que me deixasse em paz
Eu vivi para testemunhar meu marido ter o prazer de ser um homem
Eu vivi para ser violentada pelo homem a quem fui entregue
Eu vivi apenas para suportar estupros a cada noite
Eu vivi para ser enterrada enquanto ainda estava viva
Eu vivi para imaginar por que aqueles que dizem me amar ajudaram a me enterrar
Eu vivi todas estas coisas e ainda não tenho 25 anos.

Nós duas ficamos sem fala diante de tamanha dor; minha irmã e eu não conseguíamos nos olhar.

Sem dizer uma só palavra para Sara, eu soube que, quaisquer que venham a ser as consequências, devo fazer mais para trazer mudanças à vida das mulheres que, como Munira, estiverem em perigo de ser enterradas sem estar mortas.

Voltei com minha irmã para o acampamento, sabendo que minha vida havia mudado para sempre. E que não havia volta.

A luta de Sultana

◆ ◆

Uma vez li que para cada qualidade que Alá dá a seus filhos, também lhes dá um desafio equivalente. Acredito que isso seja verdade, pois nunca ouvi falar, nem mesmo li a respeito, de uma só pessoa que tenha tido uma vida feita apenas de perfeição e felicidade. Reconheço que meu caráter é cheio de imperfeições e, por causa desses defeitos, tenho enfrentado muita tristeza.

Assim como fui beneficiada por várias bênçãos, também encontrei muitos obstáculos em meu caminho. Ao escolher meus pais, Deus juntou um pai cruel com uma mãe amorosa. Ele me deu anos maravilhosos com minha mãe, e depois a tirou de mim quando eu ainda era muito nova. Ele me deu uma posição alta como princesa de um reino, mas essa posição não é de grande valor em uma terra tradicionalmente hostil às mulheres.

Já faz alguns anos que vejo minha vida ir se desenrolado à minha frente como se já estivesse escrita. Não gosto do que sei que vai acontecer: minha riqueza vai se multiplicar, e minhas posses vão aumentar, mas ao mesmo tempo minha felicidade e minha alegria vão diminuir. A insatisfação que senti diante do padrão de minha vida diária criou-me um problema com o álcool que me levou a uma atitude desatenta, que me fez desperdiçar tolamente as perspectivas de alcançar meu objetivo maior, o de ajudar mulheres necessitadas. O fato de esses fracassos terem sido criados por mim mesma fez com que eu desacreditasse do valor que antes considerava ter. A Sultana do começo, que sonhava com um destino glorioso, tornou-se uma alma apática, miserável e perdida.

Milagrosamente, alcancei a fulgurante compreensão de que o padrão de minha vida deve mudar. Minha querida mãe aparecendo-me em sonhos, o efeito do poema repassado de dor que Munira compôs e até mesmo a experiência de ver meu irmão Ali quase morrendo, tudo isso contribuiu para me oferecer uma nova perspectiva. Sempre vou acreditar que Deus planejou maravilhosamente estes acontecimentos com o claro propósito de provocar a metamorfose mágica pela qual passei naquele dia no deserto. Para alguém que acredita em Deus Todo-Poderoso, não pode haver outra explicação.

Apesar de naquele instante minha vida ter passado a ser mais complicada, não tenho do que me lamentar. Se minha drástica transição não tivesse ocorrido, sei que teria permanecido atolada em uma agitação infeliz e que, o mais importante, uma jovem paquistanesa chamada Vina teria continuado a viver uma vida de escrava sexual brutalizada.

— Nunca mais — eu disse a Sara quando caminhávamos de volta ao acampamento. — Nunca mais vou ficar em silêncio diante da crueldade contra qualquer mulher.

Sara assentiu com ar sério. Ela compreendia.

Nesse instante vi o filho mais novo de Dúnia, Shadi, descer de um carro e cumprimentar os tios e primos com grande entusiasmo.

— Shadi chegou — murmurou Sara, com a suavidade de sempre.

— Dúnia sem dúvida vai ficar contente — comentei com um sorriso.

Shadi é um jovem de 20 anos, alto e de constituição forte, que não tem aparência especialmente atraente, pelo menos para mim. No entanto eu conhecia esse sobrinho de forma superficial, pois só nos víamos em grandes reuniões familiares.

Lembro-me vagamente de Dúnia ter dito que Shadi viria alguns dias depois para a reunião da família no deserto.

Naquela ocasião ela comentara, com orgulho, que Shadi era seu filho mais inteligente e que a capacidade dele para os negócios era muito maior que a de qualquer outro jovem da família Al Saud. Além disso Dúnia anunciara, de forma presunçosa e para quem quisesse ouvir, que Shadi tinha participação em várias empresas no Paquistão e estava para voltar de uma viagem àquele país, aonde havia ido para iniciar outras empresas. Minhas irmãs e eu não ficamos ofendidas com aquelas palavras impensadas, apesar de serem insultos para nossos filhos queridos.

Sara e eu não fomos falar com Shadi naquele momento porque ele se achava rodeado por tios e primos. Poderíamos recebê-lo mais tarde, decidimos, e nos encaminhamos para nossas tendas.

Não fiquei particularmente surpresa ao ver uma jovem em trajes paquistaneses no assento traseiro do carro de Shadi; nossos homens com frequência levavam suas criadas de um lugar para outro. Calculei que a moça fosse uma das criadas de minha irmã, que o filho levara para o acampamento no deserto a pedido da mãe.

Quando voltei para minha tenda, minha criada Libby disse que Karim se preocupara ao acordar e não me ver em nossa cama, por isso a mandara à minha procura. Depois de ela o ter tranquilizado, dizendo que eu estava em segurança na companhia de Sara, ele saíra com nossas filhas para um último passeio de camelo no deserto.

Aproveitei o tempo livre para tomar um longo banho.
Tomar banho quente no deserto não era difícil, pois nossos banheiros estavam equipados com um pequeno vaso sanitário, uma pia minúscula e uma imensa banheira. Durante o dia o sol do deserto aquecia a água em grandes tanques localizados do lado de fora das tendas.

Depois de Libby ter enchido a banheira com água morna, fiquei dentro dela por algum tempo antes lavar os cabelos para livrá-los da areia. Depois preparei-me para o que esperava que fossem os agradáveis últimos dia e noite no deserto. Escolhi um vestido de algodão que descia até os tornozelos antes de pôr meu tapete de orações no chão forrado da tenda.

Em seguida ajoelhei-me de frente para Meca e orei a Deus pedindo que ele mantivesse minha vida em um curso firme de comportamento correto. Minha mente e meu coração ficaram mais tranquilos, pois eu tinha grande esperança de que iria enfrentar as tentações da vida com renovada integridade. Felizmente, naquele momento nem sequer me passava pela cabeça que a mais difícil das provas estava para ser colocada diante de mim.

Depois de ler o poema de Munira, tornei-me uma Sultana mais contida, bem diferente do que havia sido até então. Por isso precisava de tempo para assimilar meus pensamentos e, assim, recusei quando meu marido e minhas filhas me convidaram para dar um passeio curto pelo deserto. Quando minhas irmãs pediram que me juntasse a elas para uma partida de gamão, também não aceitei.

Apesar de estar sozinha naquele meu último dia no deserto, não me sentia solitária. Imersa em pensamentos, era uma mulher que estava de novo juntando os pedaços de sua existência. Minha força interna fora revigorada por uma renovada determinação de alterar o curso de minha vida.

Nossa reunião familiar naquela noite foi a mais agradável de todas que havíamos tido no deserto, pois havia uma certa ansiedade feliz por sabermos que no dia seguinte voltaríamos a nossa conhecida rotina da vida urbana. Quando a reunião da noite terminou sob a luz das estrelas, abraçamos calorosamente uns aos outros, em seguida nos separamos e fomos cada família para sua tenda.

Assim que entramos em nossa tenda, Karim, eu e nossas duas filhas passamos alguns momentos descontraídos, conversando e olhando as fotos Polaroid tiradas durante a viagem. Quando Amani começou a bocejar, decidimos que estava na hora de nos recolher. Feliz, eu sorria para Karim quando entramos em nosso quarto.

Quando estava para tirar o vestido e pôr a camisola, fui sobressaltada por gritos angustiados.

Nervosa, perguntei a Karim:

— O que é isso?

Ele inclinou a cabeça, escutando.

— Parece uma mulher gritando.

— Oh, Alá! Espero que ninguém mais tenha sido picado por uma cobra, como aconteceu com o pobre Ali.

Os gritos se tornaram mais intensos, então Karim pegou a lanterna e saiu da tenda. Fui atrás dele.

Os gritos haviam assustado também Nura e Sara, que, com os maridos, Ahmed e Asad, logo se juntaram a nós. Enquanto avançávamos pelo labirinto entre as tendas do grande acampamento, vimos vários dos nossos empregados também saindo de suas tendas para ver o que estava acontecendo.

Os gritos tornaram-se abafados, mas continuamos seguindo os sons angustiantes até chegarmos a uma das tendas menores, onde ficavam as criadas. Assim que nos aproximamos, os gritos pararam. Não vinha luz alguma da tenda, mas um rock americano em alto volume subitamente atingiu nossos ouvidos.

Descontraindo-se, Karim murmurou:

— Acho que foi uma briga entre mulheres, elas devem ter discutido por alguma coisa.
Ahmed assentiu e acrescentou:
— E agora estão usando a música para encobrir.
Eu não tinha tanta certeza de que fosse assim tão simples.
— Já que estamos aqui, vamos ver se elas estão todas bem — sugeri.
Sara concordou.
— Isso mesmo.
— E diga a elas para desligar essa música! — esbravejou Ahmed, um tanto irritado. — Elas estão incomodando o acampamento inteiro.
Enquanto nossos maridos esperavam do lado de fora, impacientes, minhas irmãs e eu entramos na tenda com cautela. A música parou de súbito.
Aquela tenda, que abrigava dez ou mais criadas, havia sido dividida em várias áreas individuais por divisórias de tecido grosso. Fui abrindo as cortinas de cada quartinho e, com a lanterna de Karim acesa, olhava o rosto das mulheres.
— Vocês estão bem?
Uma delas respondeu:
— Estamos bem, senhora.
— O que houve?
Uma outra se apressou a dizer:
— Não há nenhum problema aqui.
— Humm...
Pelas expressões e pelo tom de voz das moças pude perceber que não haviam sido acordadas por nós; era impossível que não tivessem ouvido aqueles gritos terríveis. Mas pareciam não estar dispostas a dar qualquer informação.
Sussurrei para minhas irmãs:
— Elas estão escondendo alguma coisa.
— Quem gritou daquele jeito? — perguntou Nura, quando finalmente chegamos ao cubículo de Libby.

Os olhos de minha jovem criada estavam molhados de lágrimas, mas era evidente que não fora ela quem dera os gritos que tínhamos ouvido. Depois de hesitar, Libby olhou para meu rosto e sussurrou:

—Venha, senhora, eu mostro.

Ela conhecia o interior da tenda, e rapidamente nos levou através de várias divisões até parar e apontar para uma delas.

— Ali, senhora — sussurrou antes de se virar e correr de volta para sua cama.

Aquilo tudo era muito estranho. A essa altura estávamos curiosas.

Nura abriu a cortina. Dirigi a luz da lanterna para dentro e o que vimos nos chocou! Dois homens estavam atacando uma mulher e um terceiro assistia!

Sara gritou.

Um dos homens cobria a boca da pobre vítima para calar seus gritos. Ao nos ver, ele ficou paralisado. Eu o reconheci. Era Taher, o filho do meio de nossa irmã Tahani.

Como em uma cena em câmara lenta, o segundo homem, que estava por cima da mulher nua, gradualmente virou o rosto para nós. Soltei uma exclamação ao reconhecer Rashid, um dos muitos filhos de Ali.

Olhei para o homem sentado no canto do quarto e vi que era ninguém mais, ninguém menos do que Shadi, o filho preferido de Dúnia. A expressão no rosto dele demonstrava total surpresa. Não havia antecipado tal intrusão e muito menos por parte de suas tias.

Furiosa, Nura gritou:

— O que está acontecendo aqui?

— Karim! — chamei, aos berros. —Venha aqui! Depressa!

Percebendo que nossos maridos estavam por perto, os três rapazes trataram de fugir; empurraram Nura e a mim e derrubaram Sara. Bati em um deles com a lanterna, mas não consegui impedir a retirada apressada.

Nura correu atrás deles.

Eu gritei:

— Karim! Ajude-nos!

Nossos maridos seguraram os rapazes quando saíram da tenda. Ouvimos os gritos deles e dos sobrinhos.

Imediatamente as criadas se reuniram na pequena área central da tenda. A moça que tinha sido atacada gemia e chorava, então todas correram para onde ela estava. Abri caminho para ir ver quem era e reconheci a jovem que estava no carro de Shadi.

— Nossos sobrinhos estupraram a criada de Dúnia! — eu disse, ainda aos gritos.

Sara juntou-se a mim e passou a confortar a moça brutalizada.

— Pobre, pobre menina.

Toda a roupa dela havia sido arrancada, e lá estava, nua e indefesa, à nossa frente. Seu rosto era uma máscara de terror, e ela soluçava sem parar. Era tão pequena que mais parecia menina do que mulher. Calculei que deveria ter no máximo 15 ou 16 anos.

Libby entrou no cubículo e procurou consolá-la.

—Vina, pare de chorar. Agora você está em segurança.

— Tragam água e toalhas — ordenou Sara. — Ela está muito machucada.

Pela primeira vez notei o sangue escorrendo entre as pernas da menina, sobre o tapete persa.

Minha fúria diante daquela brutalidade sem sentido foi difícil de controlar. Eu sentia um impulso selvagem de bater em meus sobrinhos, e saí furiosa da tenda com essa intenção. Nossos gritos fizeram todos os nossos companheiros de viagem deixar o abrigo de suas tendas. As vozes de minhas irmãs, de seus maridos e dos filhos, além da dos empregados, misturavam-se em um alto burburinho.

Fiquei contente ao ver que Karim segurava Shadi por um braço, com firmeza. Asad continha Taher. Ahmed imobilizava Rashid com as duas mãos na cintura dele.

Em vão Nura tentava falar acima do clamor das vozes.

Erguendo a voz tanto quanto possível, também tentei explicar o que havia ocorrido.

— Uma mulher indefesa foi atacada! — gritei e gritei várias vezes.

Ninguém pareceu me ouvir, exceto Shadi. Nossos olhos se encontraram. O olhar que ele me dirigiu foi de desdém, o que me deixou tão furiosa que considerei seriamente ir procurar uma vara para surrar aquele meu sobrinho!

Por fim a voz alta e repleta de autoridade de Ahmed fez todo mundo se calar.

— Quietos! Todos!

Depois de olhar ao redor o rosto de cada um dos que ali estavam, ele ordenou:

— A família vai se reunir na minha tenda. *Agora*.

Karim foi o primeiro a se mexer, puxando o relutante Shadi.

Eu corri atrás deles.

Tahani correu ao meu lado.

— Sultana, o que aconteceu?

Olhei com ar triste para ela. Tahani era uma ótima mãe, e eu sabia que havia criado os filhos ensinando-os a respeitar as mulheres. Ela ia ficar arrasada ao saber da participação de Taher naquele ataque terrível. Eu a abracei e disse apenas:

—Vamos pedir uma explicação ao seu filho, Tahani.

Temendo o que iria ouvir, ela abaixou os olhos.

Dúnia, chorando, trotava ao lado de Shadi.

Ali já estava interrogando seu filho Rashid. De repente a voz de meu irmão se ergueu, irritada, e ele bradou:

— Nós fomos acordados por causa *disso*?
Ahmed o repreendeu:
— Ali, por favor, não discuta este assunto diante das pessoas que trabalham para nós.
Olhei para trás. Curiosos, nossos empregados nos seguiam a curta distância.
No momento em que entramos na tenda de Ahmed, o clamor começou de novo quando todos tentaram se fazer ouvir falando ao mesmo tempo. Só depois que Karim gritou, bravo, fazendo todos se lembrarem que Ahmed era o mais velho da família e que portanto merecia ser ouvido, foi que se fez silêncio absoluto.
Meu cunhado mais velho disse:
— Não sei dizer o que aconteceu. Tudo que sei é que gritos vindos da tenda das mulheres nos acordaram. Quando nossas mulheres entraram na tenda para investigar, escutamos mais gritos.
Com a mão livre, Ahmed apontou Taher, Rashid e Shadi.
— Esses jovens saíram correndo da tenda, que é um local proibido para eles. Gritos vindos lá de dentro avisaram que segurássemos os intrusos. — Ele deu de ombros. — E foi o que fizemos. Como poderíamos saber que os intrusos eram nossos sobrinhos?
Ahmed fez um gesto na direção da esposa e acrescentou:
— Nura vai nos dizer o que ocorreu dentro da tenda.
Minha irmã mais velha fez-me sinal para que fosse ficar a seu lado. Com firme determinação, caminhei lentamente através da sala e dei o braço a ela. Ali me dirigiu um olhar ameaçador, que ignorei.
Nura tentou explicar:
— Sultana, Sara e eu testemunhamos uma cena horrível! — Ela fez um aceno de cabeça na direção dos sobrinhos. — Esses jovens que todos amamos estavam estuprando uma moça. Vimos essa violência com nossos próprios olhos.

Muito zangada, olhei para meus sobrinhos. O filho de Ali, Rashid, estava sorrindo! O filho de Dúnia, Shadi, parecia furioso. Dos três, apenas Taher demonstrava-se envergonhado. Seu rosto vermelho mantinha-se tão abaixado que o queixo tocava o peito.

Nura prosseguiu:

— E, além disso, na ânsia para fugir, nossos sobrinhos nos empurraram e derrubaram uma de nós! A pobre Sara caiu no chão.

Asad não sabia disso até então. Antes que eu tivesse a oportunidade de dizer que Sara não se machucara, ele empurrou Taher para o lado e correu para fora da tenda, à procura da esposa. Aflito, Taher começou a chorar. Dúnia apoiou-se em Haifa, que indagou:

— Quem foi estuprada?

Nura deu de ombros.

— Eu não conheço a moça.

— Ela se chama Vina — esclareci. — Acho que é uma das criadas de Dúnia.

Pela primeira vez Shadi falou em defesa própria, e o fez em tom de voz insolente.

— Aquela mulher não trabalha para minha mãe. Ela me pertence.

Dúnia ergueu o rosto e confirmou:

— Shadi está dizendo a verdade: aquela mulher é dele.

Deu para ouvir quando Shadi soltou a respiração.

— Eu a comprei quando estava no Paquistão. Ela é minha para eu fazer o que quiser.

Meu estômago se contorceu. Eu soubera por Ali e pelos filhos dele que alguns de nossos sobrinhos costumavam viajar para a Tailândia, Filipinas, Índia e Paquistão com o propósito de comprar temporariamente o corpo de jovens prostitutas. Mas aquela era a primeira vez que ouvia falar que um desses sobrinhos comprara uma mulher e a levara para nosso reino como escrava sexual. Essa era uma atitude comum na Arábia Saudita, e eu tinha conhecimento de que alguns primos, como Fadel, haviam tornado esse tipo de atividade um hábito, mas nenhum de nossos maridos ou filhos jamais havia descido ao nível de tão baixa moralidade. Pelo menos até então.

Olhei para Shadi com raiva profunda. Aquilo significava que aquele meu sobrinho era um homem que não se detinha diante de nada para satisfazer seu prazer?

Diante da nova informação, notei que nossos maridos começavam a demonstrar um certo desconforto.

Karim soltou Shadi.

Ahmed libertou Rashid.

E eu soube no mesmo instante o que nossos homens estavam pensando. Se Taher, Rashid e Shadi tivessem entrado na tenda das mulheres, o que era absolutamente proibido, e abusado de uma de nossas criadas, sim, haveria motivo para punir os rapazes. Mas agora que sabiam que Shadi era o *dono* da moça que havia sido estuprada a situação era vista de outra forma, por mais violento que o ataque pudesse ter sido. Aos olhos deles, o que acontecera com Vina era um assunto pessoal entre um homem e uma mulher que lhe pertencia. Eles não tinham o direito de interferir!

Vendo meu olhar indignado, Ahmed disse:

— Shadi, vocês três agiram muito mal empurrando suas tias! Agora terão de pedir desculpas.

Shadi nem tentou esconder a raiva que sentia.

— Sim — concordou Dúnia. — Não posso acreditar que um filho meu tenha empurrado minhas irmãs!

Virei-me e olhei furiosa para ela. Dava para perceber que minha irmã se vira livre de um peso quando nossos maridos passaram a concentrar as atenções nos modos do filho dela e não na sua conduta criminosa.

— Claro, eu peço desculpas — disse Shadi, em tom ofendido.

Ali cutucou o filho.

— E eu também peço desculpas — recitou Rashid, com um sorriso contido.

Embaraçado demais para nos olhar no rosto, Taher também balbuciou suas desculpas.

Naquele momento Sara e Asad entraram na tenda e ela garantiu que não estava machucada.

— Agora peçam desculpas mais uma vez — disse Ali. — Sua tia Sara poderia ter se machucado com o que fizeram.

Os três jovens pediram desculpas para Sara também, mas ela os ignorou, procurando-me com o olhar entre todas aquelas pessoas. Quando me viu, disse:

—Vina perdeu muito sangue, Sultana. Acho que ela precisa urgentemente de atendimento médico.

Levei as mãos à boca, perdendo momentaneamente a fala diante da imagem que se desenhou em minha mente.

Ninguém disse nada. Por fim Shadi se manifestou:

— Ela está sob minha responsabilidade. Eu a levo de volta para a cidade.

Eu gemi. A menos que alguém agisse, a escravidão de Vina seria sancionada se nossa família naquele momento permitisse que Shadi a levasse embora. O caso seria encerrado para sempre. A pobre Vina seria usada como brinquedo sexual por Shadi e seus amigos enquanto fosse jovem e atraente. Quando se cansassem dela, iria se tornar uma escrava da casa.

Eu sabia que não podia deixar aquela pobre moça ficar nas garras de meu cruel sobrinho. Alguém tinha de assumir a causa daquela mulher desamparada! Olhei ao redor, fitei o rosto das pessoas que eram a minha família e compreendi que tinha de ser eu. Eu precisava salvar aquela mulher!

— *Não!* — gritei, chocando a todos. —Você não vai fazer isso, Shadi. Karim e eu vamos levar Vina a um médico.

A resposta de Karim me desapontou.

— Sultana, isso não é da nossa conta — disse ele com seriedade.

Mas o tom de minha voz silenciou as objeções de Karim.

— É da nossa conta, sim! Não me importa quanto Shadi pagou por Vina, Karim! Nenhuma mulher deve ser propriedade de um homem contra sua vontade, e ele não tem o menor direito de estuprá-la e de abusar dela!

Olhei para Sara antes de me voltar para os outros homens.

— Nunca mais vou ficar calada e me manter de lado quando uma mulher sofrer abusos. — Endireitei as costas e ergui os ombros com determinação. — Se Shadi quiser levar essa moça daqui, antes ele vai ter de me matar!

Sara adiantou-se e me deu a mão.

— Shadi vai ter de me matar também.

Dúnia gritou:

— Oh, Alá, ajude-nos!

Nura juntou-se a nós duas:

— Sultana e Sara estão certas. Não podemos permitir uma situação que envergonha o próprio Alá.

Juntas, Tahani e Haifa vieram me abraçar.

Haifa também aderiu:

— Eu fico com minhas irmãs.

Os olhos de Tahani estavam cheios de lágrimas ao fitarem seu filho Taher.

— Nossos filhos realizaram um ato malévolo. Eu também vou me unir à luta de Sultana.

Furioso, Ali se voltou para nossos maridos e falou com desprezo:

— Vocês não conseguem controlar suas mulheres?

A expressão de Karim demonstrou que ele fora atingido, porém nada disse.

Sem saber o que fazer, Ahmed decidiu não fazer nada.

Apenas Asad falou:

— Nossas esposas estão certas. Não podemos apoiar tanta maldade. Se nossos filhos precisam de companhia sexual, há muitas mulheres que vão concordar em colaborar. Não é preciso que eles tomem uma mulher à força.

A mudança na situação não melhorou a disposição de Shadi. Ele gritou:

— Vocês estão interferindo em meus negócios! Essa mulher é minha propriedade e não há nada que vocês possam fazer a respeito!

Dúnia, que a essa altura já estava recuperada, correu e colocou-se ao lado do filho. De braços dados com ele, voltou-se para minhas irmãs e para mim.

— Vocês não estão pensando direito, irmãs. Para ser saudáveis, nossos filhos precisam de mulheres. Senão eles vão começar a acumular fluidos corporais, e isso leva a sérias doenças.

Nura balançou a cabeça diante de tamanha ignorância.

— Você está falando bobagens, Dúnia!

Mas Dúnia insistiu:

— Lembrem-se de que essa mulher foi vendida pelo próprio pai. Ele recebeu por ela mais dinheiro do que poderia ganhar em cinco anos de trabalho! Ele ficou contente ao vender a filha! *Contente*, estou lhes dizendo! Meu filho não *fez nada errado*!

Fiquei tão enojada diante daquele modo de pensar que não conseguia nem olhar para Dúnia, minha própria irmã.

Ali deu apoio a ela.

— Dúnia tem razão. Sem mulheres para fazer sexo, nossos filhos solteiros vão ficar doentes.

Asad ergueu a voz.

— Então você quer dizer que somos homens-animais, Ali?

Tolamente, Ali tentou jogar a culpa em Alá.

— Asad — começou —, o Grande Alá nos fez assim como somos e...

Ao ouvir aquilo Ahmed finalmente não aguentou mais:
— Ora, cale a boca, Ali! Você fala como se todos os homens fossem fracos e completos idiotas.

O rosto de Ali ficou muito vermelho, mas a força das palavras do cunhado mais velho o silenciou.

Troquei um rápido olhar de satisfação com Sara e comecei a andar na direção da saída da tenda.

Uma batalha de vontades havia se iniciado, e eu sabia que se minha determinação não prevalecesse a vida de mais uma mulher seria destruída.

Desafiei Shadi uma última vez.

—Vou cuidar de Vina, Shadi. Se você a deseja a ponto de me matar, ela será sua.

— E a mim também — manifestou-se Sara, sem hesitar um instante.

— E a mim — acrescentou Tahani em voz baixa.

— Eu também vou, Sultana — reforçou Haifa.

A voz de Nura se fez ouvir, alta e clara:

— Shadi, suas tias vão formar um círculo de proteção ao redor de Vina. Sugiro que não tente cruzá-lo.

— O círculo de segurança das mulheres criado pela luta de Sultana! — acrescentou Tahani num tom de desafio que eu nunca a vira usar até então.

Com exceção de Dúnia, todas minhas irmãs se uniram a mim quando deixei a tenda.

Com exceção de Asad, que imediatamente juntou-se a nós e caminhou ao lado de Sara, nossos maridos ficaram sozinhos, em estado de choque.

Epílogo

◆ ◆

Na mesma noite em que minhas irmãs e eu proclamamos a luta de Sultana e formamos o círculo de proteção ao redor de Vina, nossos maridos decidiram nos apoiar. A jovem paquistanesa foi levada a uma clínica médica particular em Riad, onde seus ferimentos internos foram tratados. Descobrimos que ela havia perdido muito sangue durante o violento estupro. Ficamos sabendo também que tinha apenas 14 anos. Mais tarde, depois que Vina recebeu alta da clínica, minhas irmãs e eu ficamos conhecendo os detalhes de sua triste vida.

Ela nasceu em uma das favelas de Lahore, no Paquistão. A família vivia em um barracão instável construído com restos de tábuas, folhas de zinco e papelão que seus pais haviam recolhido em um dos muitos depósitos de lixo de Lahore. O pai dela era um sapateiro, e a mãe uma mendiga.

Sua infância havia sido brutal. Nunca fora à escola; em vez disso, desde que aprendera a andar, tornara-se uma mendiga, como a mãe.

Outras crianças haviam nascido na família, até chegarem a doze membros. Raramente havia comida para todos. Vina não se lembrava de uma única vez em que houvesse comido até sentir-se saciada.

No Paquistão, assim como na Arábia Saudita, não se dá valor às mulheres. É comum que os pobres sacrifiquem as filhas para o bem geral da família. E fora isso que ocorrera com ela.

Desde pequena ela foi bonita, e quando chegou à puberdade sua beleza começou a ser notada por várias pessoas nas ruas e entre os vizinhos da favela. Várias mulheres conhecidas da família começaram, então, a contar histórias de meninas bonitas que haviam alcançado um alto preço nos prostíbulos caros que viviam à procura de virgens.

Como a família de Vina morava em um cômodo apenas, ela tivera oportunidades de ver os pais realizando o ato sexual e, assim, compreendeu o que aquelas mulheres queriam dizer. Mas como já sabia que não era dona do próprio futuro, ela não disse nada.

Não demorou para que a beleza da mocinha fosse notada por um homem que costumava andar pela cidade observando as mendigas jovens. Ele se aproximou da mãe de Vina e lhe disse que se a pequena ainda fosse virgem havia a chance de a família ganhar muito dinheiro graças à sua pureza. Com medo de pegar Aids e outras doenças venéreas, muitos homens ricos procuram mocinhas, quase meninas, intocadas. O homem deu uma pequena soma como adiantamento, prometendo que se Vina fosse vendida a um homem rico ele voltaria com mais dinheiro.

A mãe de Vina imediatamente correu para a sapataria do marido e contou-lhe sobre a oferta feita pelo homem. Acompanhada pelo marido, voltou ao local em que o encontrara, e os três adultos determinaram o valor de venda da pobre mocinha.

Vina lembrava-se de que os pais pareciam tristes quando ela fora embora, mas sabia que o dinheiro que renderia à família permitiria que todos os outros onze passassem um ano vivendo bem.

Ela pediu tempo para se despedir dos irmãos, mas o homem disse que tinha outras transações para completar e que se Vina não fosse com ele naquele momento o negócio com seus pais seria desfeito.

E ela fora embora com o estranho. Seu coração estava cheio de terror, mas a menina seguiu adiante, pensando nos irmãos e irmãs.

Por mais de um mês foi mantida com outras dez jovenzinhas numa pequena casa em Lahore. Ficou feliz com a oportunidade de tomar banhos frequentes e vestir roupas decentes. Pela primeira vez na vida pôde comer o bastante para matar a fome, e pensou que gostaria de ficar naquela casa para sempre. Mas isso não aconteceria, pois vários homens ricos, a maioria estrangeiros, visitavam a casa com regularidade para ver o estoque sempre renovado de mocinhas. Cada uma delas desejava ser comprada por um velho, pois sabiam que assim as exigências sexuais seriam menores do que com um jovem.

Uma a uma, as outras garotas foram compradas e levadas. Vina viu algumas meninas infelizes, que não haviam sido escolhidas por clientes individuais, ser levadas para prostíbulos na cidade. Então achou que tinha sorte quando lhe disseram que havia sido comprada para dar prazer a um só homem, um homem rico do Oriente Médio, que se chamava Shadi.

Vina nunca tinha visto Shadi, que a escolhera através de fotografias em um álbum. Ele estava hospedado na casa de um sócio paquistanês e não queria que esse senhor e sua família ficassem sabendo que negociava a compra de uma jovem virgem.

Poucos dias antes de deixar Lahore é que ela veio a conhecer Shadi. O vendedor de jovens meninas a levou a uma cafeteria, onde ele a veria e daria a aprovação final para a compra. A reunião foi muito rápida, e Vina nem mesmo trocou uma palavra com seu dono. Ficou desapontada ao ver que era um moço forte. Lembrava-se do que as outras meninas haviam dito sobre o apetite sexual de homens jovens e ficou assustada. Mas não tinha o direito de decidir seu futuro. E logo chegou o dia em que deixaria seu país para sempre.

No avião que a levou do Paquistão para a Arábia Saudita, ela ficou com os criados de Shadi na classe econômica, enquanto ele viajava na primeira classe. Duas horas depois de o avião pousar em Riad, Shadi partiu para o deserto a fim de visitar os pais e outros membros da família, levando Vina e vários outros criados. A jovem disse que Shadi não falou uma só vez com ela durante a viagem, apesar de ter notado várias vezes que ele a olhava.

No deserto, depois que a família foi dormir, Shadi levou os dois primos até o alojamento de Vina e lhes disse:

— Aqui está a prostituta que comprei no Paquistão.

Embora a moça tivesse se preparado para fazer sexo com um homem que não conhecia, nunca tinha imaginado que sua primeira experiência sexual seria um estupro brutal realizado por três homens estranhos.

Depois de terem tirado sua roupa às brutas, eles a violentaram. Primeiro foi Shadi. A pobre moça chorou ao contar isso, e disse que jamais havia sentido tanta dor! Afinal de contas, nunca tinha ouvido a mãe gritar quando fazia sexo com seu pai. E não tinha a menor ideia de que o órgão sexual de um homem fosse tão grande e que a machucaria tanto.

Quando começou a chorar e implorar que eles parassem, os homens deram risada e cobriram-lhe a boca. Quando o terceiro homem se jogou em cima dela, Vina acreditou realmente que fosse morrer. E então havia sido salva por um milagre. Mas o que aconteceria com ela agora?

Minhas irmãs e eu queríamos mandar Vina de volta para os pais, no entanto percebemos que a pobreza da família os faria vender a filha novamente.

Fui escolhida para dizer-lhe que tínhamos decidido que ela iria morar na casa de Sara, para ajudar minha irmã a cuidar das crianças pequenas. Sabíamos que ninguém na família ousaria tomar qualquer atitude contra Sara, pois ela era muito amada por todos.

A alegria que vi no rosto de Vina quando lhe disse isso justificou cada momento de medo e raiva que passei para libertar aquela jovem mulher. Ainda assim, minhas irmãs e eu ficamos com o coração partido porque sabemos muito bem que há milhares de histórias similares à dela. Passamos horas discutindo para tentar descobrir o que poderíamos fazer para acabar com o insensível abuso de mulheres e meninas.

Durante aquele período triste o mundo ficou chocado com a morte da adorável Diana, princesa de Gales. A morte da princesa Diana afastou por algum tempo nossa mente da história cruel de Vina. Algumas mulheres de nossa família haviam conhecido aquela extraordinária mulher durante os anos em que ela viajara pelo mundo como princesa real. E todas nós a admirávamos, apesar de nenhuma poder dizer que foi amiga de Diana. Não conseguíamos aceitar o fato de aquela mulher jovem e cheia de vida estar a caminho do túmulo.

Durante os dias que precederam o funeral de lady Di, assistindo na televisão aos programas que contavam sua vida, fiquei sabendo muita coisa sobre essa princesa. Ninguém era pobre demais ou doente demais para não merecer sua bondosa atenção. E ela era conhecida por cumprir fielmente e com dedicação os compromissos de beneficência assumidos. Com sua extrema bondade a princesa Diana provou que uma pessoa pode fazer muita diferença. Cada ato de generosidade realizado por alguém provoca o mesmo efeito que uma pedrinha lançada na água: gera uma ondulação que se espalha e vai muito além do gesto inicial.

Essa ideia fluiu com tanta força em minha mente que, por fim, comecei a entender o que deveria fazer para ajudar outras mulheres.

Chamei minhas irmãs.

— Compreendi que o único modo que temos para ajudar as mulheres é fazer o que fizemos pela pobre Vina — disse-lhes. — Cada vez que uma de nós ouvir falar de uma mulher maltratada, vamos agir juntas para ajudá-la de qualquer forma que pudermos. — Fiz uma pausa. — Como fizemos com Vina, faremos um círculo de proteção ao redor dela, e esse será o ponto forte de nossa luta.

Tahani sorriu.

— Sim, vamos ser conhecidas como as lutadoras de Sultana.

Haifa aprovou, entusiasmada:

— Juntas formaremos uma grande força.

Sara assentiu.

— Tenho amigas em quem posso confiar. Elas também vão procurar mulheres com problemas.

Nura apertou minha mão.

— Sua luta vai ajudar muitas mulheres, Sultana.

Nunca em minha vida me senti mais feliz do que naquele momento.

Seguindo o exemplo da meiga e adorável princesa Diana, sei que essa espiral de afeto e apoio vai se expandir, passando de mãe para filha, seguindo a correnteza da vida e alcançando os séculos que virão.

Minha esperança é que cada mulher se empenhe na minha luta, que cada mulher no mundo dê sua ajuda às mulheres que precisem dela.

E rezo para que o benevolente, o misericordioso Alá abençoe cada uma em sua missão.

Dados sobre a Arábia Saudita

❖ ❖

INFORMAÇÕES GERAIS

Nome oficial: Reino da Arábia Saudita

Chefe de Estado: S. M. Rei Fahd ibn Abdul Aziz Al Saud

Área: 2.153.168 km²

População: aproximadamente 14 milhões

Cidades principais:
 Riad — capital
 Jidá — cidade portuária
 Meca — a mais sagrada cidade do Islã, centro de peregrinação
 Medina — local do sepultamento do profeta Maomé
 Taifá — cidade de veraneio e turismo
 Damam — cidade portuária e centro comercial
 Dahram — centro industrial de petróleo

    Al Kobar — centro comercial
    Yanbu — terminal marítimo de gás natural
    Hail — centro comercial
    Jubail — cidade industrial
Ras Tanura — centro de refinação de petróleo
Hofuf — cidade principal do oásis Al Hasa

Religião: islamismo

Festividades Públicas: Eid Al Fitr — cinco dias
                       Eid Al Adha — oito dias

BREVE HISTÓRICO

A Arábia Saudita é uma nação de tribos cujas raízes foram retraçadas como as das mais antigas civilizações da península Arábica. Os ancestrais dos atuais sauditas viviam nos arredores de antigas e importantes rotas comerciais, e uma boa parte de seus lucros era conseguida por meio de pirataria. Divididas por regiões e dirigidas por chefes tribais independentes, as várias tribos que guerreavam entre si eram unidas por uma só religião, o islamismo, liderada pelo profeta Maomé, no século VII. Antes da morte do profeta, que se deu quando ele estava com 63 anos, a maioria dos árabes já era muçulmana.

Os ancestrais dos atuais dirigentes da Arábia Saudita começaram a reinar na região no século XIX. Depois de perder grande parte do território árabe para os turcos, eles se deslocaram para Riad e se refugiaram no Kuwait. O rei Abdul Aziz Al Saud, pai do atual rei, voltou para Riad e lutou para recuperar o país. Teve sucesso e fundou a Arábia Saudita em 1932.

O petróleo foi descoberto em 1938, quando a Arábia Saudita começou uma rápida escalada como uma das nações mais ricas e influentes.

IDIOMA OFICIAL

O árabe é o idioma oficial, enquanto o inglês é utilizado com a finalidade de negociar e comerciar.

LEI E GOVERNO

A Arábia Saudita é um estado islâmico, e sua legislação se baseia na Sharia, o código islâmico de leis retirado das páginas do Corão, e na Sunna, que reúne as tradições pregadas pelo profeta Maomé. O Corão é a constituição do país e provê a orientação para julgamentos legais.

As autoridades legislativa e executiva são exercidas pelo rei e pelo Conselho de Ministros. Suas decisões se baseiam nas leis da Sharia. Todos os ministérios e departamentos governamentais respondem ao rei.

RELIGIÃO

A Arábia Saudita é a pátria do islamismo, uma das três grandes religiões monoteístas. Os muçulmanos crêem em um só Deus — e Maomé é o seu profeta. Como área central do Islã, a Arábia Saudita ocupa um lugar especial no mundo muçulmano. A cada ano, milhões de peregrinos muçulmanos vão a Meca, na Arábia Saudita, prestar homenagem a Deus. Por isso, a Arábia Saudita é o mais tradicional país muçulmano, e seus cidadãos se devotam a uma estrita interpretação do Corão.

MOEDA

O rial saudita é a unidade monetária da Arábia Saudita. O rial consiste em 100 halala, e é emitido em notas e moedas com várias denominações. Um rial equivale a 0,27 dólar americano.

POPULAÇÃO

A Arábia Saudita tem uma população de cerca de 14 milhões de pessoas, dos quais 98,8% são muçulmanos (95,5% de sunitas e 3,3% de xiitas). A população xiita da Arábia Saudita é vítima de discriminação e injustiça por parte do governo sunita, de modo que existe enorme desconfiança e aversão recíprocas entre essas duas seitas da fé muçulmana.

Este livro foi composto na tipologia Bembo Std,
em corpo 11,5/14, impresso em papel off-white no Sistema Digital
Instant Duplex da Divisão Gráfica da Distribuidora Record.